吉村達也

血洗島の惨劇

実業之日本社

血洗島の惨劇／目次

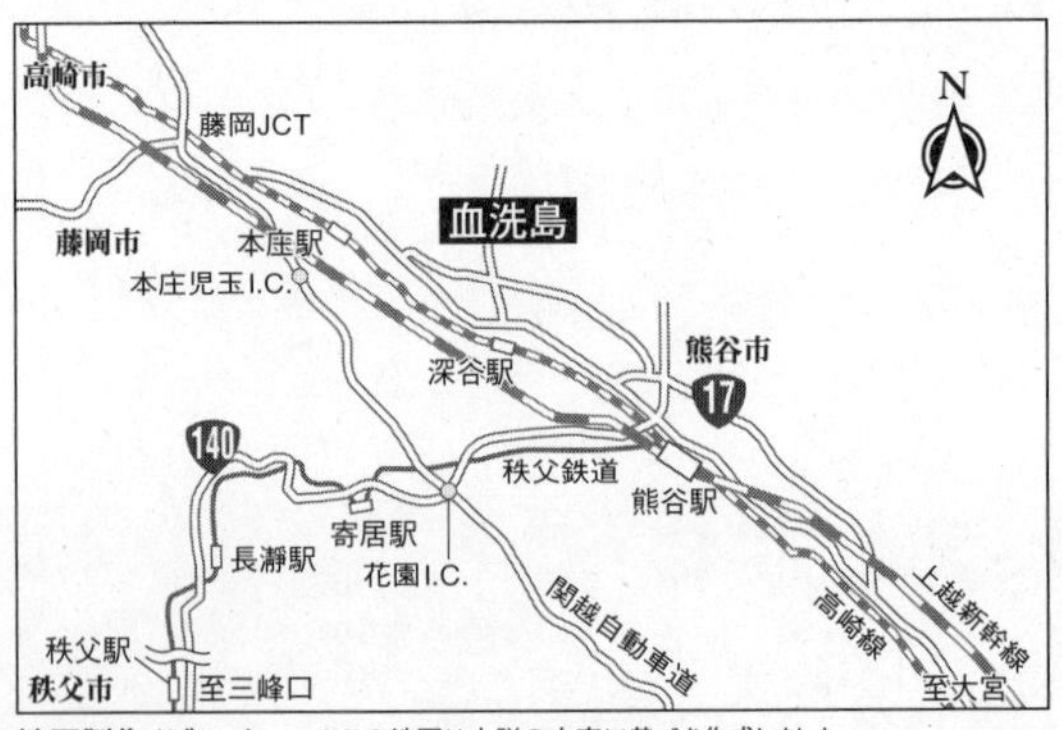

地図製作/ジェオ　※この地図は小説の内容に基づき作成しました。

プロローグ　自分からの脅迫状

大手塗料メーカー、株式会社「リアルペイント」の専務取締役・真行寺右京は、時代がかった名前を持っているが、これからが働き盛りという三十八歳である。

彼の父親で会社の創業者でもある真行寺総一会長が、つい三週間前に引退を表明。それに伴い、会長ジュニアである右京専務への橋渡し役として暫定政権を務めていた現社長の添田五十次も同時に引退が決まり、右京新社長の就任を決める役員会が、十日ほど先の九月一日に開かれる段取りになっていた。

むろん、正式決定はその後につづく株主総会の承認を待たねばならないが、オーナー家の御曹司の社長就任には、何の障害もないと思われた。

そんな真行寺右京のもとに、奇妙な手紙が届いたのは八月二十日土曜日のことだった――

ガーン！

激しい落雷の響きが、古めかしい洋館のガラス窓を震わせた。

その衝撃音がおさまらぬうちに、つぎの稲光が閃(ひらめ)く。まだ昼前とは思えない真っ黒な空を背景に、赤い屋根と茶色いレンガ壁が特徴的な二階建ての真行寺邸が、瞬間、銀色に浮かび上がる。

すぐさま目映(まばゆ)い閃光(せんこう)が消え、あたりがまた暗くなったところで、木が裂けるようなバリバリバリという落雷音。

そしてまた銀色の稲光。

落雷。

静寂。

雷と雷の合間に静けさが取り戻されると、こんどは雨の激しさがやたらと耳につく。

土砂降りの雨が演出する奇妙な静寂――

東京・田園調布の閑静な住宅街は、屋根や壁に叩(たた)きつける豪雨のため、家並みぜんたいが銀色の靄(もや)に包まれたようにみえる。

行き交(か)う車はほとんどない。

実業家・渋沢栄一(しぶさわえいいち)が中心となって大正年間に作られた計画都市『田園調布』――いまや高級住宅街の代名詞となり、駅前ロータリーを中心に豪邸が建ち並ぶ田園調布の街並みの中でも、真行寺邸の洋館はひときわ異彩を放っていた。

格子にかたどられた屋敷の窓には、すべて明かりが灯(とも)っている。

上空一帯は厚い黒雲に覆われ、さらに天空から垂らされた高密度の雨のカーテンのため、時計を見なければ日没直後の夕闇かと見まがう暗さである。

その薄闇の中で、二階建ての洋館の窓明かりは、まるでそれぞれの部屋が宙に浮かんでいるかのような錯覚を見る者に起こさせた。

窓ガラスに叩きつける大粒の雨のせいで、四角に切り取られた内部の様子は歪んではっきりとは見えないが、北側に面した窓は、すべて廊下の壁に開けられたものだった。

すなわち、真行寺邸の南側の窓は、各部屋に設けられたものだったが、北側の窓は、部屋をつなぐ内廊下につけられたものである。

だから、北側から真行寺邸を眺めていると、家の中の人の動きがわかる。

いま、一階の右端から人影が中央へ向かって走り、階段のところでいったん姿を消したが、二階の中央にふたたび姿を現し、そこから左手に向かって小走りに移動した。

その姿が、窓ガラスに流れる滝のような雨水のために、ゆらゆらと揺らめいて奇怪な雰囲気を漂わせる。

途中で、パシュッという音とともに、いちだんと明るい閃光がひらめき、ほとんど同時にガラス窓をビリつかせる落雷の衝撃音が轟いた。

それに驚いたのか、一階からやってきた人影は、廊下で一瞬立ちすくんだ。が、すぐに動きを取り戻して、二階のいちばん左の部屋へ走る。

人影は、左の部屋の扉をノックした。

そして間をおいてから、自分で扉を開いて、部屋の中へ姿を消した。

「若旦那様、若旦那様」

ノックの音とともに、お手伝いの光村静恵の声がしたので、真行寺右京は読みかけの本から顔をあげた。

土曜日は会社は休みである。

本来なら、けさは大学時代からの友人三名とともにプライベートでゴルフを一ラウンド回る予定になっていた。右京の社長就任内定を祝ってのゴルフである。

だが、雷を伴う豪雨のためにそれが急遽中止となり、右京は他にすることもなく、読書で時をつぶしていたところだった。

「若旦那様」

ドア越しに、また右京を呼ぶ声とノックの音がした。

ことし三十八歳の右京が生まれる前から真行寺家に住み込みで仕えるお手伝いの静恵は、六十六歳にもなるが足腰はきわめてしっかりしている。

その静恵は、総一会長を『大旦那様』、ジュニアの右京を『若旦那様』というふうに呼んでいた。田園調布の真行寺邸には二人の旦那様がいるため、そのように呼び分ける必要があったのだ。

「若旦那様、ちょっとよろしいでしょうか」

静恵の声に緊迫したものを感じて、右京は読書用のメガネをはずし、本を置いた。

「入っていいよ」

そう声をかけてから、右京は読みかけの本の表紙を隠すために、急いで朝刊を置いた。

本の題名は『いかにして人は死んでゆくか』――三十五歳をすぎたら、人間は自分の死にざまをきちんと計画しておかねばならない、という内容の本だった。

「おやすみのところ、お騒がせして申し訳ございません」

部屋の中に招き入れられた静恵は、ここ数年でぐんと増えた白髪のために灰色にみえる頭を下げ、それから右京のもとへ近寄った。

その手には、毎日午前十一時ごろに配達される郵便物の束が握られていた。

この洋館に住む真行寺家の五人――家長の総一、その後妻の栄威子、ジュニアである右京、その妻の早智子、総一と後妻との間に生まれ、右京の腹違いの弟にあたる守――にあてられた郵便物の仕分けは、お手伝いの光村静恵の役割になっている。だから、彼女がそれを部屋まで届けにきたのは特別なことではなかったが、表情が妙にこわばっていた。

「どうしたんだ、静恵さん」

右京が、いぶかしげにたずねた。

「あの、これがさきほど若旦那様へ届いた郵便ですが……」

静恵はまず最初に、輪ゴムで留めた手紙やハガキ、それに雑誌やカタログ類の束を右京に渡した。

「じつはその中に、こんな手紙が……」

他の郵便物同様、その白い封筒は雨に濡(ぬ)れて皺(しわ)が寄っていた。だが、《真行寺右京様》と書かれた宛名の文字は滲(にじ)んでいない。ワープロで印字してあるからだ。

宛名をワープロ印字したシールを封筒に貼(は)ってあるのではなく、封筒に直接プリントアウトしているらしい。小ぶりな明朝体の活字が、字間をだいぶ空けて並んでいるのが、ずいぶん妙な感じだった。

消印は深谷(ふかや)——

深谷といえば埼玉県だな、と思いつつ、右京は静恵にたずねた。

「で、この手紙が何か変なのか」

「はい」

深刻な顔で、静恵がうなずく。

「どこが？」

「裏をごらんくださいまし」

静恵に言われて、右京は雨に濡れた封筒を引っくり返した。

その瞬間、またパシュッという不気味な音がして閃光が部屋を明るく照らし出し、それと入れ替わりに、邸内の電気が一斉に消えた。

同時に、これまでで最大の落雷音が洋館ぜんたいを揺るがした。今回の落雷は、真行寺邸か隣家の庭を直撃した模様である。

衝撃は、窓ガラスだけでなく、建物の床や壁をも震わせた。

耳をつんざくそのすさまじい轟音（ごうおん）に、光村静恵はまたしても身体を硬直させた。彼女の歯がカチカチッと音を立てた。

だが、真行寺右京のほうは、落雷の衝撃音などまるで耳に入っていない様子だった。

そして、停電になったのも気づかないのか、人の顔すら判別しにくいほどの暗さにもかかわらず、彼の目は、封筒の裏に書かれた差出人の表記にクギづけとなっていた。

東京都大田区田園調布三丁目　真行寺右京
（脅迫状在中）

右京は、暗がりの中で文字を読み間違えたのかと思って、何度も何度もそこに目を走らせた。

だが、間違いはない。自分の名前が差出人のところにワープロ文字で記されていた。

しかも、その脇にカッコにくくられて脅迫状在中とある。

これでは、お手伝いの静恵が顔色を変えるのも無理はない、と右京は思った。自分にあてた手紙の差出人が自分で、しかもそれが脅迫状と明記してあるのだ。この世の中で、自分自身から脅迫状を受け取った人間が果たしているだろうか。

「時期が時期でございます」

おずおずと静恵が言った。

「まもなく若旦那様は、大旦那様の後をお継ぎになることが決まっています。そんな折りでございますから、どのようなイヤガラセがあるかわかりません。ぜひこれは警察にお届けになってくださいまし」

「……」

長年真行寺家に仕えてきた年老いたお手伝いが言うのを聞きながら、右京の視線は封筒から離れることがなかった。

彼は封筒を表に返し、そしてまた裏に戻した。

何度見ても、宛名は《真行寺右京様》、差出人も《真行寺右京》である。そして、差出人の脇に書いてあるのが《脅迫状在中》……。

差出人となっている《真行寺右京》の住所は、真行寺邸が位置する大田区田園調布の番地が書かれているが、消印が埼玉県の深谷市であるからには、脅迫状の主は、その付近に住んでいる人物なのかもしれない。

そんなことを考えながら、ようやく右京は封筒から目を離し、窓の外に顔を向けた。

ザザーッ、ザザーッと、バケツの水を投げつけたような音を立てて、雨が強弱のリズムをつけて窓に襲いかかっている。

停電で暗くなった部屋の中から窓越しに表に目をやっても、墨を溶かした暗がりが確認できるだけで、具体的な景色は歪んで見えない。

至近距離での強烈な落雷があったのちは、雷はなりをひそめており、雷鳴のかわりに雨音が主役になっている。

「旦那様、若旦那様」

再度の静恵の呼びかけで、右京はハッと我に返った。

「どうぞ、それがおかしな手紙でありましたならば、早々に警察へ」

「オヤジには言うなよ」

静恵の言葉にかぶせて、右京は言った。

「義母（オフクロ）にも、守にも、それから早智子にも、こんな手紙がきたことは知らせるな」

彼は、父、義母、異母弟、妻の四人には脅迫状の存在を伝えないよう、お手伝いにクギを刺した。

「わかりましてございます」

静恵がていねいに頭を下げると、

「じゃ、行っていいよ」

と、右京はぶっきらぼうに言い、廊下のほうに向かってアゴをしゃくった。

またピカピカッと窓の外が光り、右京と静恵の影が薄暗い部屋の壁に映し出された。

静恵はビクンと身をすくめた。

が、こんどは『不発』らしく、雷は、真行寺邸のはるか上空でゴロゴロと不気味な轟きを奏でるにとどまった。

「では、失礼申し上げます」

ふたたびていねいに頭を下げてから、静恵は、若旦那様に尻を向けないよう、そのままの格好で後ずさりし、電気が消えたままの廊下へと出ていった。

静恵が姿を消すと、真行寺右京は、まず机の上に置いてあるガムに手を伸ばした。

ひと月前に禁煙をはじめてから、彼は口寂しさをミント系のガムを嚙むことでまぎらわせている。そして、いまの彼がそうであるように、精神的な落ち着きを取り戻したいときも、タバコに火を点けるかわりにやはりガムを口に入れる。

右京が禁煙をはじめたのは、父・総一が末期のガンと診断されたからである。父親のガンは、肺ではなく胃に端を発した悪性腫瘍が内臓各所に転移したもので、医者嫌いの総一ならではの手遅れ状況だった。

すなわち、大手塗料メーカー「リアルペイント」の創業者会長の引退理由は、健康問題であったのだ。しかも、すぐ間近に終末を迎えている期限付きの健康問題である。ことし七十歳になる真行寺総一は、余命半年の宣告を医師からなされた。それが先月の話だったから、宣告をまともに信じて単純計算をすれば、彼の命は、すでにあと五カ月ということになる。

しかし、いまのところ総一に外見上の目立った変化はない。

たしかに体重は相当減ってはきているが、家族や会社関係者のように、毎日顔を合わせている人間の目には『やや痩せたかな』と映るていどだった。

食欲もまた相当減退しているが、床に臥せったまま動けないという状態でもなく、いまでもなお平日は専用の会長車で会社に毎日出勤していた。

だが、それでもガンは時計を逆戻りにはさせてくれないというのだ。

この父の病状を知ってから、ヘビースモーカーだった右京は、禁煙を決意した。

それは父親の奇跡の恢復を願ってではなく、ガン体質が遺伝しているかもしれない自分の健康状態を気遣ってという、きわめて自己本位の発想から出た禁煙だった。

父と息子は、愛情では結ばれていないのである。

真行寺右京はガムを一枚口にほうり入れ、しばらく口を動かしたのちに、脅迫状の封筒にペーパーナイフを挿し入れ、それを開封した。

中には数枚の便箋が入っていた。

広げてみると、そこにも直筆ではなくワープロ文字がびっしり並んでいる。

右京ははずしていたメガネをかけ直し、周囲が暗すぎるので無意識に蛍光灯スタンドに手を伸ばした。

が、いまは停電中だったことを思いだし、仕方なく窓際に椅子を寄せた。そして、叩きつける雨が作り出す不規則な揺らぎの模様を便箋に映しながら、脅迫状の文面を読みはじめた。

五歳の少女は、七夕の夜に起きた惨劇の瞬間を見ていた。

脅迫状の書き出しは、まるで小説のようだった。

第一章　黒いチューリップ

1

「それは突然の宣告だったよ」

一代で築き上げた大手塗料メーカー「リアルペイント」の会長・真行寺総一（しんぎょうじそういち）は、先月、進行ガンにより余命いくばくもない旨（むね）を医者から告げられたときの心境を、目の前の相手に向かって語りはじめていた。

八月二十五日、木曜日の昼下がり――

場所は、田園調布の真行寺邸一階にある小さな応接間である。

なにしろこの洋館は広い。

来客用の応接間だけでも大中小と三通りもあり、さらにそれとは別に、大人数のパーティも開ける大広間があった。

だが、いまは相手がひとり。しかも、総一は大声で話す消耗を避けたかったので、部屋はいちばん小さなものが選ばれていた。

六畳間のクラシックな洋室に、アンティークなテーブルとソファが置いてあり、片方の壁にはこれまた年代物のサイドボードがさりげなく配置されている。

そんな内装の部屋で、真行寺総一と向かい合っているのは、港書房の編集者・高木洋介だった。

高木は、ふだんはエンターテイメント系の書籍の編集が仕事で、推理作家の朝比奈耕作も彼が担当している。

しかし、小説ではないノンフィクションや実用書籍もときには手がけることがあった。

今回のインタビューも、その一例である。

二週間前、真行寺総一自らが、港書房に対して自伝の出版を持ち込んできた。こうした持ち込み企画は、通常、本人の意を受けた代理人が動くものだが、真行寺が直接、港書房の編集担当取締役に電話をかけてきたのである。

たまたまその重役と真行寺とが、同じゴルフクラブの会員で顔見知りだったせいもあるのだが、それにしても経営者本人が自伝を出したいと言ってくるのは——小さな会社ならともかく、リアルペイントのような大手企業では——非常に珍しいケースだった。

たしかに、リアルペイントの創業者会長である真行寺総一となれば、社会的な知名度もじゅうぶんである。だがそれだけでは、港書房の編集取締役も、企画の持ち込みに対して、即座に肯定的な返事はしなかっただろう。

一般に経営者の伝記は、松下幸之助なみの超大物でもないかぎり、売上部数はさほど多くを望めない。仮に、その企業が五千部とか一万部を買い取るという最低保証をつけてきたとしても、わざわざ手を出すほどのものではないと、港書房の編集幹部は考えていた。

なぜなら、採算を度外視してまで伝記に取り組んでみたいと思う人間的魅力のある経営者が、最近ではそれほどいないからだ。

だが、真行寺総一の持ち込み企画にはゴーサインが出た。

医者からあと半年の命を宣告されている、という部分に――えげつない話ではあるが――商品価値を見いだしたからである。

「どうせ朝比奈君の書き下ろしは、進行が大幅に遅れているんだろう」

取締役の意を受けた書籍部門の編集長は、部下の高木洋介に言った。

「どうやら、あの男の辞書には『締切』という単語が載っていないようだな。とにかくだ、おかげでおまえは今月はだいぶ手すきのはずだから、ちょっとこの企画をやってみろ」

そんな一言で、高木洋介が担当を命じられ、早速本人のインタビューに臨むこととなった。

ようするに、推理作家の朝比奈耕作が仕事をしないから、高木が真行寺の自伝の編集にたずさわる羽目になったといってもよかった。

その運命の不思議さを、のちに高木は思い返すことになる――

「いや、ほんとうに突然の宣告だった」

カーディガンにスラックスという軽装で高木の正面に座った真行寺総一は、同じ言葉をもう一度繰り返した。

髪の毛こそ真っ白になっていたが、ゴルフ好きだった真行寺の顔は赤銅色に日焼けしている。経営者というよりも漁師の顔色だ。

長年染みついた『健康の証し』であるその肌色は、進行ガンによりあと半年の命と告げられたのちも変わることがなかった。

それがなんとも皮肉といおうか、悲しい現実ではあった。

が、たしかに真行寺総一は元気だった。七十歳という年齢を聞くと、誰もが驚く。それほど若さがみなぎっている外見を保っていた。

　ガンの進行とともに体重はだいぶ減少してはいたが、事情を知らない者の目には、その程度の痩せ方は、むしろ身体や顔立ちが引き締まったという印象しか与えなかった。

　自伝の担当者となった高木にしても、本人から医師の診断書を見せられるまでは、やはり真行寺が生命の期限を区切られた人物であるとはなかなか信じられなかった。

「まだあれからわずか一カ月しか経っていないのだが、ずいぶん長い時が流れたような気がする。短いようで長い時の流れだ。わかるかね高木さん、この感覚を……」

　そう言ってから、真行寺は苦笑いを洩らした。

「いや、若くて元気なあなたに、わかるはずもあるまいな」

「はあ……」

　高木は、短い相槌しか返せない。

　生命の期限を切られた相手と面と向かって話すのは初めての体験だったから、高木も緊張していた。ちょっとした不用意な言葉が、神経過敏になっているであろう相手をどれだけ傷つけるかわからないからだ。

「この一カ月で、私の余命は『あと半年』から『あと五カ月』に減った計算になる」

　真行寺はつづけた。

　二人の間に置かれたテーブルの上では、カセットレコーダーに入れたテープが回っている。

　このインタビューテープを、あとで専門の業者がワープロ原稿に打ち起こし、それに高木が手を加えて『自伝』を作るという段取りである。

「そういう意味では、一日一日が短く感じられるはずなのに、宣告を受けた日はもうずいぶん昔のような気がする。けれども、あの日の出来事は細かなところまでハッキリと覚えている。忘れようにも忘れられないんだよ」

　真行寺は、そこまで語ると目をつぶった。

　そして、まぶたを閉じたまま話をつづける。

「あの日は雨だった。病院に行ったときは、まだ曇り空だったが、院長からじきじきに宣告を受けて、その部屋を出たときには、外は雨だった。夏の午後とはとても思えない、暗い雰囲気の午後だった。

　高木さん、『涙雨』という言葉があるだろう。あの日の天気はまさにそれだと思ったね。激しい土砂降りではなく、糸を引くような雨だ。すすり泣きの涙雨だね」

　高木は無言でうなずく。

「私自身は泣けなかった。ショックのあまり涙が出てこないんだよ。でも、心ではもちろん泣いていた。だから、代わりに天が泣いてくれているのだと思った」

　その話を聞きながら、高木洋介の頭にふと湧いた疑問があった。そして、ためらうよりも先に、質問が高木の口をついて出た。

「お医者様は、いきなり真行寺会長に病状を告げられたのですか」

「というと？」

目をつぶったまま、真行寺は聞き返した。

「ガンなどの場合は、直接本人にではなく、まず家族にその旨が告げられると思うのですが……。さもなければ、奥様といっしょに、とか」

「ふつうはそうだろうな。だが、私の場合はひとりで宣告を受けた」

「……」

「その理由を知りたいかね」

真行寺はパチッと目を開けた。

「奥様や息子さんがショックを受けるといけないと思って、気遣われたのですか」

高木がきくと、真行寺はアハハと声を立てて笑った。愉快そうな笑いではない。苦笑である。

「私は女房や子供に対してそんなに優しい男ではないよ。もっと優しければ、最初の女房も自殺してはいまい」

「え？」

いきなり自殺という言葉が飛び出してきたので、高木は驚いた。彼は、真行寺のいまの妻が後妻であることも知らなかったし、ましてや先妻が自殺したなどは初耳である。

「最近の夫婦はアメリカ並みにパッパと離婚しよるようだが、私らの世代にとっては、離婚は恥だった。とくに女の側からすると、どの面さげて実家に戻れるか、という感覚だったわけだわな。だから、みちは——みちというのは、前の女房の名前だが——精神的に追いつめられてしまった。息子の右京を産んでまもなく、首を吊って死によった」

「……」

「さすがに私もこたえてね、ずいぶん長い間独身を通してきたんだよ。およそ十年かな」

「では、こんどリアルペイントの新社長に就任される息子の右京さんは、ほとんど母親の顔を知らずに育ってこられたわけですか」

「そういうことになる」

　真行寺はアゴを引くようにしてうなずいた。

「当時はまだ私の姉が健在でね、その姉が右京の母親代わりになってめんどうを見てくれた。あと、いまいるお手伝いの静恵がまだ二十代の後半から三十代にかけてという若さだったから、彼女も母親の役をだいぶ果たしてくれたな」

「それで……」

それで、と言ってから、高木はその先の言葉に迷った。

先妻の真行寺みちが、具体的にどのようないきさつから自殺に踏み切ったのか、それをたずねたかったのだが、インタビューをはじめて早々に、そこまで突っ込んだ話へもっていくのもまずいと思い、高木はいったん話を元に戻すことにした。

「……それで、ガンの宣告を受けられたときのお話ですが」

「うむ」

うなずくと、真行寺はこんどはテーブルの上に載せられたテープレコーダーに目をやりながらつづけた。

2

「私がたったひとりで院長から診断結果を聞いたのは、家族にショックを与えまいとする心遣いからではなかった。それはひとえに、私亡きあとのリアルペイントの後継者問題を気遣ってのことだ」

「まるで政治家のようですね」

高木は言った。

「そのとおりだよ。重い病に冒された政治家は、その病状をかんたんに外部に洩らすわけにはいかない。本人が死ぬ前から跡目争いが激しくなるからな。それと同じで、私も万が一の場合に備えて、息子の右京へのバトンタッチをきちんとできるように、周囲の環境を整えておく必要があった。それも早急にな。その段取りが組めるまでは、大騒ぎになるのは避けておきたかったのだよ」

「なるほど」

「最初の検査を終えた時点で、私は院長の雰囲気から、思いもよらぬ悪い結果が出るのでは、という不安に脅かされていた。だから、なおのこと最終的な診断結果を聞くさいには、自分以外の人間は立ち会わせないほうがいいだろうと考えた」

「それで、おひとりで診断結果を聞きにいかれたんですね」

「そういうことだ。……それにしても」

　真行寺総一は、やや力ない表情で首を左右に振った。

「人間とは弱いものだな、高木さん」

「とおっしゃいますと」

「あと半年という宣告を聞いたあと、さすがの私もヘナヘナと腰が抜けたようになってしまった。ある程度予感していたとはいえ、やはり面と向かって命の期限を区切られると、それは大変な衝撃だった。そして、迎えの車のところまでまっすぐたどり着くことができず、病院のロビーの椅子に倒れるようにへたり込んでしまったのだ」

「……」

「私は、なんとか冷静さを保とうとして、いつも持ち歩いている手帳に、いまの正直な心境を書き綴ろうとした。日記を綴るのが習慣だったものでね。客観的に自分を見つめれば落ち着きを取り戻せると思ったのだ。

……だが、ダメだった。万年筆をもつ手は震えるわ、書いた文字そのものがよく見えないわで往生した。内心の動揺が、指先や視力にまで影響しておったわけだな」

「あの……このあたりのことはオフレコにしたほうがよろしいですね」

「オフレコ？」

真行寺会長は、急に厳しい視線で高木を睨んだ。

「そんな気遣いは無用だよ、きみ。私は自伝を作るためにきみを招いたのだ。きみの前でしゃべったことは、すべて本になるのを前提にしている」

「しかし……」

「私を見くびってもらっては困るな、高木君」

『高木さん』が、いきなり『高木君』になった。

「自分の目の前でテープレコーダーが回っているのが見えていながら、人に聞かれてまずいような内容を私がしゃべると思うかね。そこまで私は迂闊な人間ではないぞ」

「……あ、失礼致しました」

急に真行寺が機嫌を損ねたので、高木はあわてて謝った。が、真行寺は収まらなかった。

「私はマヌケではない。どこかの政治家みたいに、オフレコの宴席でしゃべったことを週刊誌にスッパ抜かれるようなアホな真似はせん。公（おおやけ）にしたくない話を、きょうはじめてあったばかりの人間に安易にしゃべったりはせん」

「はっ」

「そこのところを、しっかりとわきまえてくれたまえな、きみ」

「はっ」

高木は、ひたすらかしこまって頭を下げた。

「なぜ私がこのようなことをクドクド念押しするか、きみはわかるかね」

「はっ」

「わかっているなら言ってみたまえ」

「……いや、その」

「理解もせずに軽々しい返事をするなよ」

「はっ」

「私は非常に慎重な人間なんだ。迂闊さゼロの人間なんだ。だからこそ、不動産投資の失敗とか総会屋対策の失敗のような、ここ数年さまざまな企業が陥った罠にもはまらずにきた。そうした私の気配り目配りをだ、自伝の原稿を作るきみがきちんと把握しておいてくれなければ、真行寺総一という人間像が誤って描かれるおそれがある。そこを私は心配しておるのだ」

「ははーっ、たしかに真行寺様、それはまさしく仰せのとおりで」

平身低頭する高木の口調は、ほとんど時代劇のようになってきた。

「わかればよい」

ようやく厳しい語調を和らげて、真行寺は話の本筋に戻った。

「さて、病院ロビーでの私だ」

真行寺は咳払いをひとつしてから、穏やかな声でつづけた。

「さしもの私も人間だった。あと半年の言葉に打ちのめされてロビーの椅子に座っていると、いっそ半年も待たずに、いますぐここで命を絶ってくださいと神様に頼みたい心境になった。

そんな絶望的な気分でいると、ことしの夏はとりわけ暑いのう、と長椅子の隣に座る老人が、そのまた隣の老婆にささやいている声が、私の耳に聞こえてきた。

夫婦なのか、知り合いなのか、それとも初対面なのか。どうでもいいが、この二人はやたらとおしゃべりだった。夫婦ではないらしいのだが、おたがいに旅好きのようで、やれどこの温泉に行った、やれどこの山に登った、やれどこの郷土料理がうまい、というような話をとめどなく続けている。そして、来年の夏はどこへ行く、再来年の秋はどこへ行く、と、旅の計画の話が尽きない。

　こいつら、七十歳の私よりもさらに年上のようだが、まだ生きるつもりなのか、まだ人生の快楽を享受（きょうじゅ）するつもりなのか。そう思うとやたらに腹が立ってきた。

　くそっ、おれはたったいま人生の終わりを告げられたんだぞ！　その可哀相なおれの隣で、ヘラヘラと温泉や食い物の話などするんじゃない！」

　真行寺は話の途中から激してきた。たったいま、自分は慎重な人間だと言いながら、テープレコーダーが回っているのに、感情を剥（む）き出しにして怒鳴った。

「こういう光景は腹が立つな。ムカムカするな。え、高木君、そうは思わんかね」

「は……はあ」

　高木としては、これ以上相手を興奮させないためにも、ひたすら同意するよりない。こうした感情の起伏の激しさを目の当たりにしながら、高木は、真行寺総一という老経営者が、自分で言うほどクールで緻密（ちみつ）な人物ではなさそうだと思ってきた。

「そうかと思えば他の連中は、ボケーッとテレビを見ておったよ。待合室の真ん中に据（す）えられた大画面のテレビをな」

　真行寺はつづける。

「チャンネルはNHKだった。しかしあれだよ、病院の待合室で見るテレビ番組ほどむなしいものはないな。ましてや、あと半年だと告げられた身にとっては、むなしいというよりも腹立たしい。老人どうしの会話も癪にさわったが、テレビの存在も私の神経を逆撫でした。なにもかもが腹立たしかった。テレビなんか置くのはやめろ。静かな音楽を聴かせたほうが、よっぽど精神衛生によいじゃないか。このことを、さっき院長に言えばよかったな。そう思ったよ。

……なにを言ってるんだ、私は。つまらんことを口走っているかね、高木君」

「い……いえいえ」

　高木は、あわてて首を左右に振った。

「まことに臨場感あふれるお話で」

「臨場感？」

「あ、いえ、その……そのときの会長のお心の揺れ動きが、まさに手に取るようにわかるお話でございまして……と、そういう意味で申し上げたのです」

「臨場感あふれるというのは、ずいぶん失敬な物言いだな。すると私は見世物かね」

　高木が取り繕っているのに、真行寺は言葉尻をしつこく咎めた。

「きみは私をバカにしているのか。末期の進行ガンに冒された人間の取り乱しようが、そんなに面白いか」

「そ、そんな……とんでもございません」

手を左右に振って否定しながら、高木は、真行寺総一という老会長が、どうも自分の手にあまる人物だと感じてきた。

「カンにさわるといえば、病院の壁に掛かっていた時計もそうだった」

真行寺はさらにまくしたてた。

「私にとっては、もうどうあがいても時計の針は逆へは戻せない。それなのにあの壁時計……なんで秒針まで付いているんだ。貴重な残り時間がどんどん過ぎ去っていくのがわかるじゃないか。そういう時計を待合室の壁に掛けるのはやめろ、と私は言いたい。どうだね高木君、もっともな提案だろう」

「………」

「それにしても、私も格好をつけてしまったものだ。関西風に言うなら『ええかっこしい』だった。最終診断を聞くために院長室に入った私は、まず開口一番どう言ったと思うね」

「さあ……」

「さあ、じゃなくて、自分なりに考えて言ってみんかね」

「……とおっしゃられても、私には見当がつきません」

「想像力がないのかね、きみは」

「すみません」

　ほとほと困り果てながら、高木は頭を下げるよりなかった。

「院長は、私の女房か息子が同席していないのを不思議がった。その反応で、もう結論は見えてしまったようなものじゃないか。そこで私は、こう言ったのだよ。院長先生、私の人生は私のものです。周囲の者が私の命の期限を知っていて、当の私だけが知らないというような、みじめな真似はしたくはない。それに私は、企業の最高責任者です。しかも私の会社は、日本国経済の中でも非常に重要な位置を占めている。私の命は、自分ひとりのものだけではないのです。だから、なおさら私は自分の病状を正確に知らねばならないのです。先生、私はガンなんですね」

　少し間をおいてから、真行寺はぐっと声を落としてつづけた。

「その問いかけに、院長は静かにうなずいた。頭を軽く下げるというだけの動作が、人の心をどれほど絶望のどん底に落とすか、あの院長は知っているのだろうか。無神経野郎め」

　真行寺は、ギリッという歯軋りの音を立てた。

「残り時間は？　おもわず、その言葉が私の口をついて出た。言ったとたん、なんと恐ろしい言葉だろうと、自分で震えたよ。残り時間、とはね」

長いため息。

そして、また真行寺の口が開く。

「半年でしょう」

真行寺は、重々しい院長の口調を真似て言った。

そして、直後に拳（こぶし）を握りしめ、それをふりかざしながら怒った。

「答えを聞いた瞬間、私は怒鳴った。院長先生、あんたは予想屋か。自分の身体でもないのに、なぜあと半年の命とわかるんだ。先生はいつから占い師になったんだ。超能力者なのか、あんたは。もしも半年経っても私が生きていたら、土下座して謝るか。え、どうなんだ。

すると院長は言った。半年後、私が土下座して謝る状況になれるよう、いっしょにがんばりましょう、真行寺さん」

ここまでくると、ほとんど真行寺の独り芝居である。

それを聞きながら、高木はわけもなく背筋が寒くなってきた。

「めまいがした。さっきも話したと思うが、衝撃が大きすぎて、涙は出なかった。……思い出せるのはここまでだ。そこから先、どうやって院長に挨拶（あいさつ）をして、どうやって部屋を出たのか、まったく覚えていない。五階にある院長室から一階のロビーまで、エレベーターに乗ったのか階段を歩いて降りたのか、それも覚えていない。気がついたら、最初に話したロビーの場面だった。外に雨が降っていて……手帳に日記をしたためようとしたら手が震えて……そして年寄りの話し声が聞こえてきて……」

（これはまずいぞ）

高木洋介は思った。

（真行寺総一は、告知のショックで正常な頭の働きを失ってしまっているのではないか）

そんなことを考えながら、テーブルに落としていた視線をおずおずとあげ、真行寺の様子をうかがおうとしたら、いきなり、高木をじっと見つめる相手の視線にぶつかってしまった。

「それでどうかね」

唐突に真行寺がたずねてきた。

「このジイさんはいいかげんボケておるな、という印象を抱いただろうが、きみは。……え？」

睨みつける真行寺のまなざしは、正常と異常のはざまを漂（ただよ）っていた。

3

真行寺総一が一階の小さな応接間で高木洋介のインタビューを受けているとき、同じ洋館の二階のいちばん東端にある真行寺右京の部屋では、お手伝いの光村静恵が、右京の机の前に立って『脅迫状』を読んでいた。

彼女は掃除用の前掛けをして、頭には三角巾をかぶり、その足元には電気掃除機が置いてある。

きょうは木曜日だから、部屋の主の右京は、もちろん会社に行っている。そしてこの時間帯は、いつも各部屋の掃除をするのが静恵のならわしになっていた。

一階の東端にある大旦那様＝総一会長の部屋からはじめて、大奥様＝会長の後妻である栄威子夫人の部屋、そして二階に移り、若旦那様＝右京の書斎、若旦那様と若奥様＝早智子夫妻の寝室、右京の異母弟の守の部屋……というふうに、掃除をする順番も、各部屋の掃除にとりかかる時刻も、十年一日のごとく一定のサイクルをきちんと守りつづけてきた静恵が、きょうばかりはいつもの順番を乱し、いきなり右京の書斎に飛び込んだ。

そして、書斎の壁に掛けられた状差しから、数日前に右京あてに郵送された脅迫状を取り出すと、すぐに中の便箋（びんせん）を取り出して広げた。

他の家族には秘密だぞとクギをさしながら、右京が意外と無造作にその脅迫状を状差しに入れていることに気づいたのは、昨日の掃除のときだった。

そのときは静恵もためらっていたが、きょうもまだ脅迫状が状差しにあるのを確認すると、こんどは意を決した表情でそれを取り上げた。

そして一度だけではなく、何度も何度も……何度も何度も……静恵はその文面に繰り返し目を走らせた。

文章をじっくりと読むというよりは、ただ視線をやみくもに走らせている——客観的に彼女の目の動きを観察していたら、そんなふうにみえたかもしれない。それほど速いピッチで、静恵は何枚か重ねられた便箋を次々と繰っていった。

五歳の少女は、七夕の夜に起きた惨劇の瞬間を見ていた。

それが、《真行寺右京》を名乗る人物から本物の真行寺右京にあてられた脅迫状の書き出しである。

中身は右京に語りかける一般的な手紙文の形態をとっておらず、まるで小説のようでもあり、また読む者にとって映像が浮かんでくる点では映画的でもあった。

暗いネギ畑に二つの黒い影が立っている。

周囲には街灯もなく、殺風景なネギ畑を照らし出していた月明かりも、いつのまにか広がった黒雲の向こう側にその姿を隠していた。

夜なので気候の変化は見た目にはわかりにくかったが、いつのまにか急速に天気が崩れはじめているようだった。

嵐(あらし)の到来を察知したのか、ワオワオ〜ンという犬の遠吠(とおぼ)えがしきりに響く。

時刻は夜の九時。都会でいえば深夜に相当するほど、あたりは静かで人通りもない。犬の遠吠えは、その静けさをことさら強調するようでもあった。

ネギ畑から二百メートルほど離れた農家に住む少女は、この日の夕方、近所の子供たちと一緒にままごと遊びをしていたが、そのさい、うっかりルビーの指輪を失くしてしまった。

ルビーの指輪といっても、もちろん赤いプラスチックで作られたおもちゃである。しかし、少女にとっては、それは本物の宝石と同じように大切なものだった。しかも、いまの時代と違って、当時はそのような質素なおもちゃでも貴重品だった。とりわけ、少女が住んでいた田舎では。

親は、朝になったら探しにいけばいいと言っていたが、そんなに間をおいたら、大切な指輪は誰かにとられてしまうと少女は思った。そして、いったん心配になると、八時になっても八時半になっても寝つかれない。

九時ちょっと前に、とうとう彼女は親の目を盗んで寝床を抜け出し、寝巻兼用の浴衣（ゆかた）姿のままネギ畑へと向かった。

昔ながらの構えをした農家であるうえに、戸締まりにはまるで無頓着（むとんじゃく）な家だったので、夜遅くても、少女は自由に外に出ることができた。両親や、おじいちゃんおばあちゃんは、茶の間でそろってラジオの演芸に耳を傾けており、少女が外に出かけたことなど、まったく気づいていない。

しかし、さすがに五歳の子供である。彼女はロウソクの明かりを持参するところまでは気が回らなかった。だから、いざネギ畑まできても、あまりにも周囲が暗すぎて、ルビーの指輪は探し当てられそうになかった。

少女は悲しくて泣きべそをかきそうになった。

やがて、真っ黒な空の彼方からゴロゴロと不気味な音が響いてきた。遠雷である。

こんどは少女は怖くなった。

雷さまがゴロゴロと鳴ったら、それは子供のオヘソを取りにくるのだから、きちんとお腹をしまい、吊った蚊帳（かや）の中に隠れていないといけないよ。おばあちゃんは、いつも少女にそう教えていた。

その教えを思い出したとたん、少女はルビーの指輪のことなどどうでもよくなった。おうちに帰ろう。そう思って踵を返しかけたとたん、五十メートルほど離れた畑の中に、黒い影がヌッと二つ立っているのが目に入った。

（おばけ……）

少女は、そう思ってその場に立ちすくんだ。

雷以上に恐ろしくて、足も動かなかったし声も出なかった。

二つの影はたがいに向き合って、何かを小声でささやいていた。具体的な会話も少女の耳に届いてはいるのだが、五歳の少女の語彙では、話の内容が理解できない。ただし、少女にもハッキリとわかった言葉があった。

「しょうがないだろう。双子はダメだ」

片方の影がそう言うと、いきなり地面にしゃがみ込んだ。

もう一方の影は、身体をひねった。

それは、最初の影がやろうとすることを見たくない、見てはいられない、といったしぐさである。

突然、オギャーという赤ん坊の声が響いた。

同時に、遠くの空でゴロゴロと鳴り響いていた雷が、いきなり少女の頭上で炸裂した。

稲光と雷鳴が、同時に真上から襲ってきた。

二人の姿かたちが、少女の目にはっきりと見えた。そして、ネギ畑の地面に置かれた『物』も。

それは、産着（うぶぎ）にくるまれた赤ん坊だった。

その赤ん坊の首に、大人の両手がかかっていた。

「ギエーッ！」

一瞬前はオギャーだった赤ん坊の声が、喉（のど）をつぶされたような悲鳴に変わった。

「キャーッ！」

少女は悲鳴をあげた。

が、その悲鳴は、つづけて襲ってきた二度目の落雷音にかき消されてしまった。

そのときも稲光が周囲を照らし出したのだが、大人たちは少女の存在に気づかない。

やがて、落雷に誘発されたように雨が降ってきた。土砂降りの雨だ。

おかっぱ頭の少女は、あっというまにずぶ濡れになった。朝顔模様の浴衣（ゆかた）が、べっとりと肌に貼（は）りついた。

けれども、少女はその場から逃げ出せない。

やがて、地面に叩（たた）きつける雨音の間を縫（ぬ）って、念仏を唱える声が聞こえてきた。

ナムアミダー、ナムアミダー、ナムアミダー。

赤ん坊の声は聞こえない。

ナムアミダー、ナムアミダー、ナムアミダー。

そのうちに、しゃがみ込んでいた大人のほうも手を合わせて念仏を唱えはじめた。

ナムアミダー、ナムアミダー、ナムアミダー。

ナムアミダー、ナムアミダー、ナムアミダー。

立っている大人と、しゃがんでいる大人の念仏の合唱が、少女の耳にワンワンと響いた。

もういちど閃光（せんこう）が走った。

大人たちは二人とも手を合わせ念仏を唱えながら、地面に横たわって泣き声を立てなくなった『物』をじっと見つめていた。

（いま逃げないと、あの赤ちゃんと同じように殺されちゃう）

強烈な危機意識が、マヒしていた少女の運動神経を刺激した。棒のようになっていた足が、ギクシャクしながらも動き出した。

少女は、大人たちの目の届かないところまでじりじりと後じさりをしていった。途中、サンダルの右足で、探していたルビーの指輪を踏んづけたが、そんなことに気づくゆとりはなかった。

大人たちから遠く離れたところで、少女は身を翻（ひるがえ）し、家に向かって一目散に逃げ出した。

サンダルばきだったので、土砂降りの雨の中を思うように速く走れない。それでも少女は、懸命に足を動かした。後ろを一度もふり向かずに家を目指した。

そして、庭先に立ててあった七夕の笹飾りをかきわけ、サンダルを蹴散らして脱ぎ捨てると、家の中へ転がるように駆けあがり、ぐしょ濡れの浴衣のまま寝床にもぐり込んだ。

茶の間では、家族がラジオの落語に笑い声を立てている。

稲妻が光るたびに、連動してラジオがバリバリとけたたましい雑音を立てた。それでも意に介さず、家族の笑い声がつづく。

廊下伝いに少女のいる部屋まで、そのにぎやかなざわめきは流れてきたが、ふとんを頭からかぶった少女の耳までは到達しない。

音も光も入ってこない『ふとんの中』という防衛陣地に閉じこもった少女は、ブルブルと身を震わせながら独り言を繰り返し繰り返しつぶやいた。

「ふたごはだめだ……ふたごはだめだ……」

「静恵さん」

静恵は、突然とがった声を背中に浴びせられた。

ふり返ると、開けたままにしておいた戸口に、総一会長の後妻である栄威子が立っていた。

その姿を認めた静恵は、読んでいた便箋を急いで封筒に戻そうとした。

だが、それより早く、栄威子は戸口から部屋の中へと入ってきた。そして静恵の真横に立って、彼女の手元に鋭い視線を向けた。

「あなた、何を読んでいたの」

「あ……いえ」

「え、何を読んでいたのよ」

再度の問いかけに、静恵は、封筒から半分以上飛び出したままの便箋を握りしめ、身じろぎもしなかった。

「答えなさいな、静恵さん」

日中、自宅にいるときから厚化粧を崩さない栄威子は、香水の匂(にお)いをふりまきながら、厳しい声で問い詰めた。

「あなた、右京さんのところにきた手紙を勝手に開封したのね」

「いえ」

三角巾に前掛け姿の光村静恵は、脅迫状を手にしたまま首を横に振った。

「開封したのではございません。もうすでに若旦那様が封を切っていらっしゃいました」

「バカねえ、あなた」

栄威子は、白髪まじりのお手伝いを横目で睨むと、せせら笑いを浮かべた。

「そんな弁解では、人の手紙を盗み読みしたのを白状したようなものじゃないの」

「……」

「あなたねえ、私よりもこの真行寺家に長くいるからといって、図に乗るのもいいかげんにしてちょうだいよ」

「図に乗るだなんて……」

「そうじゃなかったら、あなたの手にある封筒からはみ出した便箋を、どう説明するのよ。大慌てで中に押し込もうとして入らなかった便箋のことを」

栄威子の表情からせせら笑いが消え、目尻や口元が怒りで吊り上がってきた。

「さあ、説明なさいよ」

総一の後妻である栄威子にとって、自分よりも真行寺家に長く仕え、家のしきたりや物の配置などすべてに詳しい光村静恵は、まさに目の上のタンコブともいうべき目障り(めざわ)な存在だった。

夫の総一も義理の息子の右京も、この住み込みの年老いたお手伝いをひどく信頼していた。それが栄威子は気に食わなかった。

「静恵さん、あなたのお仕事はお掃除じゃなかったの」

「さようでございます、大奥様」

静恵は、六十六歳の自分より一回り以上も年下の栄威子を、大奥様と呼んだ。

「ですから私は、いま若旦那様のお部屋のお掃除にとりかかって……」

「嘘（うそ）おっしゃい。それともあれかしら、右京さんあての手紙を盗み読みするのもお掃除のうちに入るというわけ？」

「……いえ」

「あなた、いつもなら右京さんの書斎の前に、会長や私のお部屋を掃除する手順だったでしょう」

「さようで……ございます」

「その段取りは、一日として変えたことがなかったじゃないの」

「はい」

「それがなぜきょうに限って、私の部屋よりも先に右京さんの書斎に掃除機を持ち込んでいるのよ」

「………」

うまい言い訳が見つからないのか、静恵はうつむいたまま口ごもるばかりである。

「なかなか部屋に掃除にこないなと思って、あなたの姿を探しはじめたらこれだものねえ……。もしやあなた、会長の先がないことを見越して、何をやってもかまわないと開き直っているんじゃないの？」

「めっそうもございません、大奥様。そのような不謹慎な考えは少しも……」

「どっちにしても、言わなきゃダメね」

「どなたに、でございますか」

「決まっているじゃない。会長に、よ」

いつも栄威子は、夫の総一のことを会社の肩書で呼んだ。

「会長に、光村静恵の泥棒行為を報告しておかなければ」

「私は泥棒などしておりません」

「だったらスパイと言い換えてあげるわ」

「そんな」

「新社長になる右京さんにきた手紙を勝手に読む行為が、スパイじゃなくて何なのよ」

「これには特別なわけがございます」

光村静恵は、真行寺栄威子の胸にすがらんばかりに訴えた。

「私は、若旦那様の身を案じ申し上げているのです。心配で心配でならないのです」

「何がよ」

「これをごらんくださいませ。五日前の土曜日に、若旦那様あてに届いた脅迫状でございます」

「脅迫状?」

「はい。それも、差出人の名前が真行寺右京――つまり、若旦那様から若旦那様へあてられた脅迫状なのです。私はそれを若旦那様のもとへお届けしたのですが、いったい中にはどんなことが書いてあるのかと気にかかって、居ても立ってもいられず、とうとう勝手にお部屋に入ってしまいました。どうぞ勝手な行動をお許しくださいませ、大奥様。これもひとえに若旦那様の……」

「ちょっとお見せなさい」

静恵の弁解を途中でさえぎり、栄威子は手紙に向かってアゴをしゃくった。

「どんなことが書いてあるのか、私も知っておく必要があるわ」

4

同時刻――

リアルペイントの役員会議室では、定例の幹部会が開かれていた。

この幹部会には、本来ならば会長の真行寺総一を筆頭に、社長の添田五十次、専務取締役の真行寺右京をはじめ全役員と部長以上の管理職が出席することになっていた。

医師から最終宣告を受けたあとも、真行寺総一会長は毎日会社に出ており、この幹部会も欠かしたことはないのだが、きょうと明日の金曜日は『自伝の執筆』に集中的にとりかかるのを理由に、会社を休んでいる。

だが、部長クラスはもちろんのこと、役員のほとんどが、真行寺総一会長が引退に踏み切ったほんとうの理由を知らない。

表向きは『健康上の理由』となっており、まさに真相も健康上の理由にほかならないのだが、よもや手遅れの進行ガンによりあと半年を切る命であるとは、じつは九十九パーセントの役員社員が知らされていなかった。

承知しているのは、実の息子の真行寺右京専務と、創業時から総一会長の右腕として働いてきた添田五十次社長の二人のみである。

「私は諸君らに『バーベキューの買い物理論』という話をまだしていなかったと思う」

会議の冒頭、そう発言したのは専務の右京である。

毎回この幹部会では、はじめに総一会長からひとこと話がある。会社の経営に直接かかわる指針を語るときもあれば、業界や一般社会の情報もあれば、ゴルフコンペでの珍プレー談義などの気のおけない雑談のこともある。また、小学校の校長が朝礼で語るような、教訓めいた説教もある。

いずれにせよ、総一会長の話から会議の幕が切って落とされるのが恒例となっていた。

ところが、会長欠席のもとで行なわれたきょうの席上、冒頭訓話をはじめたのは社長の添田ではなく、専務の右京だった。

しかも彼は、現社長をさしおいて、父がいつも陣取る円卓会議室中央の会長席に座っていた。

もちろん、幹部会に出席しているメンバーは、一週間後の九月一日に開かれる役員会で、総一会長と添田社長の勇退、右京専務の社長昇格が内定される段取りになっているのを知っている。

しかし、その役員会を前にして、早くも真行寺ジュニアが総帥然とした態度をみなに見せつけることに対しては、反発の色を隠せずにいる年配の幹部も少なくなかった。

なんといってもジュニアはまだ三十八歳である。部長クラス以上の幹部の中に、右京より若い者はひとりもいない。いちばん若い部長でも、右京より六つ上の四十四歳である。すなわち、真行寺ジュニアは幹部会にあって群を抜いた最年少メンバーなのである。

その右京が、自分の父親といってもおかしくない年齢の役員たちを『諸君』よばわりし、いきなり訓話を垂れはじめたのだ。

「えーと、添ちゃんにだけは、前にこの話をしておいたよな。『バーベキューの買い物理論』を」

右京は、隣の席の添田をふり返って言った。

二回りも年上の生え抜き社長に対して『添ちゃん』である。

「はい、何度かそのお話は」

ロマンスグレーを七三に分け、銀縁メガネをかけた学者のような風貌をもつ添田は、実直な忠臣といった態度で両手を膝においた姿勢のまま、軽く頭を下げる。

添田は創業以来ずっと真行寺総一を支えつづけ、会社経営に当たってきた、いわば会長の永遠のパートナーである。

リアルペイントがここまで躍進を遂げたのは、もちろん総一会長のカリスマ性に満ちた経営手腕によるところも大きかったが、技術畑出身の添田が手がけた数々の研究開発の成果も、大いに寄与するところがあった。

それでも添田は年長の真行寺をつねに立て、自分は一歩後ろに下がるのを忘れない、非常に控え目な男だった。そうした欲のない姿勢が、真行寺会長の信頼を得てきたのである。

その添田は、以前、社長に就任するさいに、真行寺から一つの誓いを立てさせられていた。

それは、やがて真行寺が会長の座を引退することになったら、添田も同時に身を引き、真行寺が先妻との間にもうけた右京を社長の座に就かせることであった。

「ま、他のみんなが初耳なのは無理もない」

右京はつづけた。

「この『バーベキューの買い物理論』は、誰かの説の引用ではなく、おれのオリジナルなんだから」

右京は、自分のことを『おれ』と言う。最年少幹部でも、自分は特別な存在であるのだという主張が、その呼び方に表れていた。

「じつは、みんなも承知していると思うが、いよいよ現会長が引退を表明され、おれがその後を継ぐことになった。そこできょうは、総一会長とおれの基本的な考えの一致点と相違点について述べておきたい」

自分が後継者であることを前提にして、三十八歳の右京は話をはじめた。

「会長の考えと一致するのは、企業の存在価値は利潤追求にあり、という点だ。バブル全盛期のころ、業績好調な企業は文化事業に力を注ぎ、それがあたかも企業の社会責任であるかのような姿勢を取ってきた。

ま、言ってみれば、露骨な金儲けをしたぶん、どこかでカッコつけなければいかんぞ、という後ろめたさから出た罪償いだよな。しかし、我が社はそんな気取ったフリをせず、ひたすら利益の追求に邁進してきた。だからこそ、未曾有の平成大不況もなんとか乗り切ってこられたのだ。そうした経営哲学では、おれも真行寺会長と意見を一にするが、ムダという概念については、いささか考えは異なる」

居並ぶ幹部を見渡しながら、右京はつづけた。

「会長は、カリスマ性を発揮して強力なリーダーシップをとってきたわりには、非常に慎重なタイプの人間だった。だから、息子のおれなどからみれば、いささか大胆さに欠けるきらいがあった」

すでに、右京は過去形で父の実績を語った。

「会長は、その慎重な性格から、利益追求の段階でも極力ムダを省いて効率を上げるようにと諸君らを指導してきたと思う。だが、おれは違う。ムダもまた発展のためには必要なり、という考えだ。それをわかりやすく説明するのが『バーベキューの買い物理論』なのだ」

年長の幹部たちは、まだその理論の中身が想像つかずにポカンとしている。

「諸君らは自宅や別荘の庭、あるいはキャンプ場などでバーベキューをやったことがあるだろう。こういうときは、どうしても肉や野菜などの材料を多めに買ってしまうものだ。バーベキューで材料をケチっても雰囲気が盛り上がらないからだ。……な、経験があるだろう。スーパーなんかに行くと、食えるか食えないかを考えずに、ほしいものをバンバン棚から取ってカゴに入れていく、あのパターンだよ。ところがだ」

右京は、話のつづきに興味をもたせるよう、いったん言葉を区切った。

「ところが、いざ火を起こして鉄板の上でジュージューやりはじめると、最初のうちこそ黙々と食うことに熱中しているが、急ピッチで食べるものだから、あっというまに満腹になってしまう。もう一口も胃に入らないといった感じで、みんな腹をかかえてフーフーため息をつく。けれども、それでも買った材料があまっているのを見ると、もったいなくなって意地でも食わねば気が済まなくなる。なあ、おい、添ちゃんなんかもそのクチだよな」

隣から話しかけられ、社長の添田は苦笑してうなずいた。

「だけどおれは違うんだ。食い残された材料は、それなりにもう自分の役目を果たしたと考えるべきだ。どういう役目かというと、バーベキューの場を豪華に盛り立てる役だ。わかるか、諸君」

右京はもう一度、会議室に居並ぶ一同をぐるりと見回した。

だが、全員右京を無表情に見つめているだけで、これといった反応はない。

「ここまで話してもピンとこないのか。ようするにだ、たとえば五人でバーベキューをやるのに、材料を十万円分買い込んだと仮定しよう」

仮定の段階から、右京は金銭感覚が他の幹部とはまるで違っていた。たとえば、彼が思い描くステーキ用牛肉の単価からして、サラリーマン幹部が買い求めるところの三倍から五倍以上は高い値段となっている。

「そのうち実際に五人の胃袋に入るのは、ひょっとしたら七万円分だけかもしれない」

右京はつづける。

「しかし、あまった三万円分は食わなければその価値をムダにしてしまったかというと、そんなことはない。豪華な気分を演出するのに、三万円分の食材は大いなる効果を果たしているわけだ。

そう考えていけば、なにもあまった材料を無理して焼いて食って、腹をパンパンにふくらます必要もない。たかが三万円を惜しんで腹をこわしたり、満腹で動けずに時間をムダにするほうが、おれとしてはよっぽどもったいないと思う」

たかが三万円、という発言にも、内心ムッとする幹部は大勢いた。リアルペイントの役員報酬や幹部社員の給与は、業績好調のわりには決して高くはない。

「そもそもだ、十万円分の食料を買い込んだ時点で、それを食べようと食べまいと、十万円の支出をしたという事実に変わりはない。それを『食う』という行為で活用したと満足し、『食べ残す』という行為でムダにしたと悔やむ考えは、たんに情緒の問題にこだわっているにすぎない。ぜんぶ食べようと、食べ残しが出ようと、それによってバーベキューのために十万円分の支出をしたという事実に変化が出るものではない。もしもそこで、三万円分の食べ残しを惜しむくらいなら、最初から三万円を節約して七万円だけ買えばいいのだ」

真行寺右京は、そこで声を強めた。

「いいかな、諸君。これが『バーベキューの買い物理論』のもっとも重要なポイントだ。どういった教訓かわかるか」

やはり反応はない。

が、最初から何かの返答など期待していなかったというそぶりで、右京は自分で答えを述べた。

「つまりだ、いったん支出した金額をフル活用しようと思うあまり、かえって余分な労力を使ってしまう――こうした傾向が、いまの我が社にはあるように思えてならない。ムダを省く努力そのものがムダとなっているのだ。おれは、そこのところを強調したかった。

もっと伸び伸びと、失敗やムダを恐れずに、ムダはムダなりの存在価値があると言い聞かせて大胆に活動し、そしてなおかつ、いままで以上の利潤を追求していく。これが新体制下での指針になろうかと思う。……ま、詳細は、新役員の顔ぶれが決まってからきちんと話したい。私の話は以上だ」

最年少の専務取締役が、妙なたとえ話を引き合いに出しながら偉そうに演説をし、年配の社長がそれに対して会釈（えしゃく）で礼を返してから、ようやく議題は次に進むことになった。

幹部会出席者のほぼ全員が、こうした光景を見るにつけ、真行寺総一会長なきあとの会社の体制に非常な不安を感じていた……。

5

真行寺総一と後妻の栄威子との間に生まれた守は、二十七歳になってもなお定まった職についていなかった。

父親の総一は、できることならば守もリアルペイントに入社させ、帝王学を学びつつ、ゆくゆくは兄の右京の補佐をするようになってほしいと願っていた。

だが、その希望はあきらめたほうがよさそうだと総一が感じたのは、いまから十年以上も前、守が高校生のころだった。

小さなときから音楽に興味を示していた守を、実母の栄威子は、熱心にピアノとバイオリンの稽古（けいこ）に通わせた。将来、右京と並んで経営者の一翼を担（にな）うことになったさい、守にクラシック音楽の素養があれば、知的かつ文化的なイメージが添えられて、社交上のメリットも大きいと判断したからだ。ところが守の音楽の嗜好性は、高校のとき、クラシックから突然ハードロックへと大転換を遂げてしまったのだ。

守は勉強そっちのけでバンド活動に没頭し、ついには大学には行かずアメリカへ音楽修業の旅に出るとまで言い出した。そして彼は、母・栄威子の猛反対を押し切って、とうとうその言葉を実行に移してしまった。それが十八のときである。

けっきょくアメリカには七年もいた。

一昨年の冬になってようやく日本に戻ってきたが、すでに二十五歳になった守は、いまさら大学へ行き直すつもりもなければ、父や兄のいる会社に勤める気もなかった。

彼は、ロックバンドの活動に区切りをつけ、アメリカ滞在中に影響を受けたヒーリング・ミュージックの作曲に凝りはじめていた。

ヒーリング・ミュージックとは、たんに心を癒す音楽という抽象的な意味合いだけではなく、さまざまな形に歪んだ人の心を鎮め、和らげ、清め、開き、そして安堵させることによって、肉体的な不調をも治してしまう効果をもつ音楽のことである。

金銭的に恵まれたおぼっちゃまだけあって、守はまったく生活の心配なく、その世界にのめり込んでいった。

コンピュータやミキシング装置など、作曲に必要な機材の購入資金はすべて母の栄威子が用立て、しかも『仕事場』がほしいという守に、六本木の一等地に2LDKのマンションまで買い与えていた。

真行寺総一には息子が二人いたが、後妻の栄威子にとって息子といえば、実の子供の守だけを意味した。先妻の子供である右京は、栄威子からみれば、あくまで他人なのである。

だから栄威子は、守をとことん溺愛した。甘やかすだけ甘やかした。ただし、そんな栄威子もひとつだけ守に条件を出していた。

「仕事場は外にもっていいけど、守さんの住まいはあくまで田園調布の真行寺邸だということを忘れずにね。そして、お仕事の区切りがつくたびに、必ずこの洋館に帰ってきてちょうだい」

これが、栄威子から守への指示だった。

とくに先月、総一に最終宣告がなされてからというもの、栄威子は守に対して、できるかぎり毎晩きちんと田園調布の家に帰ってくるように念押しをしていた。

彼女は、すでに夫の総一が死んだ後のことをあれこれ考えていた。遺産相続にさいしては、田園調布の大きな洋館は、ぜひとも自分の手元に残しておきたかった。

だが、総一が遺書を残さずに死に、長男の右京が当主となってしまうと、義母の立場にある栄威子は、守ともども洋館からの立ち退きを迫られるおそれもあった。その件でもめて裁判沙汰になったとき、少しでも有利になるよう、息子の守も田園調布の洋館を住まいにしているのだという実績を作っておく必要があった。
けれども、そんな母親の作戦などおかまいなしに、守は週に一度申し訳程度に田園調布へ戻ってくるだけで、あとはずっと六本木のマンションに入り浸りだった。そしてそこには、モデルの仕事をやっている小谷由香梨という二十一歳の女の子が一緒に暮らしていた。

「ねえ、守う～」

　パソコンのキーボードを叩きながらヒーリング・ミュージックの作曲に余念がない真行寺守の背中から抱きつくと、由香梨は恋人にほおずりをしながら甘ったれた声を出した。

「こないだの話だけど、本当にホントなの」

「なにが」

　きき返しながら、守の視線はパソコンの画面から離れない。

「なにがって……お父さまのことよ」

　由香梨は、守の耳たぶに唇をつけるようにしてささやいた。

「守のお父さまが、あと半年の命だとお医者さまから言われたって、ほんとうなの」

「ああ」

両手の指でキーボードをカタカタ叩きながら、守は答える。

彼の作曲法は『打ち込み』と呼ばれる、パソコンに直接演奏データを入力するやり方である。

「言われたのが先月だから、残り五カ月という計算になるのかな。もちろん、あくまで医者の見立てが正確だった場合だけれど」

「ふ〜ん、ほんとにそうなんだ」

「そんな大事なことで、おれがウソをつくわけないだろ」

「だけど守、あまり悲しそうじゃないんだもん。ふつうは、父親の命があと少しだとわかったら、ショックですごく落ち込んじゃうと思うけど」

「愛情がないからだろ、たぶん」

パソコンを操作しながら、真行寺守は平然と言った。

「オヤジの頭には金儲(かねもう)けのことしかないんだ。金、金、金……金ばっかり。ああいう父親は尊敬できないし好きになれない。好きになれない父親が、あと半年かそこらで死ぬと言われても、悲しみは湧いてこない。これが正直な心境だよ」

「ふ〜ん」

由香梨は、後ろから守にしがみついたまま、しばらく身体を揺すっていたが、また別の質問を切り出した。

「……で、どうなるの」

「なにが」

「お父さまが亡くなったあとのことよ」

「兄貴が継ぐさ」

守は短く答えた。

「でも、守のお兄さまって、血がつながっていないんでしょう」

「半分だけつながっている。オヤジは一緒だけど、オフクロが違うんだ」

「じゃあ、お兄さまのお母さまって、早くに死んじゃったのね」

「ああ、兄貴を産んでまもなくね。……自殺だったそうだ」

「自殺？」

由香梨はびっくりした声を出した。

「自殺って……どういう理由で」

「知らない」

「お父さまに尋(たず)ねたことはないの」

「あるけど、オヤジも触れられたくない過去みたいでさ、何も教えてくれなかった」

「守のお母さまも詳しい事情は知らないの？」

「と思うけどね。……おれはあんまり兄貴や兄貴の母親について興味はないんだよ」

守は面倒臭そうに言った。

「たまたま父親が一緒で、しかも同じ屋敷に住んでいるだけで、実際にはアカの他人とおんなじだよ。考え方も感性も性格もまるで違う。なにしろ兄貴はオヤジそっくりだからな。金、金、金……そればっかり」

「それで、あなたとお兄さまは平等なの」

「平等とは」

「遺産相続とかの条件で」

由香梨はずいぶん立ち入ったことをたずねてきたが、守は気にもとめずあっさり答えた。

「そりゃ特別な遺書でもないかぎり、金額的な権利は、おれと兄貴は平等だよ。オフクロが二分の一取って、残りを兄貴と半分ずつってことだ。ただし、リアルペイントの株式とか田園調布の洋館とか、そういったものは兄貴に優先的に譲らなくちゃならないだろうな。なにしろ、真行寺右京はリアルペイントの後継者なんだから」

「守は会社にはノータッチなの？」

「もちろん」

「どうして」

「おれに会社経営ができると思う？」

「やってみなくちゃわからないじゃない」

「よしてくれよ」

守は苦笑いを浮かべて手を振った。

「高校を卒業してすぐにアメリカへロックの旅に出て、七年も日本を空けていたんだぜ。そんな男が急にスーツを着れると思うかよ」

「……………」

「どうでもいいけど由香梨、おまえ何考えてんの」

「社長夫人……じゃなかったら、副社長夫人でもいいわ。それになりたいの」

小谷由香梨は、背中から守を抱きすくめていた手を離し、きっぱりとした口調で言った。

「大企業のオーナー夫人になって田園調布の家に住む——そういうのが理想だったのよ、私」

「はあ?」

さすがの守も、由香梨の大胆発言にキーボードを打つ手を休めて、まじまじと相手の顔を見た。

「おまえ、そういう欲があったわけ」

「うん」

由香梨は素直にうなずいた。

「そうすれば、モデルのお仕事なんかしなくたって、素敵な洋服やきれいな宝石を好きなだけ買えるでしょう。せっかく人よりも恵まれたプロポーションに生まれついたんだもん」

たしかに由香梨は、『抜群』と形容すべきスタイルの良さを誇っていた。なにしろ、身長の半分以上を脚の長さが占めているのではないかと思われるほどである。

顔立ちはそこそこだが、このプロポーションのすばらしさに、街ゆく男たちはみな由香梨をふり返る。そんな彼女が、恵まれた自分の身体を人一倍きれいに着飾りたいと願うのは無理もなかった。

しかし、である。

恋人の父親が進行ガンで生命の期限を区切られたというのに、その死後の展開に思いを馳せるというのは、あまりにも非常識……というよりも、常軌を逸した言動だった。

それに守も気づいて、由香梨を見る目に変化が生じた。

が、由香梨のほうが機先を制するように言った。

「ねえ、守。私と結婚してくれるんでしょう」

「たぶんな」

「たぶん、じゃなくて、ちゃんと約束してくれなくちゃイヤ」

「それはできない」

「どうして」

「おまえって、自分のことしか考えない女だろ」

守の言葉がいつになく冷たかった。

「そういう点では、右京兄貴とよく似ているよ。むしろ真行寺家の嫁になりたいんだったら、兄貴のほうにアプローチしたほうがいいんじゃないのか。それなら確実におまえの夢は果たせるよ。社長夫人になって、チャラチャラと宝石類で飾り立てたいという夢は」

「だって、お兄さまはとっくに結婚しているじゃない」

「うまくいってないんだよ。早智子さんと」

守は兄の妻の名前を口にした。

「三年前に結婚して、まだ二人の間に子供ができないのも、早智子さんが兄貴との結婚生活をこの先ずっとつづけていけるかどうか、ためらっているからなんだ。……近々離婚するかもしれないな、あの二人は」

「ほんと?」

「なんだよ、その眼の輝きは。だったら、真行寺守から右京に乗り換えようかっていう顔してるぞ」

守の言葉に、小谷由香梨はウフッと笑って肩をすくめた。

「そうしちゃおうかな、私」

冗談とも本気ともつかない言葉を聞くと、守は不愉快そうに顔をそむけ、ふたたびパソコンに向かってキーボードを叩きはじめた。

6

その日、すなわち八月二十五日木曜日の夜——

真行寺邸の若奥様と呼ばれる右京の妻の早智子は、意を決して夫の帰りを待っていた。

社用車のベンツが表に停まり、ドアが開閉する音を聞くと、早智子はお手伝いの静恵と並んで玄関へ出迎えに行った。そして、玄関を開けて入ってきた夫に近寄ると、静恵に聞かれぬようすばやく耳打ちをした。

「お話があるんです」

「話？」

せっかく早智子が小声でささやいたのに、右京はわざと静恵にも聞こえるような声で問い返した。

「話って、なんだよ」

「ちょっと、こっちへ……いいですか」

早智子は、昼間、総一会長が港書房の編集者とのインタビューに使っていた部屋の扉を目で示した。

「だからなんだよ、思わせぶりに」

「とにかく、すぐにお話ししたいことがあるんです」

少しでも時間をおくと決心が鈍（にぶ）ると思った早智子は、いつもの彼女らしからぬ強引さで、夫を応接間の中に招き入れた。

無関心を装（よそお）いながら、お手伝いの静恵が聞き耳を立てているのが早智子にはわかったので、彼女は急いでドアを閉めた。

「いったい、帰ってくる早々なんの話だ」

「離婚してください」

「なに？」

二人きりになったところでいきなり切り出され、真行寺右京は顔色を変えた。

「私を離婚してください。別れてほしいんです」

「なんなんだ、急に」

　妻の突然の発言に、右京は動揺を隠し切れなかった。なんとか落ち着きを取り戻そうとして、右京はネクタイの結び目をゆるめた。

　だが、早智子は間をおかずに一気にたたみかけた。

「私とあなたの夫婦生活を終わりにしたいんです」

「ちょっと待て、早智子」

　背広の上衣を脱ぎ捨て、ネクタイをワイシャツの襟から引き抜くと、右京は妻に詰め寄った。

「おまえ、自分で何を口走っているのかわかっているのか」

「もちろんです」

　後ずさりしながら、早智子は答えた。

「あなたに離婚をお願いしているんです」

「バカな！」

　最初の驚きを通り越すと、右京はこんどは怒りをあらわにした。

「早智子、おまえ、いまがどういう時期なのかわかっているのか。オヤジの後を継いで、おれがリアルペイントのトップの座に就く。それが目前という時期なんだぞ」

「だからこそ、決心するのはいましかないと思って、私はお話ししているんです」

「冗談じゃない。新社長就任と同時に離婚だなんて、おれは世間の笑い者になるじゃないか。リアルペイントの最高経営者のイメージにも傷がつく」

「もっとひどい傷がつかないうちに、別れていただきたいんです。私が社長夫人になる前に」

「ダメだ、そんなのは！」

大声で叫ぶと、右京は無意識にワイシャツの胸ポケットをまさぐった。そこにタバコが入っていると思ったのだ。

だが、禁煙中だったことを思い出し、右京は仕方なしにズボンのポケットに手を突っ込み、そこからミントガムを取り出し、一枚を口に放り入れた。

「いったい何が不満なんだ」

募る怒りで、ガムを噛(か)む口の動きにも力がこもった。

「言ってみろ、早智子。いったい何が不満なんだ」

「モラルの違いです」

「モラル？」

「あなたやお父さまとの道徳観の違いです」

「どういう意味だ、それは」

「お金儲けのことばかり考えて生きていく人に、私はもうついていけません」

「なんだと」

「リアルペイントという会社は、塗料メーカーとしては日本一ですけれど、その裏ではレーダーに機影が映らない特殊塗料を米軍に提供したり、住宅用ペイントに発ガン性の高い物質が含まれていることがわかっても、出費を惜しむあまり流通経路からの回収をしぶったり……やることが非人間的です」

色白の早智子のこめかみに、興奮のあまり青白い静脈が浮かんだ。

「間接的に戦争に協力したり、会社にお金を払ってくださる消費者を平気で危険な目にあわせたり……それで、利益率が業界でトップだと誇って何になるんですか」

「おいおい、おれと結婚して三年も経つのに、いまになって消費者運動の代表みたいな言い草をわめきちらさないでくれよ」

右京は、早智子を壁際に追いつめた。

「田園調布の一等地にこれだけ大きな洋館を建てて、そこで何の不自由もなく暮らせるのは、いったい誰のおかげだと思っているんだ」

「リアルペイントという会社の犠牲になっている人たちのおかげです」

「早智子！」

「私は前に聞いたことがあります。あなたを産んだお母さまは商家の出身だけれど、お母さまのお父さまという人は、実業家の渋沢栄一をとても尊敬していたそうですね。なぜなら、渋沢は『論語とソロバンの一致』——つまり、商売の利益を追い求めると同時に、決して商道徳を忘れてはいけない――という姿勢を貫いたからだ、と」

「そんな話、誰から聞いた」

「静恵さんからです」

「あのババア、古くからウチにいるからって、よけいなことを」

「どうして会長やあなたには、お母さまの実家がもっていたような商売上の道徳心というものがないんですか」

「よけいなお世話だ」

「ひょっとしたら、お母さまがあなたを産んですぐに自殺なさったのは、そうした道徳観の違いがお父さまとの間にあったからではないんですか」

「違う！」

右京の返事があまりにキッパリしていたので、早智子は驚いた。

これまで夫の口から、実母の自殺の理由が明確に語られたことはなかった。右京自身も母の自殺のほんとうの原因を知らない、というふうに、早智子は聞かされてきた。ところがいまの口ぶりから推し量（はか）ると、右京は母を自殺に追い込んだいきさつを、どうやら知っているようである。

しかし、いまはそれが問題ではなかった。論ずるべきは、二人の将来である。

「私は、リアルペイント社長夫人として、公の場に紹介されるのは耐えられません」

なおも早智子は言い張った。

「だったら、家の中にこもっていろ」

右京も言い返す。

「その代わり、離婚は許さん」

「いやです。もうこのお屋敷に住むことじたいが耐えられないんです」

「おまえなあ、オヤジがガンを宣告されたドタバタにつけ込んで、あんまり勝手なことばかり言うんじゃないぞ」

「どんなにあなたが怒ろうとも、私の決心は変わりません。あなたがリアルペイントの社長に就任する前に、どうぞ私を離婚してください。仮にそうしてもらえなくても、私はこの家を出ていきます」

「おい、早智子」

急に右京の口調が変わった。

「おまえ、男ができたな」

「……………」

右京の切り込みに、早智子は沈黙した。

「おまえはおれより十も若い。見てくれだって悪くない。男から声をかけられてもおかしくはない。だけどな、この真行寺家の財力に勝つだけの生活力をもった男がどこにいる」

右京は妻を睨み据えた。

「幸福な結婚とは、決して愛で結ばれることによって成立するものではない。財産という信頼に結ばれた夫婦こそ、最高の安定に恵まれる。それこそ理想の結婚生活なんだ。学生じゃあるまいし、それくらいの理屈がわからなくてどうする」

早智子は無言。目をそらせている。

「わかったよ。やっぱり好きな男がいるんだな。そうなんだろう」

まだ早智子は答えない。

「え、どうなんだ。ちゃんと返事をしろよ」

右京は、壁を背にした妻のアゴを人差指でクイと持ち上げ、否応なしに自分のほうを向かせた。

「おれのほかにこうやってキスを許した男がいるんだろう」

そう言いながら、右京は早智子と唇を合わせようとした。

が――

「やめてください！」

予想もしなかった強い力で、早智子は夫の身体を押し返した。

そして、その傍(かたわ)らをするりと抜けて、ドアのほうに駆け寄った。

「もうダメなんです。ほんとうにあなたとは……もうダメなんです」

「早智子」

部屋から逃げ出しかかった妻を、夫の右京は物凄い形相で睨んだ。

「もしかしておまえ……守とできているんじゃないだろうな」

早智子は、その質問には答えずに、勢いよくドアを開けて廊下に飛び出した。

7

あとから考えると、すでに事件の幕は開いていた。

総一会長のガン宣告をきっかけに、真行寺家の人々の間に、どこかギクシャクした雰囲気が流れはじめた。それは不吉な予兆といってもよい。

そして、その漠然とした黒い空気は、惨劇へ向けて徐々に具体的な形をとっていった。


二日後の八月二十七日土曜日、夕刻――

きのう、おとといの二日間で自伝制作のためのインタビューも終えた真行寺総一は、ひさしぶりに自家用車のハンドルを自ら握って田園調布の自宅を出た。

若いころからドライブが趣味だった真行寺は、毎日社用車で送り迎えされる身分になっても、休日などにはわりあい気軽にハンドルを握って外出した。七十という年になっても、その習慣は変わらなかったが、さすがにガンを宣告されてからは気分転換のドライブに出かける心境ではなかった。

考えることが多すぎたのだ。

これは港書房の高木洋介とのインタビューでも語られたことだったが、死の宣告を受けたのち、冷静さを取り戻した真行寺総一は、残されたわずかな人生の送り方を次のように決めた。

まず彼は、できるかぎり速(すみ)やかに長男の右京へ権力委譲を図るとともに、入院してガンと闘うのを拒否した。

「私は現代医学を信じている。だからこそ、私は入院して病と闘う愚は犯さない。現代医学によって助からないと判定された私の病状について、もはや神の奇跡が起きるとは考えられない」

真行寺は、栄威子・右京・早智子・守それにお手伝いの光村静恵の前で宣言した。

「余命半年を告げた医者が、全力をあげて治療に当たりますというのは、はなはだしい矛盾だ。たんなる延命のために、病院のベッドに横たわり、さまざまなチューブを付けられて人間スパゲティ状態になることに、いったいどんな意味があるだろう」

そう語って、真行寺は残りのわずかな人生を、ハワイにある別荘で過ごすと宣言した。

通常、ノー査証（ビザ）で許される滞在期間は、連続九十日、つまり三カ月。だが、その期限がきたら、一度日本に戻り、またハワイへ行くというサイクルを繰り返すような体力は、もはやない。

だから真行寺は、なしくずし的にハワイに居つづけるつもりだった。帰国を強制されても、最初の滞在期限がくるころには、もはや動けるような状態ではあるまいと予測していたし、そうなった場合に備えて、彼には特別なコネがあった。

真行寺の経営するリアルペイントという塗料会社は、嫁の早智子が非難したように、じつはアメリカの軍事産業に多大な貢献（こうけん）をしていた。軍用機の機影を敵のレーダーに投影させせない特殊な塗装を開発していたからである。それゆえに、ハワイの長期滞在に関しても、その方面のコネクションで特別な便宜（べんぎ）を図ってもらえるメドが立っていた。

ハワイへの出発は、息子の右京への権力委譲が確定したのち、ただちに、という予定だった。

日本でやり残したことは数多くあったが、すべてを片づけるには、残り時間が少なすぎた。だから真行寺は、会社の経営は次期社長に指名した息子の右京に全面的に託（たく）

すことにした。

院長の見立てを信用するならば、ハワイですごす期間は約五カ月。多少伸びたにしても、一年には満たないものと思われた。

この人生最後の旅に同行することになっているのは、長年真行寺家に仕えてきたお手伝いの光村静恵だった。最後のときを二人きりで過ごすのは、妻の栄威子ではなかったのだ。

それは真行寺の希望だった。

この決定を告げられたとき、妻の栄威子は大きなショックを覚えた。

もともと夫の総一とは、財産や名誉といった金銭的安定感でつながっていたから、夫の愛情の薄さにいまさら衝撃を覚えたのではない。そうではなく、夫の態度から、自分や息子の守に不利な遺書が作成されているのではないかと疑ったのである。

栄威子としては、終末を迎える夫の身の回りの世話を静恵にさせながら、自分もハワイで『最期のとき』に立ち会うつもりでいた。ところが、それを総一本人から拒否されてしまったのである。

表向きには、「静恵をハワイへ連れていくので、栄威子は日本に残って田園調布の家をみていてほしい」ということになっていたが、誰がみても妻を最終の地へ連れていかないのは不自然に思えた。だが、栄威子にもプライドがあった。彼女のほうからぜひ私もハワイに連れていってくださいとは頼まなかった。

それにしても栄威子はひどく傷ついた。この期に及んで、真行寺総一の先妻みちの存在が、亡霊のように目の前に浮かんできた。

けっきょく夫は、三十八年前に自殺した妻に再会するために終末の地へ旅立つのではないか——そんなふうに思われて仕方がなかった。

真行寺総一は、もちろんそうした栄威子の心理は読めていた。

自分がひさしぶりに自家用車を運転してどこかへ出かけようとしても、栄威子は取り立てて行先をたずねようとはしなかった。気をつけていってらっしゃいという見送りの言葉もかけなかった。

人生の残り時間のカウントダウンがはじまった夫にとって、もはや妻の存在は眼中にないというのがはっきりわかってきたのだろう、と総一は思った。

しかし総一も冷たい男だったから、世間体を取りつくろうために妻との愛情ごっこを演ずる真似は、あえてしなかった。

通常は、死を宣告された夫に妻が温かく寄り添うのがあたりまえだが、総一は、そうした夫婦ゲームは不要だと突き放したのである。

そして彼はいま、埼玉県深谷市の郊外へ向かっていた。

お手伝いの光村静恵だけが、出がけに「大旦那様、どちらへいらっしゃるのですか」と心配そうにたずねてきた。

「なあに、人生最後のドライブだよ、そんなに時間はとらないから」

真行寺は、軽い微笑を静恵に向けて言った。妻の栄威子には決して見せない優しい笑顔である。

それが、午後の六時。

夏の時期だけに、六時といっても夜ではなく、日暮れ時のイメージすらなく、周囲は真昼のように明るかった。

環状八号線から関越自動車道の練馬インターへ向かうには、途中で大渋滞に巻き込まれる場所があったが、会長車として使っているハイヤーの運転手はいつも石神井方面の巧みな抜け道を使っていた。その道順を覚えていたから、真行寺はさほど時間をとらずに高速の入口までたどり着くことができた。

練馬インターから埼玉県北部の花園インターまでは、わずか五十六キロ。そこから県道深谷寄居線で深谷駅前までの道のりが、およそ八キロ。

そして最終目的地は、深谷駅から車でおよそ十五分の距離にある。

待ち合わせに指定されたのは、深谷駅前の喫茶店。

真行寺は、ある人物から呼び出しを受けていたのである。

思ったよりも道路がスムーズに流れていたので、その店に着いたときには――さすがに周囲は暗くなっていたが――約束の八時半までには、まだだいぶ間があった。

しかし、真行寺は食事はとらずにホットミルクだけを注文し、店に置かれた新聞を読みながら時間をつぶした。すでに食欲は、あまり芳(かんば)しくない状態にきていたのである。

深谷駅からは、相手が真行寺の車に同乗して最終目的地へ向かう段取りになっていた。

真行寺は、こんな時期に相手が突然呼び出しをかけてきたその真意を測りかねていたが、相手は有無を言わせぬ口調で三つのことを指示した。

第一に、待ち合わせ場所と時刻。

第二に、この呼び出しの件を誰にも知らせないで、自分で車を運転して出かけること。

第三に、指示に従わないときは、真行寺の築き上げた株式会社リアルペイントが破滅に陥ること。

以上、三点である。

死の宣告を受けた真行寺にとって、もはや生命の危険という概念は存在しなかった。だから、意味不明な呼び出しに対する恐怖感は、じつのところまったくなかった。

しかも呼び出しをかけてきた人物は、決して知らぬ相手ではない。だから、脅迫めいた第三の条件も、是が非でも真行寺を約束の場所へ呼び出すための方便にすぎないのだろうと思っていた。

むしろ彼は、相手が何の目的で自分を呼び出したのか、その点に好奇心を覚えていた。

なにしろ相手が真行寺を連れていこうという場所が、『血洗島(ちあらいじま)』なのだ。

8

血洗島とは、ずいぶん物騒な字面(じづら)だが、これは現実に存在する地名である。

ただし、『島』という字がついていても島ではない。海に囲まれてもいないし、また、川の中にある洲(す)でもない。完全な内陸部にある、農地と民家で成り立つ地域だ。

埼玉県深谷市大字(おおあざ)血洗島——

こう呼ばれる区域は、深谷市の北方約四、五キロに位置する。

深谷駅から伊勢崎(いせざき)深谷線と呼ばれる幹線道路を四キロほど北に進むと、大塚という大きな交差点のつぎに、下手計(しもてばか)という名前の交差点が出てくる。

これを左折し、左側を大字『上手計(かみてばか)』に、右側を大字『下手計』にはさまれた狭い農道を直進すると、やがて右手に農協をみるあたりから『血洗島』の区域に入る。

この『上手計』『下手計』『血洗島』という三つの地名は、じつは一人の武将の血なまぐさい物語に由来する。

鎌倉(かまくら)幕府の初代将軍として知られる源頼朝の父は義朝だが、その義朝の父は為義、そして為義の父は義親と遡(さかのぼ)り、さらに義親の父親にあたる源義家という平安時代後期の武将が、のちに血洗島という名の土地を生む伝説を作った。

義家は石清水八幡宮(いわしみずはちまんぐう)で元服(げんぷく)したので、八幡太郎と号したが、この八幡太郎義家が利(と)根(ね)川の戦いで片腕を切り落とされた。そのさい、血まみれの身体を洗った場所だったから『血洗島』とのいわれがあるのだ。

そして、切り落とされた義家の手を葬った場所が、『手の墓』すなわち『てばか』となって『手計』という地名を生んだという。

実際にここが血洗島村として開墾(かいこん)されたのは十六世紀後半、安土桃山時代のことだが、この奇妙な名前の村が一躍世間に知られたのは、さらに時代を下って明治になってからである。

江戸・明治・大正・昭和という四つの時代を生き、五百とも六百ともいわれる膨大な数の会社を設立して大実業家の名をほしいままにした渋沢栄一の誕生の地が、当時、武蔵(むさし)国榛沢(はんざわ)郡に属していた血洗島村だったのだ。

日本の経営者にはよくありがちな嗜好だが、真行寺総一も、大実業家と称されてきた過去の名だたる経営者や、あるいは戦国の武将などの伝記を読みながら、そこに経営のヒントを見いだすのが好きだった。

だから彼は、渋沢栄一の伝記にも目を通しており、その一生は大まかに把握していた。

ちなみに、日本に銀行のシステムを導入したのは渋沢栄一であり、英語のＢＡＮＫに『銀行』という訳語を与えたのも渋沢である。

そうした資本主義草創期における渋沢の役回りはじゅうぶんに承知しつつも、経営者としての渋沢のありかたには、真行寺は賛同できないところも多かった。

とりわけ渋沢が主張する『論語とソロバンの一致』――すなわち、商道徳の強調に関しては、真行寺は甘っちょろい理想論にすぎないと小馬鹿(こばか)にしていた。明治大正のころならいざしらず、戦後日本にあっては、容赦(ようしゃ)なき、仁義なき利益追求こそが経営者のとるべき道だと真行寺は信じていた。

たとえばこういう例がある。

明治初期に海運業が急速発展したとき、岩崎弥太郎(いわさきやたろう)指揮下の三菱汽船が業界の権益を独占したのに対し、渋沢栄一は政府の後押しによって共同運輸会社を設立。岩崎の三菱に激しい競争を挑んだ。

とくに渋沢は顧客の便宜を優先して考え、思い切った運賃値下げを実行した。いまでいう価格破壊の先鞭である。

これに対し、安いほうに客をとられ、独占を脅かされた岩崎三菱は、こちらも負けじと運賃引き下げに踏み切った。

そしてたがいに意地の張り合いから、利益を度外視した客引き合戦に突入。うちの船に乗ってくださったお客様には、逆に謝礼金を差し上げますという前代未聞のキャンペーンまで展開した。

しかし、このままでは双方共倒れになると察した両社は、協議の末、合併の道を選んだ。

これによって誕生したのが日本郵船である。

この顛末が語られるとき、どちらかといえば岩崎弥太郎に悪役イメージが押しつけられてしまうきらいがあったが、真行寺は岩崎の生き方を好んだ。

人の意見をよく聞く渋沢よりも、トップダウン方式の力業で事を運んでいく岩崎弥太郎のほうが、はるかに真行寺の性に合っていたのだ。

ともあれ、渋沢栄一に関する基礎知識はあったため、真行寺は、ある人物から血洗島までいっしょにきてほしいと言われたとき、その奇妙な地名に違和感を覚えることはなかった。

だが、なぜ血洗島に連れていかれるのか、という理由は見当もつかなかった。

真行寺は、血洗島と自分とを結びつける糸が存在しているとは、夢想だにしなかった。


そして、午後八時半――

約束の時刻ちょうどに、その人物は喫茶店のドアを開けた。

9

「いったいどういうことなんだね」

真行寺は、喫茶店の椅子に座ったまま、相手に向かってたずねた。血洗島へ同行する前に、なんらかの説明を聞かせてもらえると思ったのだ。

だが、彼を呼び出した人物は、やや緊張した表情を浮かべ、立ったまま真行寺と無言で視線を合わせた。

しばらくして、相手のほうから視線をはずした。そしてその人物は、真行寺が飲みかけにしていたホットミルクの脇(わき)にあった伝票をつかむと、踵を返して早足でレジに向かった。

その動作を見て、真行寺も席を立った。

彼は、そのときに少し不吉な予感を覚えた。相手の表情が硬かったたし、顔見知りなのに少しも口を利こうとしなかったからだ。

「車は、この先の路地に停めてあるのだが」

喫茶店から表に出た真行寺は、相手にそう言った。自分の運転してきた車で最終目的地に行く段取りになっていたからである。

相手は依然として無言でうなずくと、真行寺の後にしたがって、駅前から一本裏へ入った路地に向かった。

ことしの夏は猛暑がつづいているが、この晩もひどい熱帯夜だった。冷房の効いている喫茶店にいるときは快適だったが、外に出てほんの数十メートル歩いただけで、真行寺の額に汗が吹き出してきた。

死の宣告を受けたわりには、自覚症状がそれほどひどくなく、食欲こそないが内臓の痛みなどはあまり感じないため、真行寺はときおり自分の身体の状態を忘れることがあった。が、夜になってもサウナ風呂（ぶろ）のような蒸し暑さの中を歩くと、さすがにかなりのだるさを感じた。

相手もときおりハンカチで顔の汗をぬぐっていた。だが、その人物は決して真行寺と並んで歩こうとはしなかった。あたかも無関係な二人とみえるように、距離を置いて歩く。

そのしぐさも真行寺は気になった。

しかし、余命いくばくもなしと宣告された彼は、さまざまな意味で達観した領域に到達していたので、よけいな質問はせずに、とにかく相手がしたいようにさせてみることにした。

車のところまでくると、真行寺は相手をふり返って言った。

「どうする。私が運転していくかね。それともそっちが……」

ぜんぶ言い終わらないうちに、相手は助手席側のドアの前に立った。その動作によって、運転するのは真行寺のほうだと示していた。

「なぜ、一言も口を利かないんだ」

「………」

「これから、血洗島のどんな場所へ連れていくのか知らないが、そこへ着くまで無言を通すつもりなのかね」

相手は、黙ってうなずいた。

真行寺は仕方ないというふうに首を細かく左右に振ると、キーを差し込みドアロックを開けて運転席に座った。つづいて相手が、自分で助手席のドアを開けて乗り込んでくる。

駐車中に室温が上がって、中は蒸し風呂のようになっていた。真行寺はエンジンをかけると同時に、エアコンのスイッチを最強にした。

そのときはじめて、真行寺は、相手が小さな箱を片手にもっていることに気がついた。やや長細くて、薄べったい桐の箱である。

サイズとしては手のひらに載るくらいだったから、たとえばそこに凶器が隠されているような心配はないと思った。この小ささでは、工作用のカッターナイフすら入らないだろう。

だが、その箱はどこかで見た記憶があった。

それが何に使用されるものか、ちゃんと自分の知識の中にあるという覚えがあった。けれども、ではその桐の箱が何なのかという答えが、すぐには出てこない。

真行寺の視線に気づいたのか、相手は早く車を出せとばかりにアゴをしゃくった。それで、真行寺は車のセレクトレバーをＤレンジに入れ、サイドブレーキをはずした。

血洗島までの県道は単調だった。

信号もさほど多くなく、ヘッドライトに照らされる周辺の景色は民家か畑である。

助手席に乗り込んだ人物の指示で、真行寺は県道６号伊勢崎深谷線を真っすぐ北上した。

そして深谷警察署を左に見ながら進み、国道17号線深谷バイパスを横切り、大塚という交差点に出たところで左折して県道58号本庄妻沼線に入った。

この県道の両脇の住所は『下手計』、そしてしばらく行くと『上手計』となる。

この道を大塚から一キロちょっと進むと、右向こうに琥珀亭というカフェレストランのある信号付十字路にぶつかる。

信号機の下に掲げられた交差点名は『血洗島』。ここから北側の住所表示が、いよいよ血洗島となる。

真行寺は、指示にしたがってその交差点を右折した。

ますます畑の割合が多くなる。すなわち、明かりが少なくなる。

「そこ、左」

いままで指で方向を示していた相手が、はじめて声を出した。

その命令にしたがって、真行寺はハンドルを左に切った。信号も何もない、畑の中の十字路である。

「この先に、渋沢栄一先生の生家がある」

助手席の人物が、ボソッとつぶやいた。

「そこへ行くのか」

真行寺が聞き返すと、相手は首を左右に振って否定した。

　暗い車内では、その表情はよく読み取れない。

（いったい、こいつは何を考えているんだ）

　すると、いきなり手ぶりで左に曲がれと指示が出た。

　もともと細い道がさらに細くなる。両脇に民家が迫り、その庭先に生えている柿（かき）の木の枝が、狭い道路の上に覆いかぶさっていた。

　やがて右側がポンと開けた。

　諏訪（すわ）神社の境内である。

「この先は歩いていく」

　相手が言ったので、真行寺は車を神社の入口に寄せて停め、エンジンを切って外に出た。

　時刻はまだ九時少し前だが、あたりは闇（やみ）に包まれ森閑（しんかん）としている。未舗装路を踏みしめるザクザクザクという二人の足音が、ずいぶん大きく響いた。

　その足音を聞きつけたのか、野良犬がワオワオ〜ンと遠吠えを放つ。

「どこへ行くんだ」

　さすがに不安になって、真行寺はたずねた。

　不治の病を宣告された身にとっては死の恐怖など無縁だと思っていたのだが、真行寺は急に怖くなった。

近い将来自分の生命が終わるという冷酷な現実はようやく受け入れることができたが、その覚悟のうちに、殺される場合は入っていなかった。

(死はもう怖くない。だけど、殺されるのはごめんだ)

そう思ったとたん、真行寺の足が先に進まなくなった。

真行寺が遅れたので、相手がふり返った。

「早く」

相手がうながす。

だが、真行寺は立ち止まったまま動かなかった。

「どこへ行くのか教えてくれなければ、私はこれ以上先へは進まないぞ」

その言葉に、相手は笑った。

真行寺の脅えを見透かして、あざけるような笑いだった。

「心配はありません」

相手は真行寺の警戒心をゆるめようと思ったのか、いままでのぶっきらぼうな口調をやや和らげ、敬語をまじえて言った。

「別にあなたをどうこうするつもりはありませんから」

「だったら、何をするんだ」

「あなたに見せたいものがあるのです」

「何だ」

「チューリップです」

暗がりの中で、相手は答えた。

「チューリップ？」

「そうです、チューリップです」

「……」

「ここ深谷市は、日本一のチューリップの生産地なんです。ごぞんじありませんでしたか」

「深谷市が？……知らんな」

戸惑いながら、真行寺は応じた。

「以前、新潟県の中条町に仕事で行ったとき、たしかそこにチューリップの生産日本一という看板が出ていたような気がするが」

「それは球根の生産量が日本一ということです。こちらの深谷市は、切り花としてのチューリップの生産量が日本一なのです」

「なるほど。……だが、それがどうした」

真行寺は、濃密な闇を透かすようにしてあたりを見回した。

「チューリップ畑らしきものは、どこにも見当たらないが」

「収穫の時期は終わりましたからね」

相手は言った。

「だいたい年末の十二月半ばから一月半ばまで、それと三月いっぱい、この二度に分けて、蕾の状態で出荷します。だから、真夏にはチューリップが咲いている姿は見られない。それに、チューリップ畑があるのは、高崎線の線路を挟んで血洗島方面とは反対側、上越新幹線の南沿いにある藤沢地区です」

「それで?」

「私があなたに見せたいチューリップとは、一面のチューリップ畑ではありません。たった一本だけなんです。しかも、色は黒。……黒いチューリップです」

「え……」

黒いチューリップ、という言葉は、真行寺をふたたび不安に陥れた。

「さあ、おいでください」

相手は説明を打ち切ると、背を向けてまた暗闇の先へ歩きだした。

仕方なく、真行寺はそれにつづく。

やがて相手は、神社の西側に広がる殺風景な場所へ真行寺を導き、おもむろにポケットから小型の懐中電灯を取り出した。

頼りなげなオレンジ色の明かりに照らし出されたのは、緑一色のネギ畑だった。

「どうぞこちらへ」

　さきほどから相手の言葉づかいが丁寧になってきているので、真行寺はやや警戒心を解いていた。

「これはただのネギ畑じゃないかね」

「そうです」

「どこにチューリップがあるんだ」

「もう少し先です。真ん中あたりのところですが」

　相手は目的のものを探すため、小さな懐中電灯の明かりを左右に振りながら前に進んだ。

　揺れ動いていた光の輪が、一カ所で停まった。

「ああ、ありました。ここです」

　どうしたいきさつか、ネギ畑の真ん中にポツンと一本、黒いチューリップが咲いていた。

　真行寺は無言でそのチューリップを見つめながら考えた。

　ネギ畑に一本だけ自然にチューリップが生えるわけがない。もちろん、これは人為的に植えられたものだろう。けれども、こんな場所にたった一本だけチューリップを植えることにどういう意味があるのか。

また、それを真行寺に見せることにどういう意味があるのか。

しかも、花の色が黒とは……。

ワオワオ〜ンと、また犬の遠吠えが聞こえた。

「どうですか?」

懐中電灯で『それ』を照らしたまま、相手がきいた。

「黒い花というのは、決して縁起がよさそうにはみえませんね」

「きみはどういうつもりで私にこんなものを見せているのだ」

「冥土(めいど)のみやげですよ」

「なんだと」

真行寺の顔に緊張の色が走った。

10

「冥土のみやげとはどういう意味だ。まさかきみはこの私を……」

「誤解しないでください。何もあなたを殺そうというのではありません。あなたは、ガンで余命いくばくもない。ですから、手遅れにならないうちに、冥土のみやげとして、この黒いチューリップを見せてさしあげようと思ったのです。冥土のみやげとして……ね」

「待ちなさい、きみ」

真行寺は眉をひそめて聞き返した。

「私の命が限られたものであることを、どうしてきみが知っているんだ。主治医のほかには、私の家族と、それから社長の添田以外は誰も知らないはずなんだぞ」

「そうですってねえ」

相手の顔に脅迫者の表情が浮かんだ。

「言いたまえ。私の余命があとわずかだということを、きみはどうやって知ったんだ」

「聞いたんですよ」

「誰から」

「いまおっしゃった中にいますよ。これこれしかじかの人間だけしか知らない、という、その中にね」

「添田か……」

真行寺は、会社創設時以来のパートナーをまず疑った。

「あいつが口を滑らせたのか」

「いいえ、違います。会長の可哀相な運命を教えてくださったのは、あなたの家族ですよ」

「家族？　まさか……」

「ほんとうですよ。あなたのご家族の中のひとりが、私に大切な秘密を教えてくださいました」

「誰だ」

相手に問いかけながら、真行寺の脳裏には家族の顔が次々と浮かび上がった。

妻の栄威子、長男の右京、次男の守、右京の嫁の早智子――

「栄威子か」

真行寺は真っ先に妻の名前を挙げた。

すると相手は、わざとらしい同情の笑いを唇の端に浮かべた。

「ずいぶん淋しい関係のご夫婦ですね。裏切り者の筆頭に、奥さんの名前を挙げるとは」

「どうなんだ、栄威子なのか。……そうなんだな、対外的な秘密をきみに洩らしたのは、女房のやつなんだな」

「さあね」

相手は、真行寺の気持ちを弄ぶ（もてあそぶ）ように肩をすくめた。

「それは内緒にしておきましょう。ヘタに秘密の漏洩者（ろうえいしゃ）の名前をあなたに告げたら、その人がどんなひどい仕打ちにあうかわかったものではない」

「いいから教えろ」

「それよりも真行寺さん、あなたが知るべきなのは、この黒いチューリップの意味ですよ。あと五カ月だか六カ月という、残り少ないあなたの人生において、ぜひとも知っておいていただかなければならぬ事実がある」

急に相手の物言いが厳しくなった。

「いまから三十八年前――つまり、昭和三十一年の七月四日とは、いったいどういう日であるか、覚えていらっしゃいますか」

「昭和三十一年？」

真行寺は首をかしげた。

「昭和三十一年の七月何日だって」

「七月四日ですよ」

「さて……」

「おやおや、困りますね。自分のお子さんの誕生日も忘れたんですか」

そう言われて、真行寺はハッとなった。

「ああ、右京の」

「そうです。あなたの後を継いでリアルペイントの新社長となる息子さんの誕生日は、昭和三十一年の七月四日です」

「それがどうした」

「では、その三日後の、昭和三十一年七月七日――七夕の日はどういう日であるか、ごぞんじですか」

「七夕の日？」

「思い出せませんか」

「……」

「思い出せないのですか。それとも思い出したくないのですか」

相手の声が、さらに強い詰問調になってきた。

「あるいは真行寺さん、あなたの命令による惨劇が実行されたその日であることを、あなたは知らされていないのですか」

「惨劇！」

その言葉に、真行寺の顔が青ざめた。

「では、違うたずね方をしましょう。先月三十八歳の誕生日を迎えたあなたの息子さんの名前は『右京』さんですね。これは誰が名付けました」

「私だ」

「なぜ『右京』さんと名付けたのですか」

「真行寺の家が、もともと京都の出だからだ。私の先々代まではずっと京都に住んでいた」

「だから、右京ですか」

「そうだ」

「しかし、京都にちなんだ名前ならば、他にもいろいろありそうじゃないですか」

「ウキョウという音の響きが気に入ったから右京にしたんだ」

「そうですか？　ほんとにそうですか？」

「きみは何が言いたいんだね」

「まあ、しらばくれるなら、それでも結構です」

「しらばくれる？」

「私に対して知らぬ存ぜぬを通すなら、それでもかまわない。しかし、あなたも人間ならば、この黒いチューリップにお線香の一本でもあげるべきだと思いますが」

　真行寺が問い返すよりも早く、相手はシャツの胸ポケットに入れていたミニサイズの線香を一束取り出し、真行寺の鼻先に突きつけた。

「さあ、お弔(とむら)いをしなさい」

「お……とむ……らい？」

「あなたが殺人命令を下した小さな命に対して」

「え……」

「真行寺さん」

相手は、いきなり真行寺の顔に懐中電灯の明かりを向けた。

わずかな明かりだったが、暗闇に馴(な)れた目には強烈にまばゆかった。真行寺は、そのまぶしさを避けようと反射的に顔の前に手をかざした。

光の輪の向こうにいる相手が黒いシルエットになった。

「この黒いチューリップの下にはね、あなたがこの世から抹殺した小さな命が埋まっているんですよ」

「……」

その言葉に、真行寺の膝が震え出した。

「せっかくこの世に生まれた小さな命がね。……ほら、ごらんなさい」

真行寺に向けられていた懐中電灯の光が、スッと移動した。

こんどは、光は相手の片手を照らしている。

いつのまにか、男は小さな桐の箱を開けて左手の上に載せていた。

「さあ、これを見るんですよ」

真行寺は絶句した。

桐の箱の中には黄ばんだ綿が敷き詰められてあり、奇妙にねじれた、干物の切れ端のような乾燥した物体が置いてあった。

「こ、これは……臍の緒！」

「そのとおり。可哀相に、この世に生まれてわずか三日しか生きられなかった赤ちゃんの臍の緒です」

また風のうねりがやってきて、ザザザザと海のようなざわめきが湧き起こった。

真行寺の白髪が、そのざわめきに合わせて波立つ。

「赤ちゃんが血洗島で殺されたのは、三十八年前の七夕の日。時刻はちょうどいまごろ、夜の九時でした。そして場所はここです。あなたが目の前にしている黒いチューリップが咲いている場所だ」

真行寺は、またウッというめき声を洩らした。

相手はさらに畳み込む。

「その黒いチューリップの下には、臍の緒の持ち主だった赤ちゃんが眠っています。つまり、チューリップはその赤ちゃんの墓標ですよ」

光が、その『墓標』に戻った。

真っ暗なネギ畑の中で、そこだけスポットライトが当たったように輝いている黒いチューリップを見つめながら、真行寺総一は、膝だけでなく、唇も肩先も両腕もワナワナと震わせはじめた。

「あなたは、四十年近くもこの事実に目をそむけながら生きてきた。血洗島の惨劇に！」

告発者は叫ぶように言い放った。

「だが、このむごたらしい事実を忘れたまま、現世から来世へと逃げ出すことは私が許さない。絶対に許さない」

相手は真行寺の間近に詰め寄った。

「苦しめ、思い切り苦しめ！　限られたわずかな余生を、おまえは殺人者としての悔恨と、怨霊の復讐とに悩まされながら、悶え苦しんで過ごすのだ。安楽の終末を迎えることは、この私が許さない！」

第二章　ＳＬ列車の死

1

《「はい、これ読み終わったから返却無用」

「私も読み終わったやつがあるの。おなじく返却無用」

　この会話は朝比奈耕作にはまっている私たちの、近ごろの定番のパターンとなってしまいました。

　海外作家のノンフィクションを好んでいた彼女に、朝比奈耕作をすすめたのはこの私です。

「けっこう読みやすいし、おもしろいんだってば。貸してあげるから読んでみて」

　そしていまでは、おたがいダブらないように作品を選びつつ購入し、冒頭のような会話を交わすようになったのです。

　私としてもお薦めしたかいがあったといいますか、わかってくれたのね、といった

ところです。とくにノンフィクション系に力をそそぎはじめてからの朝比奈耕作は、とても感動的です》

「ね、朝比奈さん。いいでしょ、このファンレター。海外ノンフィクションに傾倒していた友人を、朝比奈耕作ファンに引きずり込めたということは、いかに朝比奈さんの新しい路線が読者にも評価されているか、っていうことなんですよ」

「うーん、複雑な気分だなあ」

カフェオレ色に染めた髪をかきあげながら、朝比奈は唇をとがらせた。

「ノンフィクションが評価されているっていうことは、ぼくのミステリーは評価されていない、っていうことなの？」

「またまたそうやってすねる」

港書房の高木洋介は、正座した自分の膝(ひざ)をペチンと叩(たた)いた。

「ちゃんと朝比奈ミステリーには固定ファンがついているじゃないですか」

「その『固定ファン』ていう言い回しが微妙なんだよね。読者層が広がらない作家に対して、編集部が慰めの言葉をかけるときに、よく使うでしょ、その用語は」

「………」

「ほら、返事に困った」

「どうしたんですか、朝比奈さん。いつになく弱気になっちゃったり、からんだり……いててて、足がシビれてきたから、くずさせてもらいますよ」

高木は、靴下の上から足をもみながら、畳の上にあぐらをかいた。

八月二十七日、土曜日の夜九時すぎ──

すなわち、真行寺総一が血洗島に呼び出されていたころ、朝比奈耕作の担当編集者・高木洋介は世田谷区成城にある年代物の日本家屋──朝比奈邸をおとずれていた。

その高木がこんにちはと入ってきたとき、例によって朝比奈は、『広い和室に置いた和机に向かい、その上に広げた原稿用紙のマス目を埋める作業に没頭している之図』であった。

熱帯夜がつづく毎日だったが、かなり暑くても朝比奈はクーラーを入れず、ちょっとした日本庭園に面した縁側のガラス戸と、裏手の窓を開け放ち、自然の風を部屋じゅうに導くことにしている。

その夜風の流れに揺られ、軒先に吊るした風鈴が軒先の簾越しにチリリンと涼しげな音を響かせていた。

祖父の代に完成された朝比奈邸は、昔風の造りだけあって、エアコンを用いなくとも夏は涼しく冬は暖かい。だから、就寝時も窓を開け放ったまま、縁側に蚊取り線香を置き、天井の四隅から吊り下げた蚊帳に浴衣姿でもぐりこんで寝るというのが、朝比奈耕作・夏の夜のスタイルである。

髪の毛をカフェオレ色に染めた朝比奈の外見と、この純和風の暮らしぶりのギャップは、日ごろひんぱんに行き来している高木ですら理解しがたい部分があった。

「とにかく朝比奈さんは……」

あぐらを組んで座った高木は、そばにあったウチワを手にとってパタパタとあおぎながら話をはじめた。

「そうやって、いまだに原稿用紙にペンで書くという古典的執筆姿勢にこだわっているから、量産が利かないでしょ。しかも、ペンといったって、先生の場合は万年筆じゃなくて筆ペンなんだから、なおさら非効率的です」

「それで？」

「量産が利かないと、出版社は困ってしまいます。こう言っちゃナンですけど、朝比奈先生の場合はこれといった賞もお取りになっていないし、ハードカバーの書き下ろしで話題作りをしていくタイプでもないでしょ」

「だから？」

「となると、必然的に先生の場合はノベルスの書き下ろしが中心となるわけですが、そうしますと、やはりある程度の冊数はこなしていただかないと、パワーは出ませんね」

「…………」

「そこへいくと、ノンフィクションの世界ならば、寡作であっても一作ごとの視点がタイムリーだと、話題性に事欠きません。『宝島の惨劇』だって『水曜島の惨劇』だって、朝比奈耕作渾身の体験ノンフィクションという謳い文句が大成功したじゃないですか」

「まあそうだけど」

「読者は、その第三弾を待っているんです」

「ちょっと待ってよ、高木さん」

朝比奈は、呆れ顔で言った。

「読者が第三弾を待っていても、宝島や水曜島みたいなドラマチックな事件は、そう簡単には起こってくれないよ」

「それはそうですけどね……。でも、これでもう一つどこかの島で事件が起きてくれれば、朝比奈耕作『惨劇の島シリーズ三部作』なんていう打ち出し方ができるんですけどね」

「そんなに都合よく島がらみの事件ばかりに巻き込まれたりしないって」

「そうはおっしゃいますが、あのドキュメントは評判がよかったですからねえ」

「あのねー、高木さん」

朝比奈は、ため息まじりに言った。

「ぼくは推理作家が本業なんだよ。宝島と水曜島の事件をドキュメントにまとめあげたのは、あれはあくまで例外」

「でも、推理作家でいくなら、もっとたくさん書いていただかないと……。せめて年に六冊は書いて、そのうちの半分をウチから出すとか」

「年に六冊も？」

「ほらね、すぐにそこで腰が引けるでしょ、朝比奈先生は」

「いや……年間六冊くらいなら書こうという意欲はあるんだけど、手が痛くなっちゃうんだよ。ぼくの場合、一日に十枚が限度だって何度も言ってるじゃない」

「だからワープロにしてください、って何度もおすすめしてるでしょう」

「ああいう機械はダメ。自分の字で書いた原稿じゃないと、作家の魂がこもらない」

「またまた、いまどきそんなことを」

「とにかく、ぼくはぼくのペースでコツコツ書いているんだから」

「へえ、そうですか。で、『ぼくのペース』でいま書いておられるのは、何の原稿ですか」

高木は、鋭い視線を和机の上に走らせた。

「あ、これは……」

朝比奈は、原稿用紙を両手で隠した。

「どこの社の仕事です、それ。パッと見たところ、ウチじゃなさそうですけど」

「そうなの。これ、実業之日本社……」

「だめですよー、他社のを先にやったら」

高木は腕組みをして朝比奈を睨んだ。

「ウチからデビューした朝比奈さんに関しては、港書房が他社に先がけて最優先スケジュールを握っているんですからね」

「あ、そういうものなの？」

朝比奈はとぼけたが、高木は容赦なく責め立てた。

「一日十枚のペースで他社の作品に取りかかられた日には、順調にいったとしても一カ月半も待たなくてはならないでしょ。しかし、朝比奈さんが順調に仕事を進めるはずもないから、およそその倍から三倍……ヘタをすると半年近くもウチは待たされることになってしまいます」

「わかりました、わかりました」

朝比奈は、書きかけの原稿用紙を裏返して言った。

「はい、このとおり。他社の作業は中断しました」

「ダメダメ、そんなポーズをぼくが信用すると思っているんですか」

「思ってない」

「とにかく頼みますよ、朝比奈さん。新しい体験ノンフィクションの素材が出てこない以上、レギュラーの書き下ろしに入っていただかないと」

「そうですよねえ」

急に朝比奈の口調が他人事になった。

「ずいぶん新作が出ていないもんねえ」

「で、先生、なにかアイデアはあるんですか」

「ないの」

「ぜんぜん？」

「うん、ぜんぜん」

「まいったなあ」

高木は天を仰いだ。

「最近、朝比奈さんは妙に浮世離れした開き直り方をするから」

「夏涸（がれ）だよ。飲み水と同じで」

「……ま、そういった言い訳が出てくるだろうと思いまして、こっちも少々作戦を練ってきました」

「作戦？」

「そうです」

うなずくと、高木はおもむろにクラッチバッグの中から細長い封筒を取り出した。

「はい、これ」

「何が入ってるの？」

「切符です」

「切符？」

「はい、上越新幹線の東京—熊谷間を、とくに大先生のためにグリーン車を手配いたしました」

高木の言葉を聞きながら、朝比奈は封筒を開けてみた。そこには、たしかに新幹線の指定席券が入っていた。が、日付はなんと明日である。

「なにこれ。明日の切符だよ」

「はい、そうです」

「それも、朝の八時四十八分に東京駅を出る新幹線だ」

「そういうことです。私もごいっしょしますので、眠かったら車中はおやすみになっていてください。熊谷駅に着いたら起こしてさしあげます」

「何しにいくの」

「ま、ミニ旅行と思ってください」

「旅行……」

「朝比奈さんも書斎にばっかり閉じこもっていないで、たまには外の空気を吸って、お日さまを浴びて、真夏の季節感を身体でじかに感じながら、息抜きをしないとだめですよ」

「たくさん書けといったり、外に出ろといったり、それって、矛盾してないか」

「ぜんぜん矛盾してません。いわゆる業界でいうところの取材旅行ってやつをセッティングしたんです。ただし、泊まりを入れると朝比奈さんは遊んじゃうから、日帰りにしましたけどね」

「取材旅行って……熊谷まで行って何を取材するんだよ」

「熊谷が目的地ではありません。そこから取材旅行のメイン行程がはじまるんです」

「というと、そこからまたどっかへ移動するわけ」

「はい、SLでね」

「SL？」

朝比奈は意外そうに聞き返した。

「SLって、蒸気機関車の？」

「そうです。シュッシュッポッポですよ」

高木は、子供がやるように身体の両脇（りょうわき）で車輪のクランクを回転させるゼスチャーを示した。

「いまどきそんなものが関東近郊を走ってるの？」

「ダメだなあ、朝比奈さんは。少しはトラベルミステリーのネタになるような情報も仕入れていただかないと。秩父(ちちぶ)鉄道を走るＳＬのパレオエクスプレスというのは有名ですよ」

「で、その蒸気機関車は熊谷からどこへ」

「寄居(よりい)、長瀞(ながとろ)、秩父などを通って三峰口(みつみねぐち)まで行くんです。夏休みの期間中は、毎週水曜から日曜までの五日間、一日一往復の便が出ているんですけどね」

「その切符も買っちゃったの」

「電話で予約を入れてあります。当日、熊谷駅で乗車券と交換になるんです」

二人の会話の合間に、チリリン、チリリンと風鈴の音色が響く。

「それで、そのＳＬで終点まで？」

「いえ、三峰口まで行っても、折り返しの列車に乗るまで一時間ちょっとしか時間がないですから、それよりも途中で下りて、長瀞見物とでも洒落(しゃれ)込むのはどうかなと思いまして」

「長瀞って……ひょっとして、あの船頭さんが操る舟に乗るの」

「そうです。やっぱり長瀞までできたら、あの有名な長瀞ライン下りを経験していただかないと」

「でも、いまごろ舟下りをやっても、きっと迫力ないと思うよ」

「どうしてです」

「だって、この水不足だよ。川の水量がグンと減っていて、船底をガリガリやりながら進んでいく、なんて可能性がなきにしもあらずだ。少なくとも、水しぶきをあげながらの急流下りにはならないと思うなあ。……長瀞を流れているのは、たしか荒川だったよね」

「そうです」

「ああ、じゃやっぱりダメだ。下流の東京のほうでもぜんぜん水の量がないもん。たしかゴールデンウィークのころにも、長瀞のライン下りが水不足で中止になったというニュースを見た気がする」

「またまた、いろいろ理由をくっつけては、なんとか家に閉じこもっていようとする」

「だって……外は、このクソ暑さだよ」

「クソ暑い時期だからこそ外出するんです」

高木は一歩も譲らなかった。

「それにですね、汗をかいても、長瀞で下りたところで日帰り入浴の宿に立ち寄ってサッパリするという方法があります。そのあとは、名物流しそうめんで昼食にしましょう。川の流れを見下ろす高台に、流しそうめん食べ放題の店があるんですよ」

「なに、お昼の食べ物までもう決めちゃっているわけ？」

「そうです。これであっという間にできあがりでしょ」

「なにが」

「朝比奈耕作書き下ろし本格長編推理『秩父―長瀞ＳＬ列車殺人事件』が……ですよ」

「やめてよ」

朝比奈はため息をついた。

「どこが本格なんだっていうタイトルで、むりやりトラベルミステリーを書かせないでくれる」

「いや、私は決めたんです」

高木はまじめな顔で言った。

「ノンフィクション路線の朝比奈耕作も、たしかにいいです。ファンレターを書いてきた女性も言っているように、すばらしい。けれども、やはり朝比奈さんには本業の推理小説でバリバリがんばってもらわなければなりません。

ところが朝比奈さんは書かない。よく言えば寡作、悪く言えばナマケモノ。このお尻をたたくには、ぼくがいくら催促の電話を入れてもダメなんだということを、最近すっかり悟りました。じゃあ、何だったら朝比奈耕作の重い尻を動かせるか。答えはこれしかありません、大ヒットです」

きっぱりと高木は言い切った。

「大ヒットが出れば、朝比奈さんはきっといままでにもまして書く意欲がわくだろう。となると、火をつけるには、もっとも大衆受けを狙ったトラベルミステリーが最適だ」

「三段論法だか四段論法だかしらないけど、そういう理屈で、明日の朝早くから熊谷へ行ってSLに乗り込めというんだね」

「はい。仕事熱心でしょ、ぼくって」

「熱心なのは認めるけど……でも、やっぱり気乗りしないなあ」

カフェオレ色に染めた髪をかきあげながら、朝比奈はだるそうな声を出した。

「だいたい、この記録的な暑さがつづいているときに、石炭を焚いて走る列車に乗るなんて」

「なに言ってるんですか。いくら石炭を燃やすSLだからって、我々がボイラーマンやるわけじゃないんですからね。客車に乗るんですよ」

「いや、蒸気機関車の時代にクーラーはなかったはずだ」

「そりゃそうですけど、そのへんはきっと現代風に改造してますよ。いまどきの観光用列車にクーラーが入っていないわけないでしょ。そもそも朝比奈さんは、こうやって冷房なしの生活に慣れているじゃないですか」

高木は、戦前にタイムスリップしたような、素朴な室内をぐるりと見回した。

「いや、ここは風通しのいい部屋だからクーラーなしでも済むんだ。ぼくだって、どんなところでも冷房なしで平気というわけじゃないんだよ」

「だから大丈夫ですって」

「そうかなあ……」

朝比奈は、まだ尻込みしていた。

「よくよく考えてみたら、いまは夏休みだよ。しかも明日は日曜日。夏休みの日曜日なんて、もう子供づれの行楽客で超満員になるに決まってるじゃないか。そんな暑苦しい中、トコトコＳＬ列車に揺られていくのは賛成できないな」

「朝比奈さん、心配しないで。ぼくはちゃんと予約を取ってあるんです。のんびり座っていけますよ。飛び込みで乗るんじゃないんですから」

「だけど、ぼくには書きかけの仕事が」

「実日のでしょ」

「そう」

「それは、あとあと。取材が先です」

朝比奈がどう抵抗しようと、高木は一歩も引き下がらず、とうとう朝比奈に突然のSL取材旅行をウンと言わせてしまった。

それが、奇しくも高木が担当する二人の著者――真行寺総一と朝比奈耕作とを、不可思議な殺人事件の糸で結びつけることになるとは、そのときは高木も夢想だにしていなかった……。

2

翌日の日曜日、午前十時十分――

朝比奈耕作と高木洋介を乗せたSL列車パレオエクスプレス号は、汽笛一声響かせて熊谷駅を出発した。

C58―363のエンブレムをつけた機関車を先頭に、石炭車、そして四輛編成の客車がつづく。

「高木さん……」

熊谷駅を出発してから五分後――

「ぼくが何を言いたいか、わかってるよね」

朝比奈耕作は、脅すような口調で言った。

「わかってます……はい、わかってます。こんなはずじゃなかったんですけど」

朝比奈をSL取材旅行へと強引に誘い出した高木は、ぐったりした声で謝った。

「すみません、ほんとに」

新幹線で熊谷駅に着き、秩父鉄道のホームへ足を踏み入れた瞬間から、朝比奈も高木もイヤな予感はしていた。

出発の三十分前から、すでにホームは団体観光客と小学生のグループでごった返し、それぞれの乗車位置にはズラリと列が作られていた。

蒸気機関車パレオエクスプレス号は、たしかに予約をとる定員制ではあったが、全席指定ではなかった。予約が取れたといっても、それは座れる保証を意味するものではなかったのだ。

一車輛の座席は、四人掛けの対面シートが通路をはさんで両側に十一ずつ、すなわち全部で八十八席。したがって、四輛編成のSL列車の座席は合わせて三百五十二席となる。

これに対して、乗車予約は最大五百五十名まで受け付ける。つまり、定員いっぱいに乗せると、立ち客が二百名近く出ることになる。なんと座席数に対する乗車率は百五十六パーセントである。

しかも——

どの客車にもクーラーがついていなかった！

各車輌の天井に、等間隔に六台の扇風機が取り付けられているが、涼をとるための装置はそれだけだった。

あとは窓から入ってくる自然の風を頼りにするだけだが、もともとＳＬの走行速度が遅いうえに超満員の車内では風がほとんど対流せず、この微風の恩恵にあずかるのは窓際に座ったごく一部の乗客のみだった。

だが、幸運にも座れた乗客ですら、楽しそうな顔をしている者はあまりいない。子供はともかく、大人たちの大半はブスーッと不機嫌な顔をしているか、さもなければ出発早々に目を閉じて寝てしまっている。

あたりまえのことだが、いったん客車の中に乗り込んでしまえば、かなりのカーブを描いて曲がるとき以外は、たとえ窓際に座っていても煙をあげて走る蒸気機関車の姿を見ることはできない。

熊谷駅でホームに入線してきた機関車を見たときはみんな歓声をあげて喜ぶのだが、いざ乗り込んでしまうと、思い描いていたＳＬの雄姿はどこからも見ることができない。

窓の外に目を向けると、沿線には鉄道マニアがあちこちでカメラを構え、併走する

熊谷駅ホームに停車中のパレオエクスプレス
（1994年 6 月 5 日　著者撮影）

自動車の窓からは楽しそうに手を振っている人々の姿も見かけるが、盛り上がっているのはＳＬを外から見ている側の人間だけで、実際に乗り込んでいるほうは楽しくもなんともない。

　客車の内装は取り立てて超レトロというわけでもなく、これでは田舎を走る普通のローカル線に乗っているのとなんら変わりはない。ときおり響くボーッという汽笛の音を聞いて、ああ、そういえば自分たちは蒸気機関車に乗っているのだ、と、ようやく思い出させられる。

　ＳＬとは乗るものではなく、外から眺めるものだった――乗客がこの重大な過ちに気づくのは、出発してから十分もかからないだろう。

　しかもこの暑さである。

　それでも、晴れている日はまだ窓を開けられるからマシだった。これが、蒸し暑いさなかに雨でも降り出してきたら最悪である。車内は、たちまちサウナ風呂と化してしまうに違いない。

　こんな状況にあって、ロクに外の景色も見られず風にもまともに当たれない通路の立ち客は、不平不満を通り越して、ただただ呆然とした顔で振動に揺られていた。いったい何のために私はここにいるの、と言いたげに……。小さな子供をだっこしたまま立っている親に至っては、肉体的苦痛との闘いで顔が歪んでいる。

　そんな車内にあって、朝比奈耕作と高木洋介のコンビは、乗降口の扉前に立っていた。

　この場所にはまったく風が入ってこないのだが、混み具合からいえば、超満員の客車内の通路よりはいくぶんマシだった。

「高木さん」

　カフェオレ色に染めた髪を、汗のためにべったりと額に貼りつけた朝比奈は言った。

「ぼくは一生怨むからね」

「はい」

　高木も、目に流れ落ちてくる汗をぬぐいながら答えた。

「一生怨まれても仕方ありません」

「で、長瀞に着くまで、ずっとこの状況をガマンしろっていうの」

「……さあ、どうしましょうか」

「長瀞まで、あと何分？」

「十一時二十八分着ですから、ざっと一時間十分くらいでしょうか」

「一時間十分！」

　朝比奈は、うんざりした声をあげた。

「ＳＬ気分なんてまるで味わえないまま、この猛烈に暑くて狭い場所に、あと一時間十分も立っていろというわけ？　あー、そうですか。いやー、快適な旅行に招待してくれちゃって、楽しい夏休みだなあ」

「わかりました、わかりました。私がほんとに悪うございました。それじゃ長瀞はヤメにして降りましょう、次の駅で」

「次はどこなの」

「えーと、あと十分ちょっとで武川（たけかわ）ですけど……。でも、ヘタにそこで降りてしまうよりも、さらにもう一駅だけガマンして、寄居で降りたほうがよさそうです。先へ進むにしても戻るにしても、急行停車駅のほうが便利ですからね」

「………」

「ねー、朝比奈さん、そんなにフテないでくださいよ」

「フテくされてなんかいないよ。暑さでうだっているだけ」

朝比奈は、壁に身体をもたせかけたまま天井を仰いだ。

「あーあ、こんなことなら家にいて机に向かっていたほうが……」

「はい、はい。でも、家にいたところで、仕事はたいして進んでいないと思いますけどね。……それじゃ朝比奈さん、せめてものおわびに、推理小説を書くヒントになりそうな話をひとつしましょう」

「話？」

「ええ。じつは、ぼくはいま、ある有名な大手企業のオーナー会長の自伝を担当しているんですよ」

朝比奈をなだめるために、高木は汗をふきふき話しはじめた。

「その人は——まだ公にはできないんですけれども——ガンで余命いくばくもない。あと半年を切っているんです。つまり、ぼくを聞き役にして口述しはじめた自伝というのは、会長にとって人生最後のメッセージになるわけです。で、その会長の家族模様というのが、なかなか興味深くて」

とりあえず匿名にしていたが、高木が語りはじめたのは真行寺総一のことだった。日本有数の高級住宅地・田園調布に大きな洋館を構え、そこに後妻と腹違いの子供二人などと住んでいるが、どうやら家族の間には目に見えない確執がありそうだ、といった話を、高木は次々と披露した。こういった状況設定をアレンジして、何か物語を作れないだろうか、というわけである。

異常な暑さでボーッとしていた朝比奈も、多少はその話に興味をもったとみえて、あれこれ質問などを差し挟みはじめた。

そんな二人の会話の合間に、たびたび汽笛の音が鳴り響く。

これは運転士がＳＬ気分を演出するために適当に鳴らしているわけではなく、踏切に接近するたびに汽笛を吹鳴しなければならないという規則があるからだった。

そうこうしているうちに、超満員の乗客をのせたＳＬ列車は第一の停車駅である武川に到着した。

朝比奈たちはいままでウッカリしていたが、ＳＬの客車には自動ドアなどついていない。すべて手動で開け閉めするのだが、事故を防ぐためにその動作は乗客にはまかせず、専属の係員が行なうことになっていた。

腕章をつけた係が一人につき二つのドアを受け持ち、客車の連結部近くに陣取っており、列車がホームに滑り込むと、掛け金をはずして開ける準備をするわけだ。

そして列車が出発するときには、その逆をやる。係員にとって仕事があるのは、駅の到着時と出発時だけで、走行中は満員の客にはさまって、暑さに耐えながら立ち続けていなければならない。

「暑いですねー」

その存在に興味を引かれた朝比奈は、真行寺総一に関する高木の話が一段落したところで、腕章をつけた三十代後半くらいの係員に声をかけた。

「こんな蒸し風呂みたいな列車に乗務する係の方も大変だと思うけど……これ、なんとかならないんですか。クーラーをつけるのは無理にしても、せめて乗客は全員着席できるように、切符の発売を限定するとか……」

「そうしたいところなんですけど」

係の男性は、苦笑して答えた。

「このＳＬは、仮に定員いっぱいの五百五十名を乗せて走ったところで赤字なんです。秩父路の観光をＰＲする目的で走らせているので、もとから採算を度外視しているんですよ。とはいっても、あまり赤字幅を大きくするわけにもいかないもんで、座席数のみのお客さんしか乗せないとなると、ちょっとねえ……」

「そうなんですか。でも、この混みようは、たまらないですね」

「ええ、たしかに。とくにきょうは団体さんが何組も入っていますからね。でも、先週の日曜は、これほどじゃなかったんですよ」

「それにしても、みんなが遊んでいる日曜日に、大変なお仕事ですね」

「まあ、休日出勤手当の歩合がいいですから」

腰のポケットから取り出したタオルで汗をふきながら、係員は言った。

「このＳＬは第三セクター方式で運営されているんですけれど、私は秩父鉄道から派遣されてきていまして、こうやって日曜出勤すると、ふだんの日給の五割増しの手当がもらえるんですよ。ですから、ま、ちょっとしたアルバイトっていう感じでやっているんですが」

「そうですか。そう割り切れば、暑さもこたえないかもしれないけど」

「いやあ、こたえますよ、これは。やっぱり真夏にＳＬに乗るものじゃありません」

さすがに慣れているというか、手回しがいいというべきか、係員はタオルだけでなく、扇子まで用意していて、それを広げてパタパタと顔をあおぎはじめた。

「パレオエクスプレスは三月下旬から十一月の勤労感謝の日まで、おもに日曜祝日を中心に運行していますが、おすすめの時期は春先か、晩秋ですね」

係員はつづけた。

「とにかく夏休みの間はいけません。非常に混みあいますし、ごらんのとおりクーラーはありませんし。なんだか、私のほうも見ていてお客様に申し訳なくてねえ。ハッキリ申し上げて、SLは乗るものじゃなくて、見るものですよ」

係員にまでそう言われたので、朝比奈も高木もコケてしまった。

「やれやれ、って感じだね」

高木のほうに向き直ると、朝比奈は肩をすくめた。

「でも高木さん、ここまできちゃったら、いっそのこと長瀞まで行こうよ」

「え、いいんですか」

「思い直したよ。ライン下りはともかく、お風呂に浸かって汗を流してサッパリしてから、よく冷えた流しそうめんをツルツルッと食べるという、最初の予定のコースを貫いたほうがよさそうだ。汗でびちょびちょの身体のまま寄居駅に降り立っても、どうしようもないでしょ」

「そりゃそうです。朝比奈さんがそれでよければ、そうしましょう」

高木はホッとした顔でうなずいた。

「じつは寄居駅で降りたあと、駅前の銭湯でも探そうかと思っていたんですけど」

「いいよ、長瀞まで行こう。こうなったら、三十分も一時間も同じだよ」

朝比奈は開き直ると、覚悟を決めてドア前の壁にもたれかかった。

そして、第二の停車駅である寄居まであと四、五分で到着というとき――

満員の車内に突然、ウワアアア、という叫び声が響き渡った。

男の声である。

朝比奈はビクンとして高木と顔を見合わせた。

「なんですか、いまのは」

高木がきく。

「あっちの……すぐ隣の乗降口のほうで聞こえたみたいだ」

と言って、朝比奈が背伸びをする。

いち早く行動をとったのは、ドア係の男だった。彼は、ひしめきあう客をかきわけながら声のしたほうへ進んだ。

「どうしました……どなたかご気分でも悪いんですか」

叫び声の発生源をまだ突き止められないまま、係員は大きな声で呼びかけた。

と、こんどはキャーッという複数の女性の悲鳴があがった。

同時に、SLが踏み切りにさしかかったため、ポーッと汽笛を鳴らした。

その汽笛と女性の悲鳴が共鳴した。

だが、悲鳴は一度では止まなかった。それどころか、水に落ちた石が波紋を広げるように、悲鳴は次々と周囲に広がっていく。

「どうしたんだ、いったい」

いままでだれきっていたのが嘘のような素早さで、朝比奈耕作もパニックの中心めざして突進した。

と——

「助けてくれえ」

つぶれるような声を発しながら、一人の男が朝比奈たちの隣のドアのところで、もがき苦しんでいるのが目に入った。

金切り声のほうは、男の周辺に立っていた女性グループが、逃げ惑いながら発したものらしい。

これまで幾多の修羅場に立ち会った経験をもつ朝比奈も、おもわずその場に棒立ちになった。

血、血、血……。

ドアのガラスに、あたりの壁に、そして天井にまで血飛沫を撒き散らしながら、黄色い半袖のポロシャツを着た男が、踊るようにしてもがき苦しんでいた。

「苦しい、苦しい、死にたくない……死ぬのはイヤだ」

そう叫びながら、前後の壁やドアに身体をぶつけて泣きわめく。

そのたびに、新たな赤い模様が広がる。

男の年齢は三十代後半ぐらいに見受けられたが、恐怖に泣きじゃくる顔は、まるで赤ん坊のようだった。

そしてその顔も、自らの血で赤く彩られている。

「ナイフだ！」

誰かが叫んだ。

「あの人の首にナイフが突き刺さっているぞ」

それには朝比奈も気がついていた。

象牙の柄がついた刃渡り十五センチほどのナイフが、男の首の付け根——というよりも、どちらかといえば肩と呼ぶべきところに突き刺さり、そこから血があふれて黄色いポロシャツを赤く染めていた。

錯乱状態に陥った男が、自分でそのナイフの柄をつかみながら暴れているため、かえって傷口が広がり出血を増しているのだが、さらにひどいもう一つの傷が首の部分にあった。

ここからの出血は、脈打つようなリズムで噴き出している。明らかに動脈が切れていることを物語っていた。

「たったったったっ……」

係員の男が、言葉を空回りさせた。

「大変だ、大変だ……ど、どうしたんですか、いったい」

ようやくまともな言葉を発したかと思うと、係員は血まみれの男に駆け寄り、勇気を奮ってナイフに手をかけようとした。

「抜いちゃだめだ！」

係員の意図を察した朝比奈が叫んだ。

「ナイフを抜いたら、そこの傷口からもっと血が噴き出してしまう。それ以上出血を増やしたらまずいですよ」

朝比奈は血まみれになって暴れる男を後ろから押さえ込み、あぐらをかくような格好で床に座らせると、ともかくナイフの柄から両手を離させた。

痙攣（けいれん）――

朝比奈は、男が全身を震わせはじめているのに気がついた。

最初は、ナイフで刺され多量の出血をみたことによる恐怖心からくる震えだと思っていたが、どうも様子がおかしい。

しかも呼吸が不規則――いや、不規則というよりも困難になっている様子である。

しかし、ともかく急がれるのは出血を抑えることだった。

「なにか止血するものは……あ、それを貸してください。あなたのタオル」

周囲を見回した朝比奈は、そばに立っていた係員の腰に汗ふき用のタオルがぶら下げられているのを見て、すぐにそれを奪い取った。そして、男の首筋のほうの出血場所にあてがう。

白いタオルが、みるみるうちにポロシャツと同じように赤く染まっていく。

近寄ってみると、男の出血はすでに相当な量に達しているのが朝比奈にもわかった。ポロシャツの腹のあたりには、流れ出してきた血がたまって、ふくらみすら作っている。

男の状況は深刻だった。

出血もひどいが痙攣もどんどんひどくなる。その震えが止血している朝比奈の腕に伝わって、朝比奈自身の身体まで振動するほどだった。

その様子を、乗客たちが脅えた目つきで遠巻きに眺める。

ポーッ、ポッポーッ。

汽笛が鳴る。

石炭と重油を混合させた燃料の燃える煙が、窓の外にたなびくのが見える。

だが、もはや外の景色に関心を払う者は一人としていない。

多量の失血のせいか、それとも別の原因があるのか、床に座り込んだ男の顔色は、たちまち死人のように真っ白になっていった。

その傍ら、ちょうどドアと壁に直角にはさまれた床の隅に、男が吐き出したチューインガムが落ちていた。

しかし、観察力に富んだ朝比奈の目にも、それはたんなるゴミとしか映っていない。

「朝比奈さん」

囲んだ乗客の輪の中から、高木が一歩前に出て声をかけた。

「あと三分たらずで列車は寄居駅に着きます。着いたら、警察と救急に連絡しますから」

「オーケー、頼む」

さすがに『銀閣寺の惨劇』や『宝島の惨劇』と呼ばれる事件で朝比奈とともに場数を踏んでいるだけあって、高木洋介も刑事顔負けの落ち着きぶりで、腰を抜かしている係員をよそに、てきぱきと段取りを組んだ。

「あ、そうだ。高木さん、ちょっと」

何かを思いついたように、朝比奈は高木をそばへ呼び寄せ、その耳元に小声でささやきかけた。

「これが自殺でないかぎり、この人をナイフで刺した犯人がこのＳＬの車内にいることになる。挙動不審の人間や、返り血を浴びている人間がいたらチェックして」

「了解」

　高木も小声で応じた。

「カメラも持ってきているから、フラッシュなしで隠し撮りしますよ」

　そのときだった。

　痙攣をつづけていた男が、最後の力を振り絞るようにして大きく弓なりにのけぞると、ウッと一声うめき、すべての力が尽きたように横倒しになって朝比奈にもたれかかった。

　その顔が、そばにいた高木のほうにちょうど向く形になった。

「朝比奈さん！」

　高木がびっくりして叫んだ。

「この人……もしかしたら真行寺右京さんじゃないですか」

「真行寺右京？」

「そうです。ついさっき話題にしていた自伝を制作中の大企業の会長——もう、こうなったら実名を出しますけど——あれは、リアルペイントの真行寺総一さんなんです。

その息子で会社の後継者に指名されたばかりなのが、右京さんというんです。ぼくは会長から息子さんの写真を見せられているけれど、まさにこの顔は……」

「高木さん、待った」

高木の言葉の途中で、朝比奈が片手をあげて話をストップさせた。

朝比奈は、自分にもたれかかってきた男を、体勢を入れ替えてしっかり抱きとめ、その腕の脈をとってみた。

もはやどこをさわっても、生命の鼓動は朝比奈の指先に感じられなかった。

「止まっている」

朝比奈のつぶやきとともに、SL列車パレオエクスプレスは寄居駅のホームに滑り込んだ。

3

「大変でございます、大奥様……大奥様」

田園調布にある真行寺邸の洋館に、お手伝いの光村静恵の取り乱す声が響いた。

「大奥様、大奥様」

「なんですか、静恵さん。真っ昼間から騒々しい」

一階の自室から廊下に出てきた総一の後妻・真行寺栄威子は、眉(まゆ)をひそめて静恵を見た。

「わ……わ……」

昼食の支度のため白い割烹着(かっぽうぎ)を着込んだ静恵は、栄威子の前に立ち尽くしたまま、わなわなと唇を震わせるばかりで、なかなか言葉が出てこない。

「どうしたのよ。用があるならば、しっかりとおっしゃい」

「若……若……若旦那(わかだんな)様が」

「右京さんが？」

「若旦那様がお亡(な)くなりに」

「ええっ！」

栄威子は目尻を吊り上げた。

「なんですって」

「若旦那様がお亡くなりになったと、いま警察から電話が入りまして」

「どういうことなの、それは」

栄威子の声がうわずった。

「亡くなった、って……それは……死んだということ？」

「さようでございます」

「ちょっと静恵さん、泣かないできちんと教えてちょうだい。どんな連絡があったのよ」

「いえ……それが、それが……」

こらえきれなくなって、静恵は口元を押さえた。しかし、押さえても皺だらけの指の間から嗚咽が洩れ聞こえてくる。

「交通事故なの」

「なんでも蒸気機関車に乗っていらして、そこでナイフで刺されたとか」

栄威子は、六十六歳になるお手伝いの両肩をつかんで揺すった。

「蒸気機関車？」

「はい」

「そんなものが、いまどきどこかを走っているの」

「秩父のほうだそうでございます」

「右京さんがそんな場所に？」

「若旦那様は、けさ早くに用事があるからとおっしゃってお出かけになりました。たしか七時半ごろでした」

「日曜日なのに、会社へ？」

「いえ、背広もお召しにならず、くだけたポロシャツ姿でしたし、いつものお迎えの車ではなくタクシーをお呼びになりましたので、お友だちとゴルフでもなさるのかと思っておりました」

「どこに行くとか、誰と会うといったことは」

「何もおっしゃいませんでした。晩ごはんはいらないとは言われましたけれど」

「早智子さんは……もうあの人には知らせたんでしょう」

「いえ」

　静恵は首を振った。

「若奥様はいらっしゃいません」

「どうしたのよ」

「若旦那様がお出かけになってしばらくしてから、やはり外出なさいました。お友だちと映画をごらんになるとかで」

「まあ……」

　栄威子はイライラしたように足踏みをした。

「こんな大事なときに映画だなんて」

「………」

「静恵さん、それで右京さんは誰にどうやって刺されたというの」

「わかりません」

「わからないわけないでしょ。あなた、警察の電話を受けたんでしょ」

栄威子の声が、いらだちからどんどんトゲトゲしくなっていった。

「申し訳ございません、大奥様。電話に出た警察の方は、たしかに詳しい話をなさったと思うのですけれども、私はもうめまいがするほどびっくりしてしまって、相手が何を言っているのやらさっぱり耳に入ってきませんでした。ですからおそれいりますが、大奥様からここへお確かめくださいまし」

静恵は、震える手で一枚のメモ用紙を差し出した。

そこには、『埼玉県警寄居警察署刑事課　安川さん』と書かれてある。その筆跡も乱れに乱れており、静恵の激しい動転ぶりを表していた。

「わかったわ。いまから電話するけれど……ああ、それにしてもどういうことなのよ」

栄威子は嘆息を洩らした。

「ただでさえ会長が大変なことになったというときに、右京さんが殺されるなんて」

「それで……あの……大奥様」

静恵は、さらにおずおずとつけ加えた。

「警察にお確かめになったあと、大旦那様へは、大奥様からお伝えください。とても……とても私の口からは申し上げることができません」

4

のちに捜査陣が惑わされたのは、右京変死の第一報を耳にした真行寺家の人々が、一人残らずとても演技とは思えない驚きようを示した点だった。

たとえば会長の妻である栄威子は、警察からの連絡を受けたお手伝いの光村静恵の取り乱しようをハッキリ証言しているし、静恵は静恵で、血のつながっていない義母とはいえ栄威子が顔面蒼白になった状況を、警察の事情聴取で語った。

さらには、右京の妻の早智子は言うに及ばず、真行寺総一も異母弟の守も、そして守の恋人の小谷由香梨も、みな知らせを受けたときに激しい動揺を示した事実が、客観的に報告されている。

だから、何事も疑いの目でみる捜査陣でさえ、当初は、真行寺家の内部にまさか犯人がいるとは考えてもみなかった。

そして、おもわぬ形で事件に巻き込まれた朝比奈耕作も、同じような理由から真犯人の姿がなかなか見えてこなかった。

犯人は、自らが仕掛けた殺人の結果を聞かされたとき、なぜ演技ではない驚きを示したのか——これがじつは、暗に事件の複雑な真相を示していたとは、朝比奈自身も最後の段階になるまで気づかなかったのだ。

＊　＊　＊

「守さん……守さん……まあ、あなたいまどこにいるの。探したのよ、お母様は」

実の息子の真行寺守を、携帯電話の番号でようやくキャッチした栄威子は、電話口で興奮した声を出した。

「田園調布には戻ってこないし、六本木のマンションにはいないし、いったいどこにいるのかと……」

「どこでもいいだろう、母さん」

携帯電話特有の途切れるような雑音の混じる向こうから、面倒臭そうな守の声が聞こえてきた。

「小さな子供じゃあるまいし、ぼくがどこにいようと、それをいちいち母さんに連絡する必要はないじゃないか」

「だからどこにいるのよ、言いなさい」

「言う必要はないね。それより何だよ、あわてちゃって」

「しっかり聞きなさいね、守。大変なことが起こったの」

深刻な母親の口調に、電話の向こうの守が沈黙した。

そして、やや間をおいてからたずねてきた。

「オヤジの容態が悪くなったのか」

「違うのよ。右京さんが……殺されたの」

「なんだって！」

守の反応は、ほとんど絶叫といってよかった。

「とにかく大至急、田園調布に戻ってらっしゃい」

寄居警察署から聞かされた右京の死亡状況を伝えると、栄威子は有無を言わさぬ口調で命じた。

「会長にはこれから伝えますけれど、右京さんが死んだということは、それが何を意味するか、わかっているわね」

「………」

「リアルペイントの後継者は、守さん、あなたしかいないということなのよ」

「だけどぼくには」

「音楽がある、なんて言わないでちょうだい」

栄威子はピシッと言った。

「あなたが後を継がなかったら、誰が社長になるというの。あなたがウンと言わなければ、会長が築き上げたリアルペイントは、よその人間にとられてしまうのよ。油断をしていたら、右京さんに社長を譲るはずだった添田が、いつ権力を独占しようとするかわからないわ。あの男、会長の忠実な右腕のような顔をしているけど、ああいうタイプにかぎって、土壇場で欲をかくのよ。絶対にそうよ。私にはわかるんです」

栄威子は興奮してまくし立てた。

「会長も引退して、右京さんがいなくなって、これであなたも会社にノータッチとなったら、真行寺家はリアルペイントの経営から完全に追放されてしまうわよ。そんなことになっていいはずがありません。わかったわね、守さん。わかったら、いますぐに帰ってきてちょうだい」

＊　＊　＊

「どうしたの」

女がたずねた。

「ねえ、どうしたの。真っ青になっているわよ」

「………」

「誰からの電話？」

「オフクロだ」

「お母様から？」

「ああ」

「なぜ、お母様がこんなところまで電話で追いかけてきたの」

「……」

「もしかして、お父さまが……会長の具合が急に悪くなったの」

「いや、違う。兄貴だ」

「え」

「兄貴が」

全裸のままベッドから離れ、ホテル客室の窓際で携帯電話を受けていた真行寺守は、焦点の定まらない目をしてつぶやいた。

「兄貴が死んだ……いや、殺されたそうだ」

「ええっ！」

ベッドに残っていた女は、裸の胸元までシーツを引き上げて驚愕（きょうがく）の叫び声をあげた。

昼下がりの情事ならぬ、昼前からの快楽に我を忘れていた女は、真行寺守のつぶやきで一気に現実に引き戻された。

ピンク色に上気していた女の頬（ほお）が、守以上に真っ青になった。

「い……い……いま……なんて……言ったの」

「殺された、と言ったんだ。兄貴が」

「うそ」

「嘘であるはずがない。そんな悪い冗談を、オフクロがわざわざ携帯電話に連絡してきてまで言うと思うか」

「……」

「埼玉県警の寄居警察署というところから、たったいま連絡があったそうだ。なんでも、兄貴は熊谷駅から出た観光用のSL列車に乗っていて、そこで誰かにナイフで刺されたらしい」

「それでケガは」

「ケガ?」

「傷の具合はひどいの」

「なに言ってるんだよ。おれの話を聞いていないのか。死んだんだよ、真行寺右京はもうこの世に生きていないんだ」

「そんな……そんなひどいことってないわ。うそ、うそ、信じられない!」

髪の毛を振り乱しながら叫ぶと、女は堰(せき)を切ったように泣き出した。

つい数分前まで陶酔のきわみにあった女は、一転して地獄の底に突き落とされ、シーツに顔を埋めて泣きじゃくった。

「とんでもないことになったよな」

肩を震わせる女に背を向け、ホテルの窓からギラつく太陽に照らされた都心の緑を見やりながら、守は言った。

「いろんな意味で、とんでもないことになった。おれもきみも、警察からアリバイをきかれたら、いったいどう答えたらいいんだ。まさか、朝っぱらから二人そろってホテルの部屋にいたと正直に打ち明けるわけにもいかないだろう。

かといって、ほかに適当な言い訳も考えつかない。そもそも、仮にホテルの部屋でなくても、おれときみが一緒にいたことじたいが、警察に妙な疑いを持たせてしまうに決まっている。……ああ、どうすればいいんだよ、いったい」

守は拳(こぶし)で何度も部屋の窓ガラスを殴った。

だが、ベッドの女——真行寺右京の妻・早智子からは、言葉は何も返ってこなかった。

5

妻の栄威子がドアをノックもせずに入ってきたとき、真行寺総一は自室の書き物机に向かって電話にかじりついていた。相手との会話に夢中なあまり、彼は、栄威子が戸口に立っていることすら気づいていなかった。

「浜崎君、きみはいったいいくつになったね」

総一は、電話の相手に向かって言った。

「髪は黒々としているが、もうきみも結構な年配になったのだろう」

「五十一ですよ」

浜崎と呼ばれた電話の相手は、低い声で答えた。

その口調には、相手に対して優位に立ったゆとりが含まれていた。

「五十一か……頭を丸刈りにして詰襟の学生服を着たヤンチャ坊主のころから知っているせいか、きみが五十を越えたといってもピンとこんな」

そう応じる真行寺の言葉には、なんとか相手の機嫌を取り持とうとするおもねりの響きがあった。

「それがどうしました」

相手は突き放す。

「五十だろうが六十だろうが、このさい私の年齢は関係ないと思いますが」

「いや、そうじゃない。つまりだね、五十すぎの大人ならば、きみにも私の話に耳を傾ける分別があろうかと思うのだよ」

「ほう」

電話の向こうで浜崎はせせら笑った。

「一夜明けたら落ち着きを取り戻して、うまい弁解の言葉を思いついたということですか」

「弁解ではない」

見えない相手に向かって、総一は首を左右に振った。

「弁解でも釈明でもなく、私はきみに改めて質問をしたいのだ。ゆうべ、血洗島では私も冷静でいられなかったのだが……」

「質問でしたら、どうぞなんなりと」

昨晩、真行寺を血洗島へ誘い出した浜崎五郎（ごろう）は、余裕たっぷりの口ぶりで応じた。

「きみは横浜で産婦人科医を開業し、院長として立派にやってきている」

真行寺は切り出した。

「男の子も成長して、跡取りの心配もない。そんなふうに、何の不自由もなく過ごしているきみが、なぜいまになって過去を蒸し返すのだね。それも、きみ自身は関知していない、きみの父親の時代のことを」

「お答えしましょう」

浜崎は言った。

「まずその前に、こちらから逆におたずねしたいことがある。私がどうして産婦人科医の道を歩むことになったのか、そのいきさつを真行寺さんはごぞんじでしょうか」

「きみが産婦人科医になったいきさつ？　知らんよ、そんなものは」

「ほう、そうですか。しかし、『知らんよ』では済まないのですがね」

「なぜ」

「私がこの道を選んだのは、あなたのおかげだからですよ」

「私のおかげ？」

「ええ」

「それはまたどういうことだね」

「話せば長いんですがね」

「長くても話してほしい」

「あなたの父上である真行寺吉之輔氏は、いまから四十二年前の昭和二十七年十月に行なわれた講和条約後初の総選挙で衆議院議員に当選した。そのとき吉之輔氏はすでに還暦に近かったはずで、ずいぶんと遅い政治家としてのスタートだった。同期の初当選組には福田赳夫や大平正芳らがいたが、福田ですら四十代後半で、大平はもっと若かった」

浜崎は、まるで暗記しているかのように、真行寺総一の父親に関する経歴をすらすら述べた。

「その当選にともない、選挙のさいに実動部隊の先頭に立って応援してきた私の父親・要造は、真行寺吉之輔氏の私設秘書として雇われることになった。しばらくすると吉之輔氏は私の父親の存在を重宝がって、秘書業務だけでなく、運転手の役目も含めたもろもろの雑用をこなす、いわば執事役として、田園調布の洋館に住み込みで働くように依頼をしてきた」

浜崎の声を聞きながら、真行寺はその当時に思いを馳せた。

浜崎が語ったように、当選したころの父親の年齢は五十七、八だった。遅咲きの政治家ではあるが、しかし、いまの真行寺は、当時の父親の年齢をはるかに超える七十である。

白髪となった自分が、自分より十以上若いころの父親の姿を想起するのは妙なものだった。

「さきほどあなたが言われたように、そのころ私はイガグリ頭の小学生だった。あちこちにツギのあたった詰襟の学生服一枚を、一年中着通しているようなありさまだった」

浜崎はつづけた。彼の語尾から敬語は消え、まるで記録文書を淡々と読み上げるような口調になった。

「そんな貧乏暮らしを少しでもよくするために、父は吉之輔氏の求めに応じ、給与面でより優遇される田園調布のお屋敷への住み込みを受諾したのだと思う。だがその反面、母と私と妹の家族三人は、同じ大田区内の池上にあったボロ家に残って、父とは別々の暮らしをしなければならなくなった。それで、ずいぶん淋しい思いをしたのを覚えている。

だが、あなたの父上はなかなか寛大な方で、私たち三人を田園調布の洋館にたびたび招いては、父とともに御馳走をふるまってくださったものだった」

　真行寺は、電話線を通じて聞こえてくる浜崎の話に、無言でうなずいた。

　たしかに真行寺の記憶には、自宅にときどきやってきた身なりの貧しい母子三人の姿が克明に灼きついている。

「そんな吉之輔氏の人柄に、おそらく父は強い感銘を受けたのだと思う。いつしか、この人のためなら何でもしよう、という献身的な気持ちでいっぱいになっていったようだ。

　……それから四年ほど経った。父が吉之輔氏に心底傾倒していくのと比例して、吉之輔氏も父を信頼するようになった。そして、その信頼の極致として、あの夏の夜、父は、雇い主である吉之輔氏ならびにその息子であるあなたから、とてつもない命令を受けた」

「言うな」

　真行寺はさえぎった。

だが、電話の相手はしゃべるのをやめなかった。

「それは、あなたと新妻のみちさんの間に生まれてきた双子の片方の処分だった」

真行寺は絶句した。

「真行寺さん、当時あなたは三十二、三だったはずです。そしてあなたには、新妻のみちさんがいた」

浜崎という五十一歳の産婦人科医は、容赦なく真行寺の過去を掘り返していく。

男の言葉は、ゆうべ血洗島のネギ畑で発した感情的な脅し文句よりも、より冷静に、より客観的に、より具体的になっていた。

「そのころあなたは、いまのリアルペイントの前身となるエスエス塗料という会社を興し、小さいながらもそこの社長に納まっていた。エスエスというのは、真行寺総一の頭文字から取ったものだった」

「それは、きみのオヤジさんから仕入れた情報なのかね」

やっとの思いで真行寺は口をはさんだ。

「そうです」

短く答えてから、浜崎は先をつづけた。

「そしてエスエス塗料の専務は、まだ二十四、五という若さだった添田五十次――つまり、いまの社長です。その二人の若きコンビは、中小企業のエスエス塗料を日本有数の企業に育て上げようという気概に燃えていた。

その一方で、あなたの父上は、息子には国会議員としての地盤をつがせたかった。小さな塗料会社など、どうせすぐに行き詰まり、否応なしに息子は自分を頼ってこざるをえないだろう、と吉之輔氏は読んでいたからだ。だからこそ、いい年の大人になったあなたに対して、あれこれ細かいところにまで口出しをした。その最も顕著な例が、生まれてきた双子の孫に対する意見だった」

「……」

「明治生まれの吉之輔氏は、いまでいうなら迷信と呼んでいいような、幾多の非科学的なこだわりを持っていたらしい。それは、吉之輔氏特有の考えもあれば、古くからの伝承を信じている部分もあった。これはおそらく後者の例だと思うが、吉之輔氏には、双子は不吉な象徴であり、それをすんなり受け入れる訳にはいかない、という固い信念があった。嫁が双子を産んだなどという出来事は、まさに真行寺家の恥であり、口が裂けても世間に公表できないと思っていた」

受話器を耳に圧し当てたまま、真行寺には反論の言葉もない。すべては、浜崎の言うとおりだったからだ。

「しかし、息子のあなたのほうは、そのような旧弊にはこだわりを持たなかった。それどころか、いちどきに二人の男の子が産まれたことを大いに喜び、兄を『右京』、弟を『左京』と名づけようと、そこまで決めていた。役所への届け出こそすぐには出さなかったが、その命名の肚づもりを周囲の人間にも語っていたのだ。

　ところが、そこへ思わぬ横槍が入った。父・吉之輔氏から、双子はダメだ、という指示だ。真行寺家に双子が誕生することは絶対に認められない、というきつい言葉だった。それが何を意味するのか、もちろん息子のあなたはすぐに察した。片方の赤ん坊を処分せよ、という意味だ」

「やめろ……やめてくれ。それ以上の話は、ゆうべ血洗島で聞かされた話の繰り返しになるだけだ」

「やめられませんね」

　浜崎の返事は、あくまで冷たかった。

「いまの時代では到底考えられないような——いや、昭和三十一年当時ですら甚しい時代錯誤ともいえる双子への忌避。それをあなたの父上は本気で口にし、あろうことか息子のあなたもその言いなりになった」

「だからゆうべも言っただろう。当時、商売をはじめたばかりの私としては、どうしても縁起を担がざるをえなかった。ふだんはそんなことはないのだが、あれだけ父親から強く言われると、しだいに双子の存在が、私と私の作った会社の将来に暗い影を投げかけるような気がしてきた。それでつい……」

「この世に生まれてきた尊い生命を抹消するのに、『つい』という軽い気持ちでやったんですか」

「いちいち言葉の揚げ足取りをやらんでくれ！」

とうとう真行寺は怒鳴り出した。

「私だってあの一件はじゅうぶん反省しているんだ。右京の顔を見るたびに、死んだ左京を思わない日はなかった。本来ならば、これと同じ顔がもう一つあって、それこそ私を両脇からしっかりと支えてくれる存在になっていたのではないかと、そんな思いにとらわれることは、何千回、何万回とあった。きみが想像しているように無反省のまま過ごしているわけではないんだ」

「反省しようとしまいと、あなたが自分の子供を殺した事実に変わりはありません」

「私が直接殺したわけではない」

「では、それを私の父のせいにするつもりですか！」

受話器の振動板がビリつくかと思われるほど、浜崎の声が大きくなった。

「たしかに私の父・要造は、吉之輔氏から指示を受けて、あなたの息子の片方を手にかけた。だが、それは吉之輔氏からなかば脅迫されるようにして引き受けたことなのだ。

それなのに、父に殺害の実行を任せてしまった後は、吉之輔氏も当のあなたも、まるで何事もなかったかのように平静を装っている。嬰児殺しという大罪をすべて私の父に押しつけ、自分たちは罪の意識のカケラもなく頰かむりしている。それはそうだろう。いちばんむごたらしい場面には居合わせなかったのだから」

「しかし……」

「まずは私の話を聞きなさい」

浜崎は、一言の弁解も許さなかった。

「私は、金の力に飽かせて他人に殺害の実行を委託したあなたたちを心から憎む。殺人に良いも悪いもないが、あなたが自分の手でわが子を殺していたのならば、まだ同情すべき余地もあった。あなた自身が重い十字架を自ら背負ったという点でね。

だが、あなたがたは自分の心に傷を負わぬよう、まるで汚れた便所の掃除をやらせるような感覚で、小さな生命の抹殺を使用人である父に命じた。卑怯者！　なんという薄汚い根性だ」

浜崎の声が怒りでかすれた。

「あなたと吉之輔氏が、精神的な傷を負わなかった代わりに、私の父は自己嫌悪からひどいノイローゼに陥った。打撃を受けたのは父だけではない。なんといっても、可哀相だったのはあなたの奥さんだ。みちさんだ。いくら双子が不吉の象徴だという言い伝えが真行寺家にあるからといって、その片方を殺され、ほかにもいろいろあってみちさんの衝撃はひどかった。そして彼女は……」

「もういい！」

こんどは、真行寺が怒鳴った。

「そんな話は聞きたくない」

「聞きたくなければ電話をお切りなさい。電話回線がつながっている以上、あなたには私の話を聞く意思があるものとみて、私はしゃべりつづける」

真行寺は受話器を置けなかった。会話を中断できなかった。

そこをあらかじめ見透かしていたのか、浜崎は真行寺総一の反応を待つまでもなく、滔々（とうとう）と語りつづける。

「みちさんの自殺が、罪悪感のかたまりになっていた私の父を決定的に追い込んだ。父は、もはやすべての出口を封じられてしまったのだ。

その結果、父の精神は破滅へと向かった。毎晩毎晩、聞こえるはずのない赤ん坊の泣き声にうなされ、ときには眠りの最中に、突然、自分自身が赤ん坊の産声に似た泣き声を発してしまう始末だ」

覚えている——真行寺は全身に冷水を浴びせかけられるような出来事を思い出した。

住み込みの浜崎要造の部屋から、夜中、大人の声で赤ん坊の泣き声が聞こえてくるのだ。

最初、それを耳にしたとき、真行寺は恐怖のあまり絶叫しそうになった。完全に化けて出た、と思った。もちろん、左京の霊が、だ。

父の吉之輔も、洋館の一角に響く産声に驚き、廊下の向こうからバタバタと駆けてきて、浜崎要造に与えた部屋の扉の前で立ち止まった。

そして、息子とともに身体を震わせながら、ドアの向こうから聞こえてくる野太い産声に耳をすませた。

オギャー、オギャー、ウエー、ウエー。

産声が、いつのまにか喉（のど）を潰（つぶ）されるような声に変わる。

そして――

ウゲゲゲゲゲゲゲゲ。

なんともおぞましいうめき声へと転じていく。

真夜中の薄明かりの中で、吉之輔と総一親子は、ドア越しの奇声にカチカチと歯を鳴らして震えつづけた。

だが、ついに耐えられなくなって、総一が勢いよくドアを開けた。

すると、顔を真っ赤にした要造が、ベッドの上で胎児のように丸くなり、いまにも嘔吐（おうと）しそうな声を発している様子が目に入ってきた。

それはまるで、断末魔の嬰児の再現だった……。

6

「そんな状況になってしまっては、父も、もはや真行寺家の執事としてのお役は御免となるよりほかになかった」

受話器から洩れてくる浜崎の声が、真行寺総一を過去の一場面から現実へと引き戻した。

知らず知らずのうちに、受話器を握る手がびっしょり濡れていた。

「だが、あなたがたは秘密の厳守を暗にほのめかすように、退職後も父の口座に毎月じゅうぶんすぎる金額の生活費を振り込んできた。そして父が病死した後も、しばらくの間は足長おじさんよろしく、私たち遺族に金銭的な援助をつづけた」

それも浜崎の言うとおりだった。

十年が経ち、二十年が過ぎ、真行寺の父・吉之輔も鬼籍に入り、浜崎要造の遺児である五郎も成長して、ついには開業医として経済的に何の不自由もしなくなってからも、真行寺は金銭面の援助こそ取りやめたものの、定期的に彼に声をかけることは怠らなかった。

「真行寺さん、この年になってもあなたが私を食事やゴルフなどに誘ってくれるのは、表向きは父の代からのつきあいだからと言うが、実際は、あなたの罪の意識というか、私の父に対する引け目がそうさせているのでしょう。そうですね」

「……」

真行寺は返事をしなかった。

ズバリ的を射た指摘だったからである。

「これまで私は、あなたが申し出てきた数々の『好意』を、あえて何も言わずに素直に受けることにしてきた。そうやってつきあっているうちに、ひょっとしたら……ひょっとしたら、あなたの口から素直な懺悔（ざんげ）の言葉が聞かれるかもしれないと思ったからですよ」

そうだったのか、と真行寺は唇を嚙（か）んだ。

「しかし、結局あなたは、とことん頬かむりをつづけるつもりだったらしい。当時、まだ中学に上がりたてだった私が、事の真相を聞かされているはずがない、というのがあなたの推測だった。だから、もはやあの忌まわしい出来事を知る者は、この世に自分以外にはいない、と考えた。

けれどもそれは甘い見通しだった。じつは父は、精神の破綻（はたん）をきたす以前に、長男である私だけには、七夕の夜に何があったのかを、詳細にわたって話してくれたんです。そして、父のした過ちを、どんな形でもいいから息子のおまえが償（つぐな）ってくれ、と涙ながらに訴えてきた。

私はね、真行寺さん、泣きましたよ。イガグリ頭の中学坊主でも、事の重大さは痛いほどわかった。と同時に、母や妹には、口が裂けても真相は語れないと思った。これは、父と息子の私との、男どうしの秘密にするしかないと思った」

心なしか、浜崎の声が詰まりがちになった。

「父は……まだ、まともな精神状態を残していた段階の父は、くどいくらいに繰り返しました。人の命の尊さを知れ、人の命を守る仕事につけ、と……。その遺言が私を医師の道へ進ませ、さらには、数ある医学の専門分野の中でも、産婦人科医の道を歩ませることになったのです」

そこまで語り終えると、浜崎は大きなため息をついた。

「あらかじめ申し上げたとおり長い話になってしまいましたが……」

浜崎のしゃべり方が、普通の会話口調に戻った。

「さてと、何でしたっけね。ああ、そうそう、いまになって私が、あなたの過去を蒸し返す理由でしたか。それはゆうべ、あの現場でもお話ししたとおりですよ。私には、あなたが何も知らないまま人生を終えられるのが許せなかった。たとえばです」

言葉を区切ってから、浜崎は言った。

「あなたは、左京くんがどこで命を奪われたのかすら知らなかった。父は言っていましたよ、真行寺さん親子は、あの件に関しては恐ろしいくらいに知らぬ存ぜぬを決め込んだ。『済ませました』と報告にいくと、二人とも無言で、わかったからもうあっちへ行け、とでもいうように、手で追い払うしぐさをした、とね」

話を聞いている真行寺の顔が真っ赤になった。

自分でも、いかに卑怯で、いかに恥ずべき行為だったかがわかっているからだ。

「左京くんがどこで殺され、どこに埋められたのか――そうした詳細を、あなたがた親子は一切聞こうとしなかった。あなたがたが関心を払っていたのは、いかに双子出産の事実を表に出さないか、ということだけだった。そしてあなたたちは、右京くんと左京くんを取り上げた産婆に圧力をかけた。双子で生まれてきた事実を絶対に誰にも言うな、とね」

真行寺の脳裏に、こんどはあのときの産婆の顔が浮かび上がってきた。

名前も顔もはっきり覚えている。兼子千鶴という女で、あのころすでに五十前後の年配だった。

田園調布のそばの鵜の木という場所に住んでおり、父吉之輔の熱心な後援者だった。それゆえに、双生児出産の秘密を絶対に口外するなという命令は、子供の父親である真行寺総一からではなく、吉之輔から発せられた。

吉之輔がどのような説得――あるいは恫喝――をその産婆に加えたか知らないが、

結論からいえば、戸籍には、真行寺総一とみちの間に生まれた長男として、右京ひとりしか掲載されることはなかった。すなわち、公式記録上、真行寺左京という赤ん坊はこの世に生まれてこなかったことになっているのだ。

その後、産婆の兼子千鶴がどうしているか、真行寺はまったく知らなかった。

右京誕生から一年ほど経って、産婆の自宅前を通りかかる機会があったが、そのときにはすでに産婆の看板は取り払われ、表札も別人のものに代わっていた。

そして、そのあたりの事情を、真行寺はあえて父親にたずねようとはしなかった。

「そんなわけで、あなたは……」

浜崎はつづけた。

「血洗島という場所が、いったいどういう意味を持つのか、ゆうべ私に誘い出されて、現場で指摘を受けるまでまったく知らなかった。血洗島が、わが子の昇天の地だとはね」

まさにそのとおりだった。

血洗島といえば、大実業家・渋沢栄一生誕の地であるという認識しか、真行寺にはなかったのだ。

「どうです、真行寺さん。なんとも皮肉な地名だと思われませんか。血洗島とはね」

「……」

「血で血を洗う、という表現がありますが、真行寺家の血統を重んじるあまりに、あなたがた親子は大きな汚点を残した。その場所が血洗島、というわけです。『血洗島の惨劇』ですよ」

「浜崎君、頼む！」

いままで話を受け身になって聞いていた真行寺が、突然叫んだ。

「頼むから、右京には言わないでくれないか」

真行寺は必死に懇願した。

「あいつは、自分に双子の弟がいたという事実も、母親の自殺の真の原因も知らないんだ。頼むから、右京にだけはよけいな情報を与えないでくれ」

「さあねえ」

浜崎は含みのある応答をした。

「もしかしたら、右京さんは、もうごぞんじかもしれませんよ」

「何を、だ」

「ですから、自分の母親の自殺の真相を、ですよ」

「まさか」

真行寺は笑った。

焦り（あせ）を含んだ笑いだった。

「そんなはずはない。仮に気づいていれば、右京から私になんらかの反応があるはずだ」

「そうでしょうか？」

極端に語尾を上げて、浜崎は問い返した。

「自分の弟が自分の父親の指示で殺された——そうなると、ショックで何も問いただすことができなくなるのではありませんかね。そして極度の父親不信から……」

「うるさい！」

下手(したて)に出ていた態度を翻(ひるがえ)し、真行寺は声高(こわだか)に怒鳴った。

「外部のきみからあれこれ説教を受ける筋合いなどない」

「では、金曜日に発売になった『週刊経済』をお読みになっておられないのですね」

「なに？」

「そこで右京さんは、自分の母親の自殺のことに触れていますよ。ただし、具体的にではありませんがね」

「ほんとうかね」

「どうやら、周りの人間は気をつかって、あなたには情報を伝えなかったとみられますな」

「いったいどんなことを右京は」

「それはお近くの本屋にでもお行きください。あなたの家から歩いてすぐの駅前ロータリーにたしか一軒あったでしょう」

「……とにかく話を元に戻そう」

「ええ、戻しましょう」

「結局、きみの目的は何だね」

「またその質問ですか」

浜崎は、うんざりした声を出した。

「いま申し上げたばかりではありませんか。あなたが、過去に対する懺悔を明確にしないまま人生を終えるのはガマンならないと。ようするに、道義的に許せないわけです」

「きれいごとを言うな」

真行寺は受話器に向かって唾を飛ばした。

「きみの狙いは金だろう。金のほかに何がある。まさか、死にゆく人間を脅しあげるサディスティックな趣味を持っているわけでもあるまい」

「………」

「真行寺家の秘密を暴露されたくなかったら、なにがしかの金品を提供せよ、と言いたいのだろうが、あいにく私は、もうすぐ死ぬんだ。死んだ後のことまであれこれ心配してどうなる」

「なるほど」

「それに警告しておくが、日本の習慣として、死者に鞭打つような行為は、したほうの人間がその人格を疑われることになる。それでもよければ、どうぞ好きなようにしたまえ」

「開き直りましたね、真行寺さん」

浜崎の声がとがった。

「たったいま、息子には話さないでくれ、とすがってきた人が、好きなようにしたまえ、ですか。では、好きなようにいたしますが、ほんとうによろしいんですね」

「ああ、事実無根のデッチアゲをいくら騒ぎ立てられても、こちらは痛くも痒くもない」

「ほう、そういう態度に出られますか……なるほど、なるほど」

いったん平静に戻った浜崎の声に、じわじわと怒りが戻ってきた。

「結局あなたは、私の父の痛みをわかろうとはなさらないんですね」

「ああ、そうだ。わからんし、わかろうとする必要もない。以上だ」

言い捨てると、真行寺は電話をたたき切った。

が、通話が途切れる直前、相手も同じように激しい音を立てて受話器を置いたのが、真行寺の耳に達した。

7

通話を終えてからしばらくの間、真行寺は興奮で胸を上下させながら、まるで相手の残像がそこに見えるかのように、黒い電話機を見つめていた。

（なぜだ）

疑問が渦巻いた。

（なぜ、浜崎はいまになって脅迫めいた行動を起こしてきたのだ）

本人に直接問いただしたように、おそらく金目当ての脅迫なのだろうとは思ったが、しかし、昨夜の血洗島においても、きょうの電話においても、浜崎は金銭の要求らしきものをまったくしてこない。

（それにしても、左京が血洗島に埋められていたとは……）

血洗島の惨劇ですよ、という浜崎の言葉が、頭の中でワンワンと響いた。

浜崎の手によってわざとらしく供（そな）えられた黒いチューリップが、まぶたに灼きついて離れない。

そして、思い出したくなかった数々の場面が、脳裏に浮かんだまま消え去ってくれない。たとえば、彼の父親・浜崎要造が赤ん坊がえりしたように泣きわめいた夜……。

「血洗島の惨劇ですよ」

また、浜崎の声が響く。

七十年にわたる人生を生きてきて、あと数カ月でその幕を下ろそうというギリギリの段階で、真行寺がこれまで知らずにすごしてきた真実を——忘却のかなたに置いてきたはずの真実を、無理やり教えられるハメになった。わが子は血洗島で殺された、という事実を……。

(血洗島……血洗島……まてよ……)

そのとき真行寺は、はたと疑問に思った。

(なぜ、血洗島なんだ)

双生児の片割れである左京の始末を浜崎の父親に頼んだのは事実だが、その場所まで指定しなかった。そして要造は、『処刑の場』として血洗島を選んだ。これは、いったいいかなる理由によるものなのだろうか。

浜崎の家は、戦前から東京の城南地区に住んでいたはずである。実家や親戚の家が血洗島にあるという話も聞いたことがない。

(まさか、血洗島という言葉の響きにつられてそこを選んだわけでもあるまい)

さらに、ゆうべから不思議に思っていたが、真行寺が余命いくばくもないという情報を、浜崎五郎は誰から入手したのか。

彼は、それを『あなたのご家族の中のひとり』から聞いたと言っている。

最初、真行寺は社長の添田を疑ったのだが、彼は家族の範疇に入らない。お手伝いの光村静恵も、同居はしているものの、それだけでは浜崎が家族と認めはしないだろう。

すると、密告者は栄威子、右京、守、早智子の四人の中にいることになる。

（裏切り者は誰なんだ）

そして真行寺は、もっと重大なことを思い出した。

（臍の緒だ……）

ゆうべ血洗島で、浜崎は細長い箱に入った臍の緒を真行寺に見せた。

別の赤ん坊のものを代用して脅しの小道具として使ったのならともかく、本物だったら、どうやってそれを手に入れたのか——それが謎だった。

左京は生まれてすぐ、臍の緒がついたままで『処分』に出されたのではない。生後三日目に、浜崎要造に任せたのである。

したがって、誕生後少なくとも丸二日間は、左京の臍の緒は右京のそれと並べて、それぞれ桐の小箱に入れられ保管されていたはずである。

うかつにも真行寺は、その二つの臍の緒を、先妻のみちがどこにどうやってしまっておいたのかを知らなかった。

それを要造が盗み出したのだろうか。

それとも、最近になって二つの臍の緒の存在に気づいた家族の誰かが、真行寺恐喝の小道具として、それを浜崎に手渡したのだろうか。

考えれば考えるほど、真行寺はわからなくなっていった。

(なんという皮肉なことだ……)

真行寺は頭を抱えた。

(あと半年足らずしか生きられないというときになって、身内の裏切りを疑わなければならないとは)

そのときだった。

「あなた」

その声に、真行寺はビクンと背をのけぞらせた。

ふり向いてはじめて、彼は戸口に後妻の栄威子が立っていることに気がついた。

「なんだ……お、おまえか」

真行寺はあわてた。

「いつからそこに立っていたんだ」

「いまの電話のお相手は誰ですの」

硬い声で、栄威子はきいた。

「誰でもいい。おまえには関係のない話だ」

「関係があるかもしれませんわ」

「なに……」

「双子の弟って、何ですの」

「双子？　そんなことは言っていない」

「いいえ、おっしゃいました」

栄威子は一歩、二歩と部屋の中に進み出た。

「まさかあなた、右京に双子の弟がいるのではないでしょうね」

「バカを言うな。おまえだって結婚のときや、守が生まれたときに、我が家の戸籍謄本をちゃんと見ているだろう」

真行寺は歪んだ笑いを浮かべた。

「私とみちの間に生まれたのは、右京ひとりだ。それ以外に子供の存在はない」

と言いながら、真行寺は妻の目の動きを窺った。妻の態度を演技ではないかと疑っているのだ。

ひょっとしたら栄威子は、最初から左京の存在を承知のうえで、カマをかけてきた可能性もある——真行寺はそう思った。

だが栄威子は、真行寺が予想もしなかった言葉を口にした。

「あなたが否定されるのなら、それでも結構です。でも、もしも私の知らないところで秘密があったり、そのことで誰かに脅されているのならば、すべて正直に警察におっしゃってください」

「警察？」

「はい」

大きく息を吸い込んでから、震える声で栄威子は言った。

「右京さんが、殺されました」

8

同じころ——

真行寺右京の異母弟・守の恋人という立場にある小谷由香梨は、六本木の交差点にある書店で、さきほどから一冊の雑誌を読み耽(ふけ)っていた。

おととい発売になった『週刊経済』——ふだんの由香梨が手に取ることなど考えられない、経済専門週刊誌だった。

その雑誌の中で、さきほどから彼女の目をクギづけにしているのは、『人・最前線』と題するシリーズの中で、ひとりの若き経営者に焦点をあてている記事だった。取り上げられているのは、リアルペイント専務取締役の真行寺右京である。

その記事が出ていることは、守が教えてくれた。

「そんなに兄貴に興味があるんだったら、いま出ているこの週刊誌を読んでみれば」

恋人に対するとは思えない言い方で、守は由香梨に雑誌名を教えた。守のほうから積極的に、由香梨の関心を右京へ向けさせるようなやり方である。

だが、守がもはや自分と結婚する意思がなさそうだとわかったからには、由香梨も割り切って、彼の異母兄の右京のほうに興味を移そうとした。

右京が次期社長に就任する旨は、まだ対外的には発表されていなかったが、それでもその記事は、次のトップの座に就任するのは確実という前提のもとに、真行寺ジュニアの人となりを紹介していた。
四、五歳のころから現在に至るまでのアルバムや、本人のインタビューなどによって六ページの特集が組まれている。個人特集としては、かなり力の入ったページの割き方である。
インタビューの中で、右京は経営哲学から理想の家族像など、公私にわたる質問に答えていたが、由香梨が興味を持ったのは、母に関する質問と、それから結婚生活についての部分だった。

――なるほど、会社の創業者であるお父さまとの経営哲学の相違については、お話を伺ううちにだいぶわかってきましたが、ちょっとここらで話題をプライベートなほうへ転じさせていただきまして、右京専務のお母さまは、家庭ではどういう方なのか、そのあたりをお聞きしたいのですが。

「ああ、いまのオフクロは継母なんです。生みの母は、とっくに死にました。私を生んですぐにね」

――あ、そうでしたか。それは少しも存じ上げず、失礼いたしました。

「いや、かまいませんよ。あまり大っぴらにはしていませんからね」

――ご病気で。

「いや、自殺なんです」

――自殺？

「はい」

――差し支えなければ、そのあたりの事情をお聞かせ願えますか。

「差し支え？　あるに決まっているじゃありませんか（笑）。まあ、本来ならば、当時赤ん坊だった私が母の自殺の原因など知るはずもないんですが、大きくなってから私にそれを教えたよけいな人間がいましてね。まさに大きなお世話ですよ。……とにかく、そんな昔の話はやめましょう」

——では、いまのご家族について。

「家族というと、女房のことですか」

——はい。奥様の早智子さんとは三年前にご結婚なさっておられますが、三十五歳で結婚というのは、最近の男性にしても、やや晩婚かと思われますが。

「いろいろな女性に目移りしていた期間が長かったということですかね（笑）」

——しかし、奥様は専務より十も下でいらっしゃいますから、可愛くて仕方ないといったところではありませんか。三年経っても、まだ新婚気分とか。

「とんでもない、とんでもありませんよ。仕事に一生懸命だと、新婚気分なんてものはすぐ吹き飛びます。結婚して一週間でね」

——結婚一週間で、もう新婚気分はなかった？

「ええ」

——ま、その表現は、専務独特の照れの裏返しと解釈させていただきますが……。そういえば、専務にはまだお子様がいらっしゃいませんが、あとは二世誕生が望まれるといったところですね。

「子供は要りません」

——まさか。お父さまが興された会社を、代々守っていくためにも、とりわけ男のお子さんが待ち望まれるのではありませんか。

「いえいえ。オヤジはどうか知りませんが、私は世襲にはこだわっていないんです。現に、いまの社長の添田は真行寺家の人間ではありませんし、将来、私が社長の座に就くことがあったにせよ、その座を息子へと受け継がせていこうという考えはまったくありません」

——なるほど。でも後継者という視点をヌキにしても、お子さんはほしいでしょう。

「繰り返しになりますが、要りませんね」

——どうしてまた。

「よくよく考えてごらんなさい。子供というのは、親の勝手な都合で生まれてくる。そして、生まれてからも親の勝手な都合で振り回される運命にある。そんな可哀相な存在は、最初から求めないほうがいいというのが私の考えです。いや、これは哲学とか思想といったほうがいいかな」


小谷由香梨は、パタンと音を立てて週刊誌を閉じた。

最後の子供のやりとりに関する右京の真意はよく理解できなかったが、少なくとも妻の早智子に関しては、インタビュー記事から見るかぎりは、愛情のかけらも感じられない。

（夫婦の間は冷めているといった守の言葉は、ほんとうみたいだわ）

（チャンスかも）

頭の中にいろいろな思いを交錯させながら、由香梨は本屋の扉を開けて、冷房の効いた店内から猛烈な暑さにうだる街に足を踏み出した。そして、頭上から照りつける太陽をさえぎるために、額のところに片手でひさしを作り、ギラギラ輝く六本木の交差点界隈(かいわい)を見回した。

道行く男たちが、超ミニのスカートからスッと伸びた由香梨の長い脚に、ジロジロと遠慮のない視線を投げかけていく。由香梨にとっては、ほとんど毎日のように浴びているといってよい視線で、むしろこうした男の目がないと気分が落ち着かないくらいだった。

（守のいるこの街に通いつづけるのも、もうすぐ終わりになるかもね）

心の中で独り言をつぶやくと、由香梨は男たちの目を意識しながら、車を停めてある西麻布方面へと歩みをすすめた。

どこかで軽い昼食をとってから、真行寺右京の住む田園調布へ行ってみよう——彼女はそう決めていた。

9

「会長……」

　自宅で連絡を受けたリアルペイント社長の添田五十次は、受話器を握りしめたまま絶句した。

「……ほんとうですか、右京専務が殺されたというのは」

　やっとの思いで口を開いたが、その言葉は驚愕（きょうがく）のためにかすれてしまっている。

「私もすぐには信じられなかった」

　電話の向こうの真行寺総一の声も、ほとんど消え入りそうだった。

「だが、いま直接警察署に電話をかけ、自分の耳で確かめたのだ。第一報に間違いはなかった」

「具体的には、どういう状況なんです」

「汽車の中で、誰かにナイフで刺されたらしい」

「汽車？」

「蒸気機関車だよ。秩父のほうを観光用に走っているものだ」

「秩父……なんでまた、専務が日曜日に秩父へ」

「知らん」

「誰かに呼び出されたんですか」

「かもしれん……いや、間違いなくそうだ。私には、右京を殺した犯人の見当がもうついているんだ」

「なんですって」

添田は受話器を持ち替え、空いたほうの手のひらの汗をズボンで拭いた。

クーラーのよく効いた書斎にいるのに、添田は汗をかいていた。暑さとは別の理由から噴き出してくる汗だ。

「犯人の見当がついている、って……それはほんとうですか、会長」

「ああ。しかし、それを警察に打ち明けたものかどうか迷っているのだ」

「誰なんです。会長が犯人だと考えておられる人物は」

「浜崎だよ」

「浜崎？」

「私のオヤジの私設秘書をやっていた浜崎要造という男がいただろう」

「ああ、いましたね。ですが、彼はとうの昔に死んでいるではありませんか」

「その息子だよ。いまは産婦人科を開業して院長をやっている浜崎五郎だ」

「……」

一瞬、間をおいてから、添田はたずねた。

「その彼が、専務を殺した犯人だとおっしゃるのですか」

「ああ」

「根拠はなんです」

「添田君」

真行寺総一は、あらたまった声を出した。

「古くから真行寺家に関わってきているきみは、かなりプライベートなことまで熟知しているると思う。だが、さしものきみも知らぬ、非常に重大な秘密が真行寺家には隠されているのだ。私は、その件で浜崎の息子に脅されている。それも、人生の残り時間を区切られたいまになってだ」

「……………」

「やつはゆうべ私をある場所に誘い出し、三十八年前の出来事について、私に懺悔を求めた。そして、一夜明けたきょうも、ついさっき、やつから電話がかかってきた」

「脅しの内容は何です」

「だから、三十八年前に起きた真行寺家の秘密についてだよ」

「というと……みちさんの自殺に関する話でしょうか」

「間接的にいえば、そうだ」

真行寺は、少しでもよく通る声を出そうとして、電話口で咳払い（せきばらい）をした。

「問題は、みちを自殺に追い込んだ原因だ。きみはそれが何か知っているかね」

「いえ」

「だろうな。……じつは、右京には」

言いかけてから、真行寺は思い直したように言葉を呑（の）み込んだ。

「いや、その話はまたにしよう。とにかく大至急、田園調布のほうにきてくれ。いまから右京の遺体の確認に向かわねばならん。それにつきあってほしいんだ」

「わかりました、会長。すぐに参ります」


添田は受話器を置いた。

置いてから、七三に分けたロマンスグレーの髪に片手を突っ込むと、彼は大きなため息をついた。

いや、ため息というよりも深呼吸である。そうでもしないと、身体の震えが止まらないのだ。

と、電話機のベルがふたたび鳴った。家族が共用する回線とは別の、添田専用のラインだった。

「はい、添田で……」

受話器を耳にあてた添田は、相手の声を聞いたとたん、血相を変えて怒鳴った。

「おい、浜崎君。きみはなんということをしてくれたんだ」

謹厳実直を絵にかいたような添田が、会社では絶対にみせない憤怒の表情を作った。

「私は右京を殺せと命じたおぼえはないぞ」

「殺した？　なんですか、それは」

電話をかけてきた浜崎は、びっくりした口調で聞き返した。

「私は、会長を脅す役割はたしかにあなたから請け負ったが、まさか人殺しまではやりませんよ。だいたい……」

「とぼけるな」

添田は相手の言葉をさえぎった。

「だったら、誰が右京を殺した」

「……ちょっと待ってくださいよ、添田さん。真行寺右京が殺されたというのは、すでに確定した事実なんですか」

「たったいま、会長から電話があった。秩父方面を走る蒸気機関車の中で、何者かに刺された、と」

「そんなはずはない」

浜崎は言葉強く言い返した。

「そこまで踏み外すほど、私はバカではない」

「いまさら弁解は聞きたくない。やったならやったと、ハッキリ言ってくれ」

「だからやっていないと言っているでしょうが」

「そもそも、きみはどこから電話をかけているんだ」

「自宅からです。横浜の自宅ですよ」

「嘘をつけ。熊谷とか寄居とか、そのあたりから電話をかけているんだろう」

添田はまくし立てた。

「会長からの連絡によれば、事件が起きたのはＳＬ列車が寄居駅に到着する直前の、午前十時四十五分ごろだ。そしていまは十二時半すぎ。二時間弱では、秩父周辺から横浜まで帰ってこられるはずがない」

「だったら私のアリバイは確実ですよ。疑うなら、いったん電話を切りますから、そちらからかけ直してみてください」

浜崎は、挑むような口調で言うと、自分から電話を切った。

そして、添田が横浜の電話番号をプッシュすると、即座に浜崎本人が出てきた。

「どうです。少なくとも、私がやったことではないとご理解いただけましたね」

「きみ自身がやらなくても、きみが誰かに委託した可能性がある」

「それは、あなたについてもあるのではありませんか、添田さん」

「人殺しまで頼むほど、私は真行寺家の連中を憎んではいない」

「嘘を言いなさんな」

浜崎が、少し横柄な調子になった。

「添田さん、あなたは四十年近く、ずっとナンバー2の座に甘んじつづけてきた。たしかに真行寺総一氏はあなたよりずっと年上だし、会社を興したときに投じた資金も、ほとんどは彼が調達してきた。けれども、会社の発展に果たした役割というのは、むしろ技術畑一筋のあなたのほうが大だった。

それなのに、あなたが社長の座に就けたのは、つい最近のことだ。しかも、総一会長が不治の病に冒されたとばっちりで、せっかく手にした社長の椅子を右京専務へ禅譲せねばならなくなった。これでは、リアルペイントの発展に捧げてきたこれまでの人生が、あまりにも報われない」

「ちょっと待て」

添田が聞きとがめた。

「私は、会長の病気のことまではきみに話していないぞ」

「聞いたんですよ」

「誰から」

「真行寺家の人からね。会長の家族からですよ」

「誰だ、そんな口の軽いやつは」

「いまさらそこで忠臣づらしないでくださいよ」

浜崎は蔑むように言った。

「きみも父親の仇をとりたいだろう、などと時代がかったセリフで私を誘い込み、真行寺総一会長を脅迫する計画を考えた人が、急に善意のかたまりになってもらっては困るんですがねえ」

「………」

「だいたいあなたは、きまじめそうな見てくれとは裏腹に、大嘘つきな人間なんだ」

「嘘つきだと？　侮辱するのはやめたまえ」

「嘘つきという表現が気に入らなければ、知っていて知らんふりをするのが得意、とでも言い換えましょうか。あるいは、平気でとぼけるのが得意、とかね」

「なんだと」

「たとえば、あなたは会長の先妻の自殺の原因をちゃんと知っている。つまり、迷信にこだわった真行寺吉之輔・総一親子が、双生児の片方の赤ん坊を葬り去った事実をね。そして、その実行役が私の父に押しつけられたこともだ。だが、四十年近くもの間、あなたはそんな事実はまるで知らないという顔を通してきた」

浜崎は、早口でさらに畳みかけた。

「私は自分の父親から、すべてのいきさつを聞かされているんですよ。いかに主人の命令とはいえ、生後まもない赤ん坊を手にかけてしまった罪に激しくおののいた父は、その精神的重圧から解放されるために、誰かに相談したくて仕方がなかった。なにしろ、依頼主の吉之輔・総一親子は、まるで浜崎要造という私設秘書が勝手にやった犯罪だとでも言いたげに、知らん顔を決め込んでしまいましたからね。そこで思いあまった父は、真行寺総一とともにエスエス塗料という小さな会社を経営しているあなたに相談にのってもらおうとしたのです」

添田は、ゴクンと唾を呑み込んだ。

「当時のあなたは、まだ二十四、五という若さだった。そんな若造を相談相手に選ぶとは、よほど父も頼れる人間がいなかったらしい。けれども、真行寺総一が最も信頼しているあなたならば、きっと力になってくれる——父はそう思って、意を決して真実を打ち明けたのです。

ところが、あなたはどういった態度をとったか。父の話を偉そうに目を閉じて聞き終えると、あなたは腕組みをしたままこう言ったそうじゃありませんか。浜崎さん、いまの話は聞かなかったことにしておきましょう……と」

間をおいてから、浜崎五郎はさらにつづけた。

「拍子抜けするというか、呆気にとられる父に向かって、あなたはこうつけ加えた。

浜崎さん、あなたのしたことは殺人罪ですよ。でも、同情の余地もあるし、私も妙な関わり方はしたくないから、口はつぐんでおきますけれどね、と」

「……」

「あなたという人間は、一事が万事そんな調子だったらしい。とにかく得点をねらうよりも失点を嫌い、事なかれ主義に徹した。温厚できまじめという人柄も、一皮むけば保身のかたまりというわけだ。

それにしても、あなたは年を取るとともに、じつに芝居が巧みになった。しらばっくれるのも上手になった。たとえあなたが殺人を犯したとしても、誰よりも驚き、誰よりも泣けるのが、あなたの特技ではないか」

「もういい、浜崎君」

添田はストップをかけた。

「こんなところで罪をなすりあっているヒマはない。ともかく、私は会長に呼ばれているんだ。遺体の確認にいっしょに立ち会ってほしいとね。そのさいに、警察からもっと詳しい話も聞けるだろう。きみとの話のつづきは、その後でやろう」

添田は電話を切ると、ハンカチで額の汗をぬぐった。

心なしか微熱が出てきたようだった。

（温厚できまじめという人柄も、一皮むけば保身のかたまりというわけだ）

浜崎の言葉が、痛いほど耳に突き刺さった。ズバリ添田の性格を見抜いていたからである。

その保身のかたまりの自分らしからぬ大胆な行動——長年のパートナーである真行寺総一を心理的にとことん苦しめる計画——は、浜崎の指摘どおり、これまでのガマンの反動だった。

ただでさえ生命の期限を区切られ精神的に追いつめられた真行寺総一会長に、過去の大罪を思い知らしめて徹底的に揺さぶる。これは一種のイジメといってもよい、陰湿な復讐計画だった。

無欲のナンバー2という役どころをずっと演じながら、じつは添田の心の中には、真行寺総一への嫉妬が渦巻いていた。

その嫉妬心の暴走を抑えていたのが彼一流の保身本能だったが、ここにきて添田は、もう何をやっても大丈夫だろう、という気になっていた。総一会長の未来がまもなく終わるとわかったからである。

しかも、会長の引退と同時に、自分の社長の椅子も取り上げられるとあっては、さすがの添田も謹厳実直な忠臣という仮面をはずさざるをえなかった。

そして、文字どおり冥土のみやげとして、添田は総一への復讐を開始した。

また、専務の右京に社長の座を明け渡したくないと思ったのも事実だった。できれば、右京を押さえ込みたいと願っていたのも事実だった。

（それにしても……）

添田は、何度もハンカチで額をぬぐいながら思った。

（仲間に引き入れたはずの浜崎の息子が、こうもやすやすと態度を変えるとは思わなかったな）

怒りで、添田の顔がふたたび歪みはじめた。

（あんな野郎に私の人生をジャマされてたまるか。ツギハギだらけの学生服を着て、いつもおどおどしていたハナたれ小僧だったあんな野郎に……）

添田は、自分がかつての真行寺吉之輔と似たような態度でいることに、まったく気づいていなかった。

ひたすら浜崎の言葉に腹を立て、拳（こぶし）を握りしめ、顔が真っ赤に染まるほど、添田は血圧を上げた。

柔和な笑顔が似合いの垂れかげんの目尻が、キッと吊り上がった。

だが、そのとき――

「あなた」

ノックとともに声をかけながら妻が入ってきたので、添田は急いで表情をゆるめた。

「なんだね」

妻に背を向けたままたずねる。

「お昼は書斎のほうで召し上がるかしらと思って、サンドイッチを持ってきましたけれど」

「ああ、ありがとう。しかし、すまないが食べているヒマはないんだ」

そう答えながらゆっくりと妻のほうを向き直ったときには、添田はいつもの無欲な忠臣の顔に戻っていた。

「会長のお宅で大変なことが起こった。すぐにハイヤーを呼んでくれないか」

10

「朝比奈さん」

港書房の編集者・高木洋介は、寄居警察署の建物を背にして歩きながら言った。

「すみません。もっとぼくが監視の目を行き届かせていればよかったんですけれど……結局、どさくさの騒ぎにまぎれて、犯人はうまく逃げちゃったみたいですね」

「仕方ないよ。寄居駅に着いたとたん、あんなふうになるとは思わなかったから」

朝比奈が肩をすくめて言う。

あんなふうに、とは、事情を知らない他の車輛の乗客がホームにワッと降りてきて、あっというまにあたりが人の波に埋め尽くされた状況を指す。

SL列車は、寄居とか長瀞といった主要駅に到着すると、すぐに出発するのではなく、だいぶ長い間そこに停車している。たとえば、寄居駅には十三分間も停まっている。

これはいわばサービスタイムで、その停車時間の合間に、子供の乗客に限って、機関車の運転席に順番に乗せてくれるのだ。

また、機関車の最先端のデッキに立っての記念撮影も可能となる。

乗ったはいいが、かえってSL気分を味わえなかった乗客が、このときとばかりホームにどっと繰り出して、カメラやビデオ片手に押すな押すなの撮影大会となるわけだ。

そのほかにも、入場券を買って待ち構えているカメラマニアなどもいて、まさにSLが入線してきたホームは大混雑となる。その人・人・人の渦の中に、朝比奈は血まみれになって息絶えた男を運び出したのだ。

事件発覚から駅到着までほとんど間がなく、車内の不審人物を探し出す時間がなかったのと、このホームの大混雑によって、犯人が逃げるのはまったく容易な状況になっていた。

「それにしても驚きましたね。びっくりが三つですよ」

高木はつづけた。

「一つは、被害者がよりによって真行寺総一会長の息子の右京専務だったこと。そして二つ目は、直接の死因がナイフの刺し傷による出血ではなくて、毒物による呼吸マヒの可能性が出てきていること。そして三つ目は……」

「右京専務そっくりの格好をしたもうひとりの男が、彼のそばにいたという証言だね」

「ええ、それですよ。右京さんが叫び声をあげる直前まで、彼といっしょにドアの前に立っていて話をしていた男がいた。その男は黒いサングラスをかけ、ズボンの色こそ違っていたけれど、上は右京さんと同じ黄色のポロシャツを着て、しかも背格好も髪形もほとんど同じだった——すぐ近くに陣取っていた女性グループの乗客がそんな証言をしたというのが、ぼくは気になって仕方ないんです」

「どこからみても双子に違いないと思った、と言うんだろう」

「そうなんですよ」

高木は大きくうなずいた。

「でも、総一会長の自伝づくりでインタビューしたかぎりにおいては、右京専務に双子の兄だか弟がいるといった話は聞いていないんですけどね」

「けれども、事件発生の直前まで、右京専務といっしょに、そっくりの風貌とそっくりのいでたちをしたサングラスの男が立っていたという事実は、どうも動かせそうにないみたいだね」

「寄居駅に到着する直前、隣の車輛にそれらしき風体の男が移動してきた、という目撃談もあるようですしね」

「黄色のポロシャツには返り血らしきものも飛んでいて、だいぶあわてた様子だったというんだろう」

「そうなんですよ。そいつをつかまえなくちゃいけなかったのに……」

「そこが残念だけど、他の車輛の乗客は、そのとき車内で血まみれの惨劇が起きているのに気づいていないのだから、無理もないけれどね」

「でも……どう思います、朝比奈さん。右京さんといっしょにいた犯人らしき男は、双子の兄弟だったのかどうかは」

「常識的に考えれば答えはノーだろうね」

汗でへばりついたシャツの胸元を引っ張りながら、朝比奈は言った。

「ノーだと思う理由は二つある。まず一つは、すごくあたりまえな話だけど、もしも双子の兄弟が存在していたら、それを三十八年間も隠し通しておくのは、いまの世の中では絶対に不可能だということだよね」

「そりゃ、そうです。しかも、右京氏は社会的に名の通った人間ですからね。……で、もう一つの理由は？」

「そばにいた女性グループが口をそろえて、あれは双子に間違いない、と言っているよね。それが、逆に双子でない証拠だと思うんだ」

「というと」

「これが子供だったら話は別だけどね。三十代後半の大人が、絵にかいたような双子ルックに身を包むと思う？」

「あ、そうか」

あまりにも単純な指摘に、高木は自分の頭の後ろを自分の手でパンと叩いた。

「そっくりの顔立ちだから双子だというならわかるけれど、そっくりの服装をしていたから双子だという論法は、大人の場合は絶対にあてはまらない」

朝比奈はつづけた。

「双子を売り物にしているタレントならともかく、髪形まで同じにしているのは、かえって作為的だとみるべきだよ。おまけに、右京氏でないほうは黒いサングラスで目を隠していたというんだろう。それは、顔そのものは似ていないからだよ。つまり、双子の存在を周囲にアピールしたいがために、わざわざそっくりの格好をしていたといえる」

「でも、なんのために双子の存在をアピールしたんでしょう」

「それはわからない」

「右京氏に双子がいたらまずい理由でもあるんですかね」

「あるいは、被害者と加害者を混同させるトリックの意図があったのかもしれないしね」

「は！、なるほど」

　高木は、そこで急に顔を輝かせた。

「ひょっとしたら、そいつは小説に使えるんじゃありませんか。ね、被害者と加害者のすりかえというのは」

「どうしても、この取材旅行の元を取りたいわけ」

「まあ、少しは……」

「だけど、双子ネタというのは推理小説だと禁じ手だよ」

「ですから、そこをうまくアレンジしていただいてですね」

　すっかり編集者の顔に戻った高木は、朝比奈を熱心に口説いた。

「パーッと今晩あたりで概略をまとめて、明日から執筆というのはどうです」

「あ……」

　高木の話の途中で、朝比奈はいきなり立ち止まった。

「どうしたんです、朝比奈さん」

「急に思い出したことがあったんだよ。……ねえ、高木さん、せっかくこっちのほうまできたんだから、まっすぐ東京に帰らないで、一カ所立ち寄ってみない？　もしかしたら、そこで物語のインスピレーションを得ることができるかもしれない気がするんだけど」

「作品ができるなら、一カ所でも二カ所でもいいですよ。やっぱり朝比奈さん、事件の刺激を受けて急に創作意欲が湧（わ）いてきたんじゃないですか」

「かもしれないけど」

「それで、立ち寄る場所というのは」

「血洗島」

「は？」

「血洗島だよ」

「島ですか」

高木はいぶかしげな顔をした。

「でも、ここは海に面していない埼玉県ですよ」

「いや、島といっても文字どおりの島じゃないんだ。たぶん、昔そのあたりを川が流れていて中洲（なかす）のような場所があったから名づけられたのではないかと思うんだけどね」

「で、何といいました、その島の名前。もう一回言ってください」

「血洗島」

「チアライジマ？」

「血液を洗う島という字を書く」

「ひえー、ほんとですか、それ」

「昔は血洗島村といっていたんだけど、いまでも字（あざ）の名前として血洗島が残っているんだ」

「花咲（はなさき）村や鳥啼（とりなき）村の比じゃありませんね、その名前のすごさは」

「うん。右京氏の血まみれの姿を思い返していたら、その地名がパッと頭に浮かんできたんだ」

「連想ゲームってわけですか。でも、なんでまたそんな場所を朝比奈さんが知っていたんです」

「高木さん、このあいだの宝島の事件を思い出してほしいんだけど」

「いきなり、宝島ですか」

「奄美（あまみ）大島の北に位置する吐噶喇（とから）列島方面を戦前に探索した民俗学の研究グループがあったよね」

「渋沢敬三がリーダーとなった……」

「そうそう、それ。たしか昭和九年の出来事だった。で、そのときの調査を遂行した渋沢敬三の祖父にあたるのが、大実業家の渋沢栄一なんだけど」

「おかげさまで、そのあたりの知識はぼくも覚えてしまいましたよ」

「その渋沢栄一の生家のあるのが血洗島なんだよ」

「あ、そうだったんですか……そこまでは知らなかった」

「ちなみに、真行寺家は田園調布に豪華な洋館を構えているという話だけれど、その田園調布の計画的な街並みを作ったのも、渋沢栄一が中心になっている」

「なんだか、いろいろとリンクしてきましたね」

「どうもね……」

カフェオレ色に染めた髪に片手を突っ込んで、朝比奈は言った。

「すべての流れが、ぼくを血洗島へ血洗島へと招いている気がしてならない」

「おー」

高木はますますうれしそうな顔になって、朝比奈の背中を押した。

「そういった言い回しが出たら勝ったも同然。さ、行きましょう、先生。ＳＬの事件は事件として、いざ血洗島へ」

11

午後二時半——

小谷由香梨は田園調布の真行寺邸めざして、赤いスポーツカーを走らせていた。

（真行寺家の嫁になりたいんだったら、兄貴のほうにアプローチしたほうがいいんじゃないのか。それなら確実におまえの夢は果たせるよ）

守の言葉が、繰り返し繰り返し思い出される。

明らかに守は、由香梨との結婚に二の足を踏んでいた。それどころか、彼は恋人であるはずの由香梨に、異母兄との結婚をすすめたりもした。そして、それは決して冗談という口ぶりではなかった。

しかも、右京と早智子夫妻はうまくいっておらず、離婚寸前だという。

そこまで聞かされたら、打算が働かないわけにはいかなかった。

守が構わないというなら、弟から兄へ乗り換えてしまおう——由香梨は本気でそう思った。

思ったらすぐに行動に出てしまうのが、彼女の積極的なところでもあり、また浅薄（あさはか）なところでもあった。

六本木の書店で真行寺右京の特集を組んでいる雑誌に目を通したのがその行動の手始めで、つづいて彼女は、田園調布の豪邸がいったいどんなものかを、自分の目で観察しておこうと考えた。

由香梨は守の恋人ではあったが、真行寺家の両親公認の仲ではない。だから、いままで一度も田園調布の真行寺邸に招かれた経験がなかったし、その前すら通りかかったためしがない。

そもそも守自身からして、この洋館に戻るのはまれだったのだから、由香梨が訪れるチャンスは皆無だった。

首都高速の用賀インターで降りて、環状八号線を南へ十数分走ると、右手に東京都玉川浄水場が見えてくる。

このあたりは、その昔、玉川村と調布村に分かれていた。荏原（えばら）郡の地主と仲介者畑弥右衛門の要請を受け、寒村だった調布村の高台に理想的な計画都市を造ることを考えた渋沢栄一らは、大正七年九月に造成を開始。多摩川から飲料用の水を引くための玉川浄水場を作るとともに目黒蒲田（かまた）電鉄（現・東急電鉄）を設立し、大正十二年、のちの田園調布駅となる調布駅を建設した。

この街は、全国各地にある『調布』という地名と区別するため、調布村に作る理想的な田園都市という意味で『田園調布』と改名される。

そして、大正十二年の十月に分譲開始。

その当時から、西口ロータリー側を住宅地、東口を商店街と分け、その色分けは七十年経ったいまも変わらない。

売り出し価格は坪二十円から五十五円。当時の物価からすれば、現在のような超高級というレベルにまでは達していない。サラリーマンでも長期の月賦さえ組めば、なんとか買えるといった土地の価格である。

しかし、決して大衆的であったわけではない。分譲開始当初から、田園調布は街並みに関する厳しい制限を設けていた。

たとえば建物は三階建て以下、建ぺい率は五十パーセント以下、道路から建物までの距離を道幅の二分の一以上とること、そしてなんといってもユニークな決まりが『建築費は坪単価百二十円以上かけること』だった。

つまり、安っぽい建物が造られるのを未然に防ぎ、質の高い街のイメージを保つ戦略が最初から練られているのである。

このあたりは、おそらく海外経験豊富な渋沢栄一のセンスが反映されたものと思われる。

なにしろ渋沢は、明治維新の前年、慶応三年に、最後の将軍徳川慶喜（よしのぶ）の弟昭武（あきたけ）の、パリ万国博覧会視察及びフランス留学の随行員として渡仏している。

そしてアパルトマンを借りて、語学の家庭教師を雇い、一カ月足らずで日常フランス語会話には不自由しなくなったという。

昭武（＝民部公子）のお供としてのフランス滞在は、当初は五年以上の長期にわたるはずだったが、勝海舟と西郷隆盛の会談による江戸無血開城で幕府政治が終焉を迎えたため、急遽予定を繰り上げて、明治元年に帰国せねばならなくなった。

だが、日本ではチョンマゲに刀を差した武士たちが『最後の合戦』を行なっているときに、渋沢栄一はシルクハットをかぶり、蝶ネクタイを締めた洋装に革靴を履いた格好で写真におさまり、それでパリの街を闊歩していたのである。

田園調布駅西口ロータリーから坂の上の高級住宅街にかけて広がる同心円状の特徴的な街並みは、造成当時から『エトワールの街』と呼ばれていたが、これはかの有名な凱旋門のあるエトワール広場（現シャルル・ドゴール・エトワール広場）から星状に広がる道路（そのうちの一本がシャンゼリゼ通り）の形を意識したもので、渋沢のパリ留学体験が反映されたものとみて間違いはない。

つまり、田園調布は日本のパリで、両側にイチョウ並木がつづく街路は、さしずめシャンゼリゼ通りというわけである。

そして、凱旋門に相当する中心点には、アルプスの山小屋を彷彿とさせる赤い屋根のこぢんまりとした駅舎があった。

線路開通当時から田園調布のシンボルとして存在していたこの駅舎は、平成二年八月二十六日――夏休み最後の日曜日をもって六十七年の歴史にいったん幕を下ろし、平成七年の秋に田園調布駅が完全地下化されたのち、将来同じ形のものが復元される予定になっている。

真行寺邸は、いまは工事中の田園調布駅前ロータリーをまっすぐ上がり、しばらく行ったところを右に折れた一角にあった。

一時期バブルによる土地転がしや、高額の相続税が払えないための切り売りで、どんどん土地が細分化され、田園調布の街並み保全に危機が訪れたが、平成三年、全国で初めて既存の住宅地に地区計画が導入され、五十坪以下に土地を分けることができなくなった。ミニ開発の流れにストップがかけられたのだ。

だが、そうした規制の流れとはまったく無関係に、真行寺邸の洋館は、昔から変わらぬ広大な敷地に人目を引く偉容を誇っていた。

「すごい」

真行寺邸の前に車を停めた由香梨の口から、感嘆のつぶやきが洩れた。

「こういうのって……信じられない」

守が仕事場にしている六本木のマンションとはケタ違いのスケールだった。

「このおうちが、もしかしたら私のものに……」

真行寺家の財力を象徴するような洋館を目のあたりにすると、由香梨の頭からは、もう守の姿はすっかり消え去ってしまっていた。

そして、守の異母兄である真行寺右京のイメージが浮かび上がる。

由香梨は、さきほど週刊誌の特集で見た右京の写真を思い起こした。

ちょっと見には押しが強そうで、由香梨としてはあまり好みのタイプではなかったが、縁なしのメガネをかけたときには意外とインテリ風の雰囲気になるので、それは悪くはないと思った。

サングラスをかけたスキー姿の写真も掲載されていたが、アクの強い目元が濃いレンズに隠れると、なおさらスッと通った鼻の線が目立って、なかなか男前だった。鼻筋がきれいで唇の形も整っているので、メガネやサングラスがよく似合うのだ。

決して理想的な容貌ではなかったが、結婚は顔でするものではなくてお金でするものだ、と割り切った由香梨にとっては、真行寺右京は文句なしに『合格』だった。

あとはきっかけをどう作るか、だけである。

(とにかく、会えばこっちの勝ちだわ)

由香梨は運転席を後ろにスライドさせ、長くて形のよい脚を組んだ。

超ミニのスカートがずり上がり、下着が丸見えになる。真行寺守も、最初はこの作戦で引きつけたのだ。

（男をつかまえるなんて、カンタンなものよ。どんな言葉よりも、どんな笑顔よりも、私の場合は、この長い長い脚がモノを言うんだから）

右京の目をこのミニスカートの奥に向けさせたら、それで第一ラウンド判定勝ち――その自信が、小谷由香梨にはあった。

だから、右京との出会いの場さえセッティングすれば、あとは筋書きどおりに事が運んでいく気がしてならなかった。少なくとも、一夜のベッドをともにするところまでは、すぐだと確信していた。

そんなことを考えながら細身の外国タバコを唇にはさみ、シガーライターを押し込んだそのときである――

由香梨の視野に、ひとりの男が目に入った。

その男は、真行寺邸の敷地に沿って角の向こうから姿を現し、ゆっくりとした足取りで、由香梨が車を停めているほうへ歩いてきた。

半袖の黄色いポロシャツにコットンパンツという服装の男は、由香梨が乗っている赤いスポーツカーにはまったく見向きもせず、真行寺邸の洋館にずっと顔を向けたまま歩いている。

どうやら、真行寺邸を観察している、といった雰囲気である。

ギラつく真夏の太陽光線から目を護るためか、それとも他の目的であってか、男は黒いサングラスをかけていた。だから、年齢はハッキリわからない。二十代にもみえるし、三十代にもみえる。

黄色のポロシャツが、なにか茶色い染みのようなものでところどころ汚れているのが、由香梨は少し気になった。

「あら……」

由香梨の唇からつぶやきが洩れ、はさんでいたタバコがミニスカートの膝に落ちた。

(もしかして、あれは右京さん)

その男は、まさにこれから由香梨が接近の機会をうかがおうとしていた真行寺右京に印象がそっくりだった。

とくに黒いサングラスをかけているところは、写真で見た右京そのものである。背格好も、たぶんあれくらいだろう。

(そうよ、間違いないわ、右京さんだわ)

洋館の住人にしては、自分の家を観察するように眺めているのはおかしなしぐさだったが、そんな矛盾を気にかけるほど由香梨の頭は論理的ではなかった。

シガーライターがポンと音を立てて飛び出すのもかまわず、そしてタバコが膝から床に落ちたのも気づかず、小谷由香梨は組んでいた脚をほどくと、すぐに運転席のドアを開けて外に飛び出した。

モワッとくる熱気に一瞬顔をしかめたが、すぐに由香梨は笑顔を作り、脚の美しさを強調するゆっくりとした足取りで男に近づいた。

サングラスの男は、依然として真行寺邸に目を向けたままで、由香梨の行動にはまったく気がついていない。

「右京さん？」

由香梨が話しかけると、男はビクンと身体をこわばらせて立ち止まった。

そして、ぎこちないしぐさでサングラスの目を由香梨に向けた。

間近になると、ポロシャツに着いた鉄サビ色の汚れた染みがよりハッキリ目立ったが、由香梨の目は相手のサングラスのレンズに向けられていた。

「真行寺右京さんですね」

由香梨は、本人に間違いないという絶対的な自信をもって話しかけた。

「……………」

男はこわばった表情のまま、じっと由香梨を見つめている。

「あの、突然話しかけてごめんなさい。私、守さんのお友だちで小谷由香梨と……」

由香梨の自己紹介の言葉は、途中で打ち切られた。

最後まで聞かないうちに、男が突然踵（きびす）を返して逃げ出したからである。

「あ、待って……ちょっと待ってください」

由香梨も追いかけた。

だが、男の足は速かった。

角を曲がるとすぐに、駅のロータリーへ向かう坂道を全速力で駆け下りていく。ハイヒールをはいた由香梨には、とてもではないが追いつけそうにない速さだ。

彼女はすぐにスポーツカーのところへとって返し、エンジンをかけて駅へと下った。

バス停のそばのタクシー乗り場から、男が一台のタクシーに乗り込むところがちょうど目に入った。

由香梨はアクセルを踏み込み、その車のあとを追った。

だが、パン屋のある角を左に曲がるところで、ちょうど道を横切る老人に間をはばまれ、あっというまにタクシーとの差が広がった。

それでも由香梨は、あきらめずにタクシーを追った。

（どうして私は、あの人をこんなにムキになって追いかけるのだろう）

ふと、思った。

が、すぐに答えが出てくる。

（逃げるからよ。わけもなく逃げるから、追いかけたくなるの）

途中の路地から二台の車が合流してきて、男の乗ったタクシーと由香梨のスポーツカーの間に割り込んだ。

由香梨は舌打ちする。

また差が広がる。

前方、坂を上り切った交差点を、タクシーは右折した。すでに信号は黄色。そして、赤。

由香梨はかまわず突っ込もうとしたが、それより先に青信号側の車が動きだし、とうとうブレーキを踏まざるをえなかった。

「どうして」

ハンドルをバンと叩くと、こんどは口に出してつぶやいた。

「どうして右京さんは、私から逃げ出すの」

12

夫は遺体確認のために寄居署へ向かった。長年のパートナーである添田もそれに同行した。

嫁の早智子は——どこで合流したのか知らないが——息子の守といっしょに、やはり寄居署へ向かったという連絡が入った。

真行寺栄威子は、嵐が通過したあとの余韻に打ちのめされたようにボーッとした表情のまま、しばし正気に戻れない状態でいた。

　いま、田園調布の真行寺邸に残っているのは、右京にとっては腹違いの母になる栄威子と、住み込みのお手伝いの光村静恵だけだった。

　洋館の玄関ロビーに置いたアンティークな柱時計が、午後三時の鐘を打った。

　栄威子の耳には妙にこもった陰気な音色に聞こえたが、その鐘の音が刺激となって、彼女の頭脳の動きもまともな状態に戻りはじめた。

　栄威子は、六角形に張り出した応接間の窓辺に歩み寄り、ワインレッドのカーテンを少しだけ引き開けて、隙間（すきま）から外の様子をうかがった。

「どうでございますか」

　後ろから、お手伝いの静恵がたずねる。

「まだ誰もいないわ」

　と言って、栄威子はシャッとカーテンを閉めた。

「警察が、まだ右京さんの身元をマスコミに発表していないんでしょう」

　栄威子が懸念しているのは、真行寺右京殺害の情報を入手したマスコミが、この真行寺邸に殺到することだった。

　そのときに備えて、静恵もいつも身につけている割烹着を脱いで、こざっぱりした和装の身なりを整えている。押しかけた報道陣に対応する役割が彼女に与えられていたからだ。

本来ならば、創業会長の息子の不幸なのだから、いくら日曜日とはいえ、総務関係者を事態の対応にあたらせるため急遽招集するのが常識だったが、父の立場にある真行寺総一はもちろん、社長の添田もすっかり動転して、それらの気配りをする余裕がなかった。

「あの……ところで大奥様」

ぼんやりした状態がいくぶん残っている栄威子に対して、静恵がおずおずと呼びかけた。

「これをどういたしましょうか」

「これ？　あ……」

静恵が手にしたものを見て、栄威子は戸惑いの色を浮かべた。

真行寺右京あてに届けられた『真行寺右京』からの脅迫状である。

「やはりこれは、寄居の警察に見せたほうがよろしいのでは」

「ちょっとお貸しなさい。それからあなたもそこへ座って」

静恵の手から封筒を奪うと、栄威子は広い応接間の片隅に置かれたハイバックチェアに腰を下ろし、静恵にも向かいの席に着くよう命じて、あらためて手紙の中身をコーヒーテーブルの上に広げた。

栄威子と静恵の目が、ワープロで打たれた文面の上を走る。

そのところどころで、二人の目が止まる。


五歳の少女は、七夕の夜に起きた惨劇の瞬間を見ていた。

暗いネギ畑に二つの黒い影が立っている。

周囲には街灯もなく、殺風景なネギ畑を照らし出していた月明かりも、いつのまにか広がった黒雲の向こう側にその姿を隠していた。

夜なので気候の変化は見た目にはわかりにくかったが、いつのまにか急速に天気が崩れはじめているようだった。

＊　＊　＊

少女は悲しくて泣きべそをかきそうになった。

やがて、真っ黒な空の彼方からゴロゴロと不気味な音が響いてきた。遠雷である。

こんどは少女は怖くなった。

＊　＊　＊

おうちに帰ろう。そう思って踵を返しかけたとたん、五十メートルほど離れた畑の中に、黒い影がヌッと二つ立っているのが目に入った。

(おばけ……)

少女は、そう思ってその場に立ちすくんだ。

＊　　＊　　＊

二つの影はたがいに向き合って、何かを小声でささやいていた。

＊　　＊　　＊

「しょうがないだろう。双子はダメだ」

片方の影がそう言うと、いきなり地面にしゃがみ込んだ。

もう一方の影は、身体をひねった。

それは、最初の影がやろうとすることを見たくない、見てはいられない、といったしぐさである。

突然、オギャーという赤ん坊の声が響いた。

同時に、遠くの空でゴロゴロと鳴り響いていた雷が、いきなり少女の頭上で炸裂（さくれつ）した。

＊　　＊　　＊

「ギエーッ！」

一瞬前はオギャーだった赤ん坊の声が、喉（のど）をつぶされたような悲鳴に変わった。

「キャーッ！」

少女は悲鳴をあげた。

＊　＊　＊

やがて、落雷に誘発されたように雨が降ってきた。土砂降りの雨だ。

おかっぱ頭の少女は、あっというまにずぶ濡れになった。朝顔模様の浴衣(ゆかた)が、べっとりと肌に貼(は)りついた。

けれども、少女はその場から逃げ出せない。

やがて、地面に叩きつける雨音の間を縫って、念仏を唱える声が聞こえてきた。

ナムアミダー、ナムアミダー、ナムアミダー。

赤ん坊の声は聞こえない。

ナムアミダー、ナムアミダー、ナムアミダー。

そのうちに、しゃがみ込んでいた大人のほうも手を合わせて念仏を唱えはじめた。

ナムアミダー、ナムアミダー、ナムアミダー。

立っている大人と、しゃがんでいる大人の念仏の合唱が、少女の耳にワンワンと響いた。

＊　＊　＊

もういちど閃光(せんこう)が走った。

（いま逃げないと、あの赤ちゃんと同じように殺されちゃう）

サンダルばきだったので、土砂降りの雨の中を思うように速く走れない。それでも少女は、懸命に足を動かした。後ろを一度もふり向かずに家を目指した。

＊　＊　＊

茶の間では、家族がラジオの落語に笑い声を立てている。

稲妻が光るたびに、連動してラジオがバリバリとけたたましい雑音を立てた。それでも意に介さず、家族の笑い声がつづく。

廊下伝いに少女のいる部屋まで、そのにぎやかなざわめきは流れてきたが、ふとんを頭からかぶった少女の耳までは到達しない。

音も光も入ってこない『ふとんの中』という防衛陣地に閉じこもった少女は、ブルブルと身を震わせながら独り言を繰り返し繰り返しつぶやいた。

「ふたごはだめだ……ふたごはだめだ……」

「消印は深谷でございます」

静恵の言葉に、栄威子はハッとなって広げた便箋から目を上げた。

「深谷と申しますと、鉄道の駅では熊谷と隣合わせでございます。……間に小さな駅が一つはさまっていたかもしれませんが」

光村静恵は、会長夫人の目をまっすぐ見つめてつづけた。

「私は小さなころ、熊谷に住んでおりましたものですから、多少地理には詳しゅうございます」

「それで？」

「いま改めて気持ちを落ち着けてみますと、若旦那様が不幸におあいになった蒸気機関車というのは、熊谷駅から出ていると警察の方が言っておりました。深谷……熊谷……この二つの場所の近さは偶然なのでございましょうか」

「じゃあ、あなたはこの手紙と右京さんの事件が関係あるとでも言うわけ」

「さようでございます」

「でも、この手紙はただのイタズラかもしれないわ」

「いいえ、大奥様、封筒のほうをごらんくださいまし。『脅迫状在中』としたためてございますでしょう」

「……ええ」

栄威子は、封筒を手に取り上げた。

「けれども、中身はどうなのかと申しますと、五歳の少女がネギ畑で妙な光景を見た物語が書かれているだけで、どこが脅迫状なのかわからない内容です。でも、もしかすると右京様にとっては、これが脅迫状であるときちんとわかる仕掛けになっていたのではないでしょうか」

「仕掛けというと」

「ここをごらんくださいまし」

静恵の指が、便箋の一点を指した。

五十メートルほど離れた畑の中に、黒い影がヌッと二つ立っているのが目に入った。

「この二つの影というのは、誰と誰でございましょう」

「……」

「それからここでございます」

静恵の指が、スッと横に動いた。

「しょうがないだろう。双子はダメだ」

「この双子とは、誰のことを指すのでございましょう」

さらに静恵は、別のところを指さした。

やがて、地面に叩きつける雨音の間を縫って、念仏を唱える声が聞こえてきた。

ナムアミダー、ナムアミダー、ナムアミダー。

赤ん坊の声は聞こえない。

「赤ちゃんは殺されたようでございます」

静恵の声に、栄威子はビクンと背筋をこわばらせた。

「赤ちゃんは、なぜこんな目に遭ったのでしょう」

静恵は、栄威子から目を離さなかった。

「それは双子だったからでございます。では、なぜ双子だったから殺されたのか……。私は大奥様よりも一回り以上年上でございますから、古い迷信のようなものはいろいろ存じておりますけれど、たとえば双子は不幸の徴(しるし)だとする考えは、私自身も祖父母や両親などから聞かされたことが、たびたびございます」

「だから、何なのよ」

「ここに描かれた赤ちゃんは、可哀相に双子の片割れだから、ひそかに殺された。もう一人の赤ちゃんのために……いえ、赤ちゃんを生んだ親や、その家の名誉のために」

「静恵さん、あなた、何が言いたいの」

「生き残ったほうの赤ちゃんが、若旦那様であったらどうでございましょう」

「まさか」

「けれども、そう考えてまいりますと、この手紙が若旦那様にとってじゅうぶんな脅迫の役割を果たすことがわかるではございませんか。おまえの身代わりとなって死んだ兄弟がいるのだぞ、と」

「バカなことをおっしゃい。私は会長と結婚するときに、ちゃんと戸籍も見せられているのよ。前の奥さんと会長の間に生まれた子供は、右京さんひとりだわ」

　さきほど夫を問い詰めたのと同じ質問が静恵の口から発せられ、夫から返ってきたのと同じ言葉を、栄威子はそのままお手伝いに投げ返した。

「それにね、静恵さん。そもそもあなたは右京さんが生まれる前から、この真行寺家に雇われていたのでしょう」

「さようでございます」

「それならば、あなたこそ何もかも知っていて不思議はないはずよ。もしも会長の前の奥さんが双子を生んだとすれば、住み込みのお手伝いであるあなたが気づかないはずはないわ」

「おひまを出されていたのでございます」

「え？」

「私は、若旦那様がお生まれになる半年ほど前に、そのときの大旦那様――つまり、会長のお父様の吉之輔さまから、しばらくの間、休んでほしいと言われました」

「ほんとうなの、それ」

栄威子は、初めて聞いたというふうに目を丸くした。

「ほんとうでございます。よいと言うまで田園調布のお屋敷を離れているように、と」

「理由は？　どういう理由で休めと言われたの」

「何もございません」

静恵は、ゆっくりと首を左右に振った。

「新米のお手伝いにとって、先代のご主人様の命令は絶対でございます。とても理由をおたずねするような雰囲気では……」

「はじめて聞いたわ」

「お疑いになるのでしたら、この田園調布の街に古くからある酒屋さんやお米屋さんにおたずねくださいまし。当時、真行寺家に出入りしていた店の方が何人も健在でございますから、その方たちが私の申し上げている話が正しいと証明してくださいますでしょう」

静恵の言葉に、栄威子はまた沈黙した。

「で、あなたが戻ってきたのは、いつのこと」

　ポツリ、と栄威子が質問を再開する。

「右京様が誕生なさってから、三週間ほど経ったころでございます」

「三週間？」

「はい」

「ちょっと待って」

　栄威子は片手で両のまぶたを押さえ、しばらく眉根をひそめて考え事をしてから、また静恵に向き直った。

「右京さんが生まれてから三週間といえば、そのころみちさんは……」

「みち奥様は、私が戻りましてまもなくお亡くなりになりました」

「では、みちさんが自殺したのは、あなたが呼び戻されてすぐというわけ？」

「さようでございます」

「……知らなかったわ」

　栄威子は長いため息を洩らした。

「そうすると、あなたも知らない間に、この真行寺の家で何かが起きていたのね」

　そう言うと栄威子は、時の流れを感じさせるレトロな造りの応接間をぐるりと見回した。

そして、そこに何かの怨霊が棲みついているのを感じたかのようにブルッとひとつ身震いをすると、また視線を元に戻した。

と——

栄威子は、真行寺家に四十年勤めるお手伝いの光村静恵が、深い皺の刻まれた頬に涙を伝わせているのに気がついた。

「どうしたのよ、静恵さん。泣いたりして」

「泣くのはあたりまえではありませんか」

ハンカチを取り出し、目頭を押さえながら静恵は言った。

「こんなことになってしまって、若旦那様がお可哀相で、お可哀相で」

肩を震わせる。声が途切れる。

「私だって可哀相に思うわよ」

苛立った声で栄威子は言った。

「それともあなた、私が泣かないことを責めるつもり？ 血がつながっていないとはいえ、いちおう息子の立場にある家族が死んだというのに、私が少しも涙を流さないことを冷たいと責めるつもり？」

「そんな……」

あっというまに真っ赤に充血した目をしばたたかせながら、静恵は首を振った。

「そんなつもりはまったくございません」

「どうだか」

栄威子は敵愾心のこもった目で静恵を見た。

「こういうときに血のつながりの有る無しは、どうしても正直に気持ちの上に出てしまうわよ。それを冷酷だと考えるのなら、それでもいいわ。どうせ後妻なんてね、心底その家に溶け込んだりはできないものよ」

「いいえ大奥様、誤解なさらないでくださいまし。なにも私は……」

「前にも言ったかもしれないけれどね、私はあなたという人を好きになれないのよ」

　栄威子はとがった声を出した。

「あなた、妙なところで気が回りすぎる人なんじゃないかしら。だから、きっと先代の吉之輔さんもそれを疎ましいと思ってあなたを遠ざけたのよ」

「気が回りすぎるとは、いったいどういうことでございますか」

「どうもこうもないわ。とにかくあなたがそばにいるとイラつくのよ」

「………」

「もしかしたらあなた、三十八年ぶりにこの真行寺家からヒマを出されるかもしれないわよ。……それも永遠にね」

「大奥様」

静恵は、なんとも悲しそうな目をして雇い主の妻を見つめた。

「けれども大旦那様が人生の最後をハワイでお過ごしになるとき、身の回りのお世話をするのは私でございます。もしも私がクビになりましたら、いまさらどなたが代わりを務められるというのでしょう」

「ハワイ？　冗談ではありませんよ」

栄威子は目を吊り上げた。

「あの人には残ってもらいます。死ぬまでこの日本に」

「え……」

「あたりまえじゃありませんか。右京さんがこんなことになった以上、のんびりとハワイなどに行っている場合じゃありません」

「のんびりって……なにも大旦那様は保養に行かれるわけではありませんのに」

「うるさいわね！」

栄威子はいらだちを爆発させた。

「守さんへのバトンタッチを完全に段取りつけてもらうまで、会長に日本を離れてもらうわけにはいかないのよ」

「……」

「それから、この手紙ですけれど、あなたはこれを見なかったことにしてちょうだい」

　言うなり、栄威子はコーヒーテーブルに広げた便箋をひとまとめにして、ビリビリと引き裂いた。

　そして、静恵があぜんとして声も出せずにいる間に、それをメインテーブルの上にあった大きな灰皿の上に移し、ライターで火をつけた。

　細かく裂かれた『真行寺右京』からの脅迫状は炎を噴き上げて激しく燃えあがり、あっというまに白い灰と化した。

「大奥様……」

　光村静恵は、泣き腫らした目で会長夫人を見据えた。

「なんということをなさるのです」

「よけいな物はないほうがいいのよ」

　栄威子は言った。

「真行寺右京を名乗る人物から、こんな妙な手紙がきていたと警察に届けてごらんなさいな。すぐさまマスコミに洩れて大騒ぎになるわよ」

「警察は、そんなむやみやたらに秘密を洩らさないはずです」

「なに言っているの、静恵さん。正々堂々と記者会見で脅迫状のことを発表するに決まっているわ。そうなったらマスコミは、やいのやいのと真行寺家の過去をほじくり出しはじめるでしょう。警察のねらいはきっとそこにあるのよ。プライバシー問題に関しては、ヘタをすると警察よりもマスコミのほうが取材力があるんですからね。そして、それを利用してまた警察が突っ込むという、もちつもたれつの協力態勢が作られるわけよ。そうやっているうちに、真行寺家はガタガタになるわ」

唇の端に唾を溜めながら、栄威子はまくし立てた。

「これから守さんが真行寺家の会社を継いでいかねばならないというのに、真行寺家の品格がなんだかんだと傷つけられたらどうするんですか」

「それでは、大奥様は若旦那様を殺した犯人が見つからなくてもいいとおっしゃるのですね」

「そうは言っていないじゃない」

「おっしゃっています」

「なんですって」

「いま燃やされた脅迫状は、きっと若旦那様の事件と深い関わりがあるに決まっています。それを灰にして燃やすなんて、まるで犯人を守るようなものではありませんか」

「静恵さん！」

カーテンが開いていれば窓ガラスがビリついたのではないかと思われる金属的な声

で、栄威子は叫んだ。

「あなた、誰に雇ってもらっているとおもっているの。会長と私ですよ。その私に向かって、口応えをするつもり？　いえ、口応えならまだいいわ。いまの言い草は、まるで私が犯人のようじゃないの」

「そうは申していません。ただ、私は」

「お黙り！」

栄威子の唾が、静恵の顔にかかった。

「もうあなたには、この家にいてもらわなくて結構。会長が警察署から戻ってきたらそのように言いますから、いまのうちにもう支度をはじめておいてちょうだい」

「支度とは……」

「決まっているでしょう。この家を出ていく支度よ」

第三章　二重殺の謎

1

「いやあ、秋だなあ」

警視庁捜査一課の志垣(しがき)警部は、窓際の席から外を見下ろしてつぶやいた。

「街の樹々も色づき、季節のうつろいが感じられるきょうこのごろだ」

「どうしたんですか、警部。柄にもなく文学的なセリフをつぶやいちゃって」

そばのデスクで書類の整理をしていた部下の和久井(わくい)刑事が、頭は大丈夫ですか、といった顔で声をかけてきた。

が、志垣はそれには答えず、アンニュイな表情で皇居方面の景色を見つめつつ、調子っぱずれのメロディで歌い出した。

「枯れ葉よ〜」

「ちょっと、ちょっと、ちょっと」

和久井はあわてて立ち上がって志垣のそばに駆け寄った。

「お願いですから、もうそこでやめてください。警部にシャンソンは似合いませんから」

「じゃ、何がいいんだ。ん？　カンツォーネか。だったらナポリ民謡にいいのがあるぞ」

「ナポリを取った民謡なら似合いそうですけど」

「何を失敬な。しかし、秋だよなあ、和久井」

いったん和久井に向き直っていた志垣は、そこでまた外のほうに視線を戻した。

「あれだけクソ暑かった夏もすぎ、長い残暑も通り越して、ようやく本格的な秋がやってまいりましたが、みなさまいかがおすごしでしょうか……って、手紙を書いてるんじゃないんだぞ、おれは」

「なにをひとりでブツクサ言ってるんですか、ほんとに。猛暑の後遺症がいまごろ出てきたんじゃないでしょうね」

「ようするにだよ、十月も半ばになったというわけだ」

「そりゃなりましたけど」

「そうなるとだ、いよいよ例の季節じゃないかね、え」

「読書の秋ですか」

「おれが『読書の秋』という柄か」

「そりゃそうでした。では、食欲の秋？」

「天高く妻肥ゆる秋……またカアちゃんが太っちゃうんだよなあ、この季節は。だが、おれが言いたいのはそんなことじゃない」

「すると……」

「温泉だよ、和久井君」

ダンプカーのフロントグリルのような顔にニターッと笑みを浮かべ、志垣は和久井を見つめた。

「秋といえば温泉じゃないか」

「警部……」

呆れ顔で和久井は言った。

「警部の場合、冬に雪が降ったといっては温泉、春に花が咲いたといっては温泉、夏が暑いといっては温泉……ようするに酒飲みの言い訳みたいなもんで、とにかくなんでもいいから理屈をくっつけて温泉に行っちゃうんですから」

「悪いか」

「そうじゃないですけど……また誘うんでしょ、ぼくを」

「もちろん」

「あのですね、たまにはおひとりで行っていただけませんか」

「お？」

志垣は不服そうに唇をとがらせた。

「するとなにか、おれといっしょの温泉二人旅にはもう飽きがきたというのか。秋がきたというのに」

「頭痛くなるようなダジャレはやめてください」

和久井はため息を洩らした。

「最近、捜査一課の内輪でぼくがなんて言われているか知ってます？」

「知らんね」

「『志垣警部の金魚のフン』ですよ。仕事もプライベートも警部のあとくっついているもんだから」

「いいじゃないか。『金魚の』という言葉が挿入されているだけでもマシだわな。おまえ、『金魚の』を取ってみろ。『志垣警部のフン』になってしまうぞ」

「警部！」

「それでねえ、和久井君」

志垣警部は顔に似合わぬ猫なで声を出した。

「伊豆の天城のほうにちょっと興味のある温泉を見つけてね。大きな滝と書いてオオダルというんだよ、大滝温泉。ここがまたあんた、露天風呂のバリエーションが三十近くあってな、ぜんぶめぐると一時間半はゆうにかかるという」

「のぼせちゃいますよ、そんなの」

「いやいや、しかし五右衛門風呂から温水プール、岩風呂、穴風呂、薬草風呂と、とにかくまあいろいろあること」

「一人で行ってください」

「あ……冷たいねえ、和久井君。どうしたの、最近。ひょっとしてアレかな、好きな人でもできたのかな。ん？」

「ぼくたちはそういう関係ですか、警部」

「そんなことはないけど……」

「あのですね、そんなにしょっちゅう温泉に行っていたら、ぼくの安給料では干上がってしまいます。最初の頃こそ警部が『宿代はおれがもつ』なんて太っ腹なこと言って、それ、最初の一回だけなんですから」

「そうだっけね」

「それよりね、警部」

和久井は、志垣の机に両手をついて身を乗り出した。

「温泉に行くヒマがあったら、朝比奈さんを助けてあげてくださいよ」

「朝比奈君を？」

「そうです。八月に起きたSL列車の中での殺人事件に巻き込まれて……」

「ああ、リアルペイント会長の息子の事件な」

志垣は、無精髭(ぶしょうひげ)の伸びかかったアゴをさすりながら言った。

「あれは埼玉県警のほうで、いまだ捜査続行中だったな」

「つかまらないんですよね、犯人が。犯行の動機がありそうなほとんどの人間にはアリバイがある。しかも、殺され方が刺殺と毒殺の同時組み合わせ。おまけに、被害者とそっくりの、まるで双子かと思われる不審人物が目撃されている——この三つの謎(なぞ)がまるで解明されないまま、もうすぐ丸二カ月が経とうとしています」

「その状況は耳にしているが、しかし、朝比奈君を助けるといったって、彼が何に困っているというんだ。まさか、あのカフェオレ色の髪の毛の推理作家が犯人と疑われているわけではあるまい」

「そうじゃなくて、抱きかかえた自分の腕の中で被害者がこときれ、その殺人事件の謎がずっと解けないものですから、本業にとりかかる気になれないらしいんですよ」

朝比奈耕作のミステリーの大ファンを自認する和久井は、悲しそうな顔でつづけた。

「そうなると、いつまで経っても朝比奈さんの新作が読めないんですよね」

「なんだ、そういうことか」

「それでね警部、きょうはどうもこのままヒマになりそうですから、夜、ひさしぶりに朝比奈さんのところへ行ってみませんか」

「それはかまわんが、出すぎたマネはできんぞ」

志垣は、ややマジメな表情を取り戻して言った。

「いくら朝比奈君と個人的に親しい関係にあるからといって、おれたちは警視庁の人間だ。その立場を忘れるな。埼玉県警の管轄の事件にあれこれ裏でクチバシをはさんだら、あとでややこしいことになりかねない」

「それはもちろん」

「それだけ心しておけばよい。では行くか」

いきなり志垣は立ち上がった。

「ちょっと警部」

和久井は呆れた顔で言った。

「もー、警部もせっかちなんだから、いくらなんでも急すぎませんか、行動が」

2

「ぼくがこれまで関わってきた殺人事件の中でも、今回は非常に珍しいケースだと思いますね」

　突然の志垣警部たちの訪問だったが、朝比奈はむしろそれを歓迎して、いままでのいきさつを話しはじめた。

「まず第一は、ＳＬ列車という密閉空間の中で起きた殺人が、その手段において二重殺人だったということです」

「毒殺と刺殺だな」

「ええ」

　志垣警部の言葉に、朝比奈はうなずいた。

「被害者は、毒物による呼吸マヒによって死亡しましたけれど、肩に刺さったナイフの傷も相当深かったんです。でも、殺人に複数の手段を用いることはめったにありません」

「たしかにそうだ」

　出された日本茶をガブリと飲み下してから、志垣はつづけた。

「ただし、以前ウチの田丸警部が担当した事件で五重殺というのがあったがね。毒殺と刺殺に加えて、撲殺、絞殺、そして溺(おぼ)れ死なせるという方法が加わったものだ。それも、五通りの方法がほぼ同時に用いられ、しかもその犯人はたった一人だったという、なんとも不可思議な殺人事件だった」

「それ、サイコセラピストの氷室想介さんが解決した事件でしょう」

と、横から和久井刑事が口をはさむ。

「うん。それを小説化した『シンデレラの五重殺』という本を、こないだおまえが読んでおったので、ふと思い出したんだが」

志垣の言葉に、和久井は何度もうなずいた。

「あれはすごい事件でしたよね。それから田丸警部と氷室さんのコンビは、金沢W坂で起きた事件でも不思議な四重殺人に遭遇していますし……」

「それに較べれば、数は少ないんですが」

朝比奈は苦笑を洩らしながらつづけた。

「でも、状況の不思議さではヒケをとらないと思いますよ。なにしろ、毒を仕掛けたうえにナイフで刺すという必然性がどこにあるのか、それがまったくわからないんです」

「その毒物というのは青酸カリで、しかもそれは被害者が嚙んでいたガムにまぶしてあったそうじゃないか」

と、志垣が話を本題に戻す。

「そうです。あのドタバタの中では、ぼくも気づかなかったんですが、のちの現場検証で、列車の出入り口付近にガムの嚙みカスが転がっているのが発見されました。そして、そこから青酸カリと真行寺右京氏の唾液が検出されたんです」

「聞くところによると、それは誰かにすすめられたものではなく、たしか被害者自身が持っていたガムの中の一枚だったそうだが」

「ええ。殺された右京氏は、最近になって好きなタバコをやめたようで、その禁煙の口寂しさを紛らわす意味で、ミント系のガムをときおり噛んでいたらしいですね」

「そのガムは新品だったんですか。つまり、買って封を切ったばかりのものかどうか、ということなんですが」

　志垣に代わった和久井の質問に、朝比奈は首を横に振った。

「被害者のズボンのポケットに入っていたガムは、八枚入りの商品でしたが、包みの中にはあと一枚しか残っていませんでした。そして、その最後の一枚からは毒物が検出できなかった」

「じゃあ、毒物は開封されたガムの中の一枚だけに仕掛けられていたんですか」

「どうもそのようです」

「となると、真行寺右京氏は七枚目で『当たり』に出くわしたと」

「そうなりますね」

「では朝比奈さん、犯人はいつガムに青酸カリを仕掛けたんでしょうか」

　和久井が疑問を呈した。

「どっちにしても、封を切る前は無理ですよね」

「ええ。その点なんですが……」

朝比奈は言った。

「事件発生は午前十時四十五分ごろでした。その時点で、すでに六枚のガムが消費されており、毒入りが七枚目だった。けれども、その日の朝のうちに七枚もガムを嚙んでしまうのは、ちょっとペースとしては早すぎる気がするんですよ」

「なるほど」

「ですから八枚入りのガムは、事件当日ではなく、前の日にすでに封を切られていたと考えるのが自然じゃないでしょうか」

「そうするとアレかね」

黙っていた志垣警部が、アゴをさすりながらきいた。

「被害者の持っていたガムに青酸カリをまぶすという行為は、事件前夜から当日の朝にかけて行なわれたと……」

「断定はできませんけれど、その可能性は高いような気がします」

「青酸カリは微量で人を死に至らしめるから、ガムの内装の銀紙を開けて、そこに振りかけるだけでよい。細工は簡単だわな」

「それに、ガムの表面に白い粉末状のものが付いていることはよくありますからね。

右京氏も、さほど疑問も抱かずにそれを口にしたかもしれません」

「で、殺された右京氏は、前夜どこに寝泊まりしたのかね」

「自宅ですよ。田園調布のお屋敷です」

「おいおい」

志垣警部は、太い眉をピクリと動かした。

「そうすると、毒殺を狙ったのは身内の人間ということになるのかね」

「かもしれません」

「そうか……」

志垣は、しばらく腕組みをして天井を見つめながら考え事をしていたが、ふと何かに思い当たったように、その腕組みをほどいた。

「しかしだな、朝比奈君」

警部は、髪の毛をカフェオレ色に染めた推理作家のほうに疑問の視線を投げかけた。

「毒物をガムに仕掛けたということはだ、犯人は遠隔殺人を狙っていた可能性が高い。毒殺という手段は、毒を仕掛けた時刻と被害者が死ぬ時刻に大きな開きをもたせることができるからな。つまり、アリバイ工作には最適な方法だ」

「そうですね」

「ところが、被害者はナイフによって刺されてもいる。つまり、きわめて直接的な殺人行為だ。犯人と被害者が同じ場所にいなければ成立しない手段だ。それと遠隔殺人を可能にする毒殺との組み合わせは、えらく矛盾せんかね」

「もちろん、矛盾します」

朝比奈はうなずいた。

「ああいう状況で、ナイフを用いた遠隔殺人は絶対に無理ですからね」

「となると、毒殺と刺殺の犯人が別々だったという可能性もあるかもしれんな」

「……………」

その志垣警部の問いかけには、朝比奈はすぐに答えを出さなかった。

そこで志垣は質問を重ねた。

「で、凶器として使用されたナイフは、どんな種類のものだったんだね」

「狩猟用のものです。いわゆるハンティングナイフと呼ばれるものですね」

朝比奈は、寄居署の安川警部補から後日聞かされた情報をもとに答えた。

埼玉県警の内部でも、朝比奈がこれまで数々の犯罪捜査に貢献してきた事実は有名だったし、しかも今回は、その朝比奈自身が巻き込まれた事件ということで、ある程度の情報は捜査陣が流してくれているのだ。

だから、管轄が異なる志垣警部たちよりも当事者となった朝比奈のほうが、より詳しい状況を把握していた。

「ただし……」

朝比奈はつづけた。

「柄は象牙で、刃の表面に大きな鹿の姿が彫り込んであるところからみて、この凶器は実用本位のものではなく、コレクションとして収集されたものではないかと、当初から推測されていました。そして、被害にあった右京氏自身にそうしたナイフ収集の趣味があることがわかり、調べたところ、やはり凶器は、右京氏が集めた物の一つだったと判明しました」

「なんだ……被害者は、自分の収集したナイフで刺されたのか」

志垣は意外だという表情になった。

「で、どうなんだね、その凶器からは指紋が検出されたんだろう」

「右京氏本人の指紋のほかに、もう一種類の指紋が検出されたようです」

「もう一つの指紋とは？」

「誰の指紋かは特定できていません。ただし、少なくとも、真行寺家の人々や身近な関係者の指紋とは一致しない模様です」

「そうかね」

志垣警部は、フーッと大きなため息をついた。

「それから、こんどの事件の第二の不思議な点は」

カフェオレ色に染めた髪を片手でかきあげながら、朝比奈は言った。

「現場のどさくさにまぎれて立ち去った、被害者そっくりの男の存在です」

「サングラスをかけているほかは、被害者と姿格好がそっくりなんだってなあ」

「そうなんですよ。ズボンの色こそ微妙に違っていましたが、ポロシャツは色も同じだし、胸についているワンポイントマークまで一緒だったとの証言があります」

「じゃあ、同じメーカーの同じ種類の製品を着ていたということじゃないか」

「そうです。ですから周囲の乗客の中には、二人が双子の兄弟だと思っていた人も多いんです」

「しかし実際には、右京氏に双子の兄弟はいないんだろう」

「そんな話は聞いていません。仮に双子の兄弟がいたとしても、いい年の大人が――それも男が――ペアルックみたいなお揃い(そろ)の服を着たりはしないでしょう」

朝比奈は、編集者の高木に言ったのと同様の趣旨を繰り返した。

「でも、その二人がほんとうの双子でなかったとしたら……」

和久井が口を開いた。

「見た目そっくりのペアを演じる理由は、何なんでしょうね」

「わかりません」

朝比奈は、あっさりと首を振った。

「ねえ、朝比奈さん。こういうケースはないでしょうか。なんらかの犯罪トリックのために、双子と見まがうほどよく似た男が必要だった、というのは」

いかにも推理小説ファンの和久井らしい着想だったが、朝比奈は同意しなかった。

「ぼくもそれは考えてみたんですが、あの状況でそんなことをする必然性が認められないんです。だってそうでしょう、和久井さん。右京氏にそっくりの男が同時刻、まったく離れた別の場所に現れたというなら、それなりの意味はありますよ」

「ああ、ミステリーでときどき見かけますよね。よく似た人物を使ってのアリバイ工作ってやつが」

「そうです。真行寺右京氏本人は秩父方面を走るSL列車に乗っていたが、同時刻に、右京氏と思われる人物が、たとえば沖縄で目撃されたとかね……そういう状況だったら、そっくり男を使う意味もあるでしょう。

ところが今度の場合は、そっくり男と本人が並んで立っていたんです。これではアリバイトリックにならないでしょう」

「うーん……それじゃ別の仮定として、加害者と被害者のすりかえが計画されていた、とか」

と、和久井は言ってみたが、言ったそばから自分でも非現実的だと思ったのか、すぐに首を横に振って仮説を撤回した。

「だがねえ、朝比奈君」

志垣警部が首をかしげながら言った。

「アリバイ工作のため、という推理小説じみた考えはありえないにしても、殺された右京氏とそっくりな男がＳＬ車内で目撃された事実を、そうそう軽くみるわけにはいかないだろう」

「警部もそう思われますか」

「ああ。だってな、右京氏に似た男は、濃い色のサングラスをかけていたんだろう」

「ええ」

「その理由は何だと思うかね、朝比奈君」

「ひとつには、自分の正体を隠すためでしょう」

「それはもちろんあるだろう。でも、もっと単純でもっと大事な理由があったからじゃないかね。つまりだ、男は背格好は真行寺右京によく似ていた。けれども、顔立ちまでは似ていなかった。だからそれをサングラスでカバーする必要があった」

「やっぱりその男には、真行寺右京のそっくりさんを演じる意図があった、という解釈ですね」

「そのとおり」

大きくうなずいてから、志垣警部はさらにつけ加えた。

「では、そのサングラスをかけたそっくり男の正体は何者なのか、という疑問が生じてくるが、おれは、そいつは真行寺家に非常に近い人間だと思うね。そして、犯行の手引きをした人間が、真行寺家の内部にいる」

「そう考えられる理由は？」

「ポロシャツだよ」

　志垣は答えた。

「目撃した人間によれば、サングラスをかけたそっくり男は、右京氏とまったく同じ種類のポロシャツを着ていたという」

「ええ」

「だとすればだよ、男は、右京氏がその日の朝にどんな服装で家を出たのか、それをあらかじめ承知していたことになるな。これは、真行寺家の中に、そうした情報を与える人間がいることを意味しているんじゃないかな」

「その点については、ぼくもそう思います」

「たとえばだね、朝比奈君、真行寺家は相当の豪邸のようだ。当然、住み込みのお手伝いなどがいるんじゃないかね」

「いるようですよ」

「住み込みとなれば信用問題もあるから、けっこう年をくった女性ではないかね。真行寺家に勤めて何十年という」

「ええ、そのとおりです。六十代後半のお手伝いさんがいると聞いていますが」

「じゃあ、そのオバさんが怪しいかもしれんぞ」

志垣は簡単に決めつけた。

「朝比奈君のいる推理小説の世界では、住み込みのお手伝いというのが、共犯者の役どころで出てくることが多いんじゃないかね」

「そうですか？　まあ、言われてみれば、そうかもしれませんけど」

朝比奈は笑ったが、すぐにまじめな表情に戻って言った。

「でも、仕事で何度か真行寺家を訪れた港書房の高木さんによれば、お手伝いの光村静恵という人は実直そのもので、雇い主である真行寺会長の信頼は絶対に裏切らないタイプだということですよ」

「まあな、いまのはほんの冗談だが」

「もちろん、おっしゃるように、謎の男のバックに真行寺家内部の人間の協力があった可能性はじゅうぶんあるでしょう。けれども、右京氏のそっくり男を演じるためには、その日の右京氏の服装情報を得ただけではダメですね」

「ほう、なぜだね」

「右京氏が、どこそこのメーカーの黄色い半袖ポロシャツを着て出かけたと、その朝のうちにわかったとしても、それと同じ品物を即座に入手しなければなりませんから」

「あ、そうか……」

志垣は、眉をしかめた。

「なるほど、事件の朝、右京氏の出がけの服装がわかったとしても、それと同じものを買いにいかねばならないとしたら、時間的にとても間に合わないかもしれんな」

「まさか、相手がどんな服を着て出かけてもそっくり男を演じられるよう、右京氏の持っている洋服をあらかじめ何十種類も取り揃えていたと考えるのは、とても現実的でないでしょう」

「そりゃそうだ。背広ならともかく、ふだんの私服に何を選ぶかは本人の気分しだいだから、想像のしようがないな」

「そう考えていくと、真行寺右京氏と同じポロシャツを着た男の存在というのは、じつに奇妙なんですよね」

「なるほどなあ……たしかに、この事件は不思議なことだらけだ」

つぶやきながら、志垣は秋色に染まった朝比奈邸の中庭に目をやった。

「しかし、話を聞いているうちに、ふと思ったんだがね、朝比奈君」

色づいた木々に顔を向けたまま、志垣は言った。

「殺人事件は、走行中のSL列車の中で起こったんだろう」

「ええ」

「で、事件発生から寄居駅到着までは、どれくらいの間があったのかね」

「ほんの三、四分だったと思います」

「おかしいな」

外を見ていた志垣が、隣に座る部下の和久井のほうに視線を戻した。

「なあ、おかしいだろう、和久井」

「は……何がでしょうか」

和久井はピンとこない顔をしている。

「わからんか」

「わかりません」

「いいか、毒殺に関してはちょっと脇においといて、被害者がナイフで刺されていた点に目を向けてみようじゃないか。すると、ここでも妙な矛盾点が出てくるだろう」

「矛盾点?」

「右京氏を刺したあとの犯人の逃げ道だよ。それを考えてみろ」

「逃げ道?」

「じれったいやつだな。ここまで言ってもわからんのか、和久井は」

「わかりません」

「まったくボケーッとしおって。真昼の行灯というか、消えかけのタドンというか、いまひとつシャキッとしたところのない奴だな、おまえは」

「消えかけのタドン？　タドンって何です」

「ああ、もう……」

　志垣警部は天を仰いでイラついた。

「これだから、世代の違う若者はイヤなんだよ」

「だって……」

「朝比奈君はもちろん知っておるわな、タドンというものを」

「ええ」

「ほらみろ。おまえとたいして年の変わらん朝比奈君だって、ちゃんとタドンという言葉を知っているじゃないか」

「朝比奈さんは作家ですから」

「そういう問題じゃないんだよ」

「で、タドンって？」

「むかしコタツに炭火を使っていたころにだ、木炭の粉末にフノリを混ぜて丸めてボール状にしたものがタドンだ。そういやタドンって代物は、最近すっかりお目にかからなくなってしまったな。もう作っておらんのかね、あれは。……いやいや、そんなことはどうでもいい。問題は、犯行のタイミングだよ。おまえのおかげで、どこまで話が進んだかわからなくなったじゃないか」

志垣は、和久井の膝をバシッと叩いて話を本筋に戻した。

「いいか、朝比奈君の話を聞くかぎりでは、SL列車の中で真行寺右京氏を刺した人間は、右京氏とそっくりの格好をした男である公算が強い」

「ですね……ああ、いた……警部ったら思いっきりぶつから」

「そしてその男は、右京氏を血まみれにしたのちに、ドサクサにまぎれて別の車輛に移り、朝比奈君たちが右京氏の手当に懸命となっているのをいいことに、ちょうど寄居駅に着いたところで、人込みにまぎれて下車した」

叩かれた膝を痛そうにさする和久井にかまわず、志垣はどんどん話を先に進めた。

「しかしだな、犯人はそこまで脱出劇がうまくいく自信があって犯行に及んだのだろうか」

「………」

膝をさすっていた和久井の手が止まった。

「朝比奈君によれば、その日のSL列車は夏休み最後の日曜日とあって、子供たちの集団などで大混雑だったそうだ。座席に座れない乗客は客車内の通路だけではおさまらずに、車輛と車輛の連結部にある洗面所や乗降口の周辺にまであふれ、立錐の余地もないという状況だった。事件はそんな状況で起こったんだぞ」

「そうか……」

ようやく志垣警部の言いたいことが理解できた、という表情で和久井はつぶやいた。

「つまり、大混雑の車内で殺人を犯せば、周囲の乗客に取り押さえられる危険がある、ということですね」

「そうだよ、そこなんだよ」

志垣は大きな声で強調した。

「たまたま右京氏の周囲に立っていた乗客は、女性ばかりのグループだったという。だから彼女たちは悲鳴をあげて逃げ惑ったが、屈強な男が周りにいたら、犯人はあっさり取り押さえられていたかもしれない」

「たしかに」

「それから、たまたま犯行の三、四分後に列車が寄居駅に滑り込んだから犯人は混乱に乗じて逃げ出せたが、あと一、二分列車の到着が遅れていたらどうなっていたかわからんぞ」

「そうなんですよ」

朝比奈があとを継いだ。

「SL列車の客車はわずか四輌編成です。その気になって車内を探せば『犯人』はすぐに捕まえることができたはずです。そして、現にぼくは高木さんに不審人物のチェックをお願いしたくらいなんです。いま警部がおっしゃったように、あと数分余裕があれば、高木さんは被害者そっくりの男をキャッチして、それをカメラに収めることもできたと思うんですよ。まさか犯人としても、走行中のSL列車から飛び降りるわけにもいかなかったでしょうし」

「ということは、ですよ」

和久井は言った。

「ナイフで刺したのは、完全に衝動的な行為だったわけですか」

「少なくとも計画的ではなかったでしょう。列車内殺人はあまりにも犯人側に条件が不利すぎます。おまけに、双子と見まがうような格好をしていれば、いやでも周囲に目立ってしまうじゃありませんか」

「たしかに……でも朝比奈さん、ナイフで刺したのと、ガムに仕掛けられた青酸カリとは、どう関係してくるんでしょうか。ますますわからなくなってきたな」

最後は独り言のようにつぶやくと、和久井は口をつぐんでしまった。

「なあ、和久井」

飲み干した湯呑みを円を描くように揺すりながら、志垣は言った。

「所轄が埼玉県警だからどうしようもないが、ここまでミステリアスな事件だったら、できることならおれたち自身の手で捜査してみたかったな」

「ほんとですね」

だが――

志垣警部も和久井刑事も、翌日、自分たちが意外な形でこの事件に関わることになるとは、そのとき夢想だにしていなかった……。

3

「大旦那様（おおだんな）……」

同じころ――

田園調布の真行寺邸一階にある会長の部屋では、お手伝いの光村静恵が、ソファにもたれている真行寺総一の足元にひざまずいていた。

「大旦那様は、こんな状態になっても、まだハワイへ旅立つとおっしゃるのですか」

「そうだ……そのとおり」

答える真行寺の口調は、およそ二カ月前の事件発生当時に較べて、信じられないほど弱々しいものになっている。

世間が猛暑にうだっていたころ、彼はそんな暑さにもめげず、自分で車を運転できたほどの元気があった。ゴルフ焼けした赤銅色の顔は、生命の期限を区切られたガン患者とはとうてい思えない潑剌さに満ちあふれていた。

だがそれは、人生の残り時間を通告されたことによる、一種の緊張感がなせる最後の頑張りにすぎなかった。

医者の見立ては、決して誤ってはいなかった。

残暑がおさまり秋風が吹くころになると、若々しかった真行寺の表情に急速に老いの翳が広まり、肉体能力も七十歳という実年齢以上の衰えをみせはじめていた。

事情を知らない人間は、息子の右京の死が会長に大きなショックを与えたという見方しかできなかったが、そうした精神的な問題以上に、彼の身体を蝕む病魔の進行は加速度を増していたのである。

「でも、そのようなお身体では、とてもハワイ行きなどは無理でございます」

膝掛けで覆われた真行寺の足元にしゃがみこんだ静恵は、悲愴な顔付きで訴えた。

「どうぞこの田園調布のお屋敷で」

「お屋敷で……なんだ？」

「………」

「このお屋敷で最期のときをお迎えくださいませ、とでも言いたいのかね」

かすれ声で問い返す真行寺に、静恵は答える言葉を見つけられなかった。

「だがな、静恵、私はもう日本にはいたくないのだ。あと二、三カ月しかない人生なのに、日本に残っていて何になるのだ」

ソファに身を沈めた真行寺は、静恵ではなく、宙の一点を見つめながら語りつづけた。

「栄威子のやつは、守を後継者にせよと、やいのやいのとうるさく私をせっついてくる。では、守にその気があるかといえば、後を継ぐつもりなどはまったくないと言う。早智子は早智子で、四十九日の法要も済んだことだし、正式に真行寺家と縁を切る手続きを進めたいと言ってくる。そして、何というたかな、あの若い娘……」

「小谷由香梨さんでございますか」

「そうそう……守と付き合っておったというあの娘が、いまになって守との結婚を必死にせがんでおるとの噂も耳に入ってきた。ところが守に言わせれば、右京が死んだとの知らせを耳にする前は、由香梨は、早智子を追い出して、できることならリアルペイント新社長夫人として真行寺家に入り込もうと狙っていたそうではないか。……まったくどいつもこいつも」

そこまで話すと、真行寺は真っ白な無精髭で覆われた頬をふくらませ、ゲホゲホと激しく咳き込みはじめた。

あわてて静恵が立ち上がって背中をさする。

「……ああ、ありがとう。すまないな、もう大丈夫だ」

「お水をお持ちいたしましょうか」

「いや、結構。たとえ水であっても、やたらと腹にものを入れるとむかつくのでな」

「……」

「とにかくだ」

心配そうに見つめる静恵をよそに、真行寺は依然として宙の一点を見つめながらつづけた。

「私の個人的な財産と、私が築き上げてきたリアルペイントという会社を狙っている連中の雑音を聞きながら人生の幕を閉じるというのは、あまりにも無粋だと思わんかね」

「それはそうでございますけれど……」

「もう会社は添田にすべて委ねた。右京がいなくなった以上、添田に社長の責務をこのまま続けさせ、そしてそのあとは、誰を選ぼうと彼の一存に任せる。守にその気がない以上は、真行寺家の同族支配は終わりだ」

「お言葉ですが、大旦那様」

「なんだ」

「添田様は……」

　そこまで言ったところで、静恵はつづきを口にしてよいものかどうかためらっていた。

「添田が、なんだ」

「はい。添田様が、はたして大旦那様がお思いになっていらっしゃいますようなお人かどうか、私は疑問に感じているのでございます」

「ふむ」

　吐息ともとれる短い言葉を洩らしたあと、真行寺総一は、はじめて静恵に目を向けた。

「おまえもこの家に仕えてずいぶん長いからな、栄威子などより、よっぽど人を見る目はできておるだろう」

「……」

「たしかに、添田がはたして表に見せているような実直そのもの、無欲そのものといった人物かどうか、それは私だって疑わしいと思っている。なんといっても彼は四十年かそれ以上もの間、私よりも上に出ることができず、ナンバー2の座に甘んじてきた男だ。その彼が、真行寺家の崩壊という思ってもみなかった状況を迎えたときに、欲が出ないはずもあるまい。だが、それはそれで……」

「いいえ、大旦那様。私が申し上げたいのは、もっともっと奥の深いことでございます」

「……?」

主人に目でうながされ、静恵はつづけた。

「添田様は、最近になって浜崎の息子とひんぱんに連絡をとっているのでございます。先代の旦那様の運転手兼秘書をやっていた浜崎要造の息子と……」

「もうよい」

真行寺は、静恵を片手で制した。

「浜崎五郎の動きについては、おまえには言っていなかったが、右京があぁなる直前からいろいろあったのだ。そして、最初は私も気づかなかったが、どうやら浜崎の動きの裏に、添田がからんでいるらしいこともわかってきた」

「ご存じだったのですか」

「うん」

「では、なおさら……」

「いや、もう私はどうでもよくなったのだ」

「どうでも?」

「ああ。初めのうちこそ、浜崎の妙な動きが気になって仕方がなかったが、不思議なものだな、自分よりも先に右京がこの世を去り、そして我が身も確実に最終ゴールへ近づいているとわかってしまったいま、他人がどんな動きをとろうと、あるいは私の築き上げてきた財産をどのように狙おうと、それはもうどうでもよくなった。これはきれいごとではない。私の本音だ」

真行寺総一は、弱々しい苦笑いを浮かべた。

「結局な、静恵、人間というものは土壇場になるまで、人生というドラマには永遠に終幕がこないと信じている。そういう愚かさがあるのだ。私はつい最近まで、その愚かさに取り憑かれていた」

「大旦那様……」

「なあ、静恵。いま、人間の平均寿命とはいくつだったかね」

「さあ、詳しくは存じませんけれど」

「まあ、どっちにしても七十いくつか、そんなところだろう。少なくとも、よほどの幸運に恵まれないかぎり、九十や百という年齢に到達できないのはわかりきったことだ」

「はい」

「それなのに人間は、残り時間を宣告されたときに、天地が引っくり返るくらいのショックを受け、取り乱す。そして、そういった場面に出くわさないかぎり、欲というものは捨てられないようにできているのだ」

「……」

「いまになって思えば、だ。ガンの宣告を受けた私は幸せ者かもしれない」

「どうしてで……ございますか」

「第二の人生哲学にめぐりあえるチャンスを得たからだよ」

「第二の人生哲学……」

「そうだ」

一代でリアルペイントという大企業を育てあげてきた真行寺会長は、ゆっくりとうなずいた。

「自分の命には限りがあるのだとハッキリ認識するとしないとでは、人生哲学は大きく異なる。ある意味で、おのれの生命の限界を思い知らされることこそ、仏教などでいう『悟り』なのかもしれない」

「悟り……」

「ところが可哀相に、右京は悟りの境地に達する機会を与えられないまま、あの世へと旅立ってしまった」

静恵が何も言い返せないでいると、真行寺はさらに独り語りのようにしてつづけた。

「静恵、私はな、人生経験の有無や年齢にかかわらず、おのれの生命の終わる日を具体的に告げられたときにこそ、人間は初めて悟りを開くのではないかと思うようになってきた。たとえば、難病で若くして生きられる時間を区切られてしまった子供がいるだろう」

「はい」

「そういう子供は、たとえ小学生だろうが幼稚園児だろうが、あるいはもっと幼かろうが、しっかりと人生の悟りを開くのではないかと思う。生半可な大人では太刀打ちできないような精神の透明度を持ってしまう気がする」

　静恵は黙ってうなずく。

「神様は公平だよ、静恵」

　真行寺の目つきが、ふたたび遠くを見つめるようになってきた。

「悟りとはすばらしいものだ。しかしこれは、病気や事故によって、まさに死を目前にした人々だけに感じ取れる特権なのかもしれない。少なくとも健康体にはわかるはずもない境地だ。その意味で、私は、神は公平だと思う。

　実際私も、ガンを宣告された夏のころと、いまとでは、我ながら別人のように気の持ち方が違っている。医者から最終宣告を受けるのを怖がって拒んだり、それを当人に告げるのをためらう人々には、こんな透明な気持ちは、おそらく永遠に体験できないだろう。

繰り返しになるが、惜しむらくは、右京がこうした境地を知るひまもなく人生を終えてしまったことだ。いまとなっては、それだけが悔やまれる……どうした静恵」

「なんでもございません」

静恵は、目尻に浮かんだ涙をそっとぬぐった。

「泣いているのか」

「いえ……」

「涙がこぼれているじゃないか。どうして泣いているのだ」

重ねてきかれたとたん、こらえていたものが爆発したように、光村静恵は声を上げて泣き出した。

そして嗚咽の合間から、途切れとぎれの言葉を洩らした。

「大旦那様が……こんなに……おやさしいお方だったとは……わた……くし……思ってもみませんでした」

「やさしい？　どこがやさしい。私はおまえからそうやって褒められるような男ではない。はっきり言うがな、私は冷たい人間だよ」

笑いは浮かべず、むしろ悲しそうな表情で真行寺は言った。

「悟りの境地を開いたくらいで、人間の性根そのものまでが変わるとは思えない。ただ、妙な欲がなくなったということだけは事実なのだがね……ところでだ」

真行寺は両腕に力を入れて身を起こし、いままで遠い世界を見つめていたようだったまなざしに、現実的な光をよみがえらせた。

「八月に伝記の制作のためにやってきた港書房のなんとかいう若い編集者の名刺を探し出して、彼に連絡をとってくれないか」

「港……書房の編集の方でございますね」

涙を指先でぬぐいながら、光村静恵も実務的な表情を取り戻した。

「そうだ。高田だったか、高井だったか、そんなような名前の男だ。そして、連絡がとれたならこう伝えてほしい。私の自伝の出版は取りやめにする、とな」

「伝記の出版をおやめになるのですか」

「ああ。インタビューを受けたときの心境は、もはや過去のものだ。あのときの真行寺総一と、いま現在の真行寺総一は、人生に対する考え方がまったく違っている。かといって、もういちど新たなインタビューを受け直す気力も時間も私にはない。たぶん、本になる作業はだいぶ進んでいるのだろうが、もしも金銭的な迷惑をかけるならば、そのぶんは私が弁償すると申し出てほしい」

「かしこまりました」

「それから、これだが」

真行寺は、テーブルの上に置いてあった書類を手に取った。

「私の名前も、おまえの名前も、英語の綴りが間違っている。至急新しいものを取り寄せて書き直してくれ」

それは、ハワイへ行くために必要な入国書類の一部だった。

《SHINGYOUJI　SOUICHI》と書くべきところが《SINGYOUZI　SOUITI》に、《MITSUMURA　SHIZUE》と書くべきところが《MITUMULA　SIZUE》になっていた。

「あ……申し訳ございません」

「なんだ、おまえが書いたのか」

「はい」

「しかし、こういうのは旅行代理店のほうで完璧にタイプを打ってくるものではないのか」

「え、ええ。あの、名前だけは書き洩らしてありましたので、それで私が……。ただ、なにぶん英語などはよくわからないものですから、いいかげんな綴りになってしまったかもしれません」

「静恵、正直な話をしなさい」

「え？」

「私は知っているのだよ。右京の事件が起きた直後、栄威子がおまえをクビにしようとしたことをな」

　真行寺の言葉に、静恵は黙ってうつむいた。

「そして、あらかじめ揃えておいたハワイ行きの書類を、ヒステリックに引きちぎってしまったのだろう」

「……………」

「栄威子本人が、自分で私にそのように言いにきたんだ。あなたと静恵の渡航書類は、みな破り捨てましたから、と。そしておまえにクビを申し渡すよう、私に指示をしてきた。むろん、そんな注文を聞き入れる私ではないがね」

　真行寺は、これまで見せたことのないような柔和な表情になって、静恵に語りかけた。

「おまえは、どんなことを栄威子から言われても、私といっしょにハワイへ行く気になっていてくれていたんだろう」

「……………」

「おまえだけは、純粋な気持ちで私に仕えてきてくれた。そうだな、静恵。そして、口では無理だと止めながら、こうやって書類の不備をおまえなりに補おうとしている。これは、おまえもそれなりに覚悟を決めてくれた証しとみてよいな」

　真行寺は、綴りの誤った書類を静恵の目の前に差し出した。

「どうなんだ？　静恵」

「はい」

再度うながされて、静恵は意を決したようにハッキリとした返事をした。

「私は、最後まで大旦那様のお供をさせていただきます」

「ありがとう」

満足そうにうなずくと、真行寺は言った。

「では、旅行代理店に連絡して、この書類を新しく作り直させてくれ。そして現地への出発は、三日後にする」

「三日後でございますか」

静恵は驚いたように目を見開いたが、真行寺総一はほとんど表情を変えずにうなずいた。

「そうだ、三日後だ。これ以上、ドロドロした人間関係の中に身を置きたくはないのでね」

4

そして同じ時刻――

都心にある帝国ホテルの一室に、真行寺総一の後妻である栄威子と、その実子の守、そして変死を遂げた右京の妻の早智子が集まっていた。

「いったいこれはどういうことなの、守さん」

強烈な香水の匂(にお)いを発散させながら一番最後に部屋に入ってきた真行寺栄威子は、デラックスツインの部屋で待ち構えていた守と早智子の顔を見るなり、咎(とが)めるような口調で問いただした。

「お母さまに用事があれば、田園調布で話をすればいいでしょうに。それをもったいぶって帝国ホテルにまで呼び出して」

「他の人間に聞かれたくない話だからだよ」

守は答えた。

「とりわけオヤジにはね」

「会長に聞かれてはまずいけれど、早智子さんならばいいというわけ？」

栄威子は、未亡人となった早智子に敵意を含んだ視線を投げかけた。

「ああ、もちろんだよ」

ベッドの端に腰掛けていた守は、立ち上がりながら答えた。

「これからオフクロと話し合わなければならないことは、早智子さんにも大いに関係があるからね。まあ、そっちの椅子(いす)に座ってよ」

守は、小さなコーヒーテーブルをはさんで早智子と向かい合わせになる席に母親を座らせた。そして、自分はまたベッドの端に腰掛けると、母親が一息つくまもなく質問をぶつけてきた。

「ズバリきくよ。早智子さんが真行寺家から籍を抜くことに、なぜオフクロは反対しているんだ」

「決まっているじゃありませんか。世間体が悪いからですよ」

「どうして世間体が悪いんだ」

「右京さんがあんな死に方をして、それから二カ月かそこらで嫁がさっさと真行寺の家を出ていってごらんなさいな、人聞きが悪いじゃないの」

「答えになっていないな、それは。いったいどういうふうに人聞きが悪いんだ」

「それよりもあなた、お母さまにルームサービスで冷たいミネラルウォーターをとってちょうだい」

「それなら、ミニバーの中に入ってる」

「いいえ、私は部屋の冷蔵庫のものを開けるのは嫌いなの。きちんとボーイさんに運ばせてほしいわ」

「悪いけど、いまこの場に他人が入ってきてほしくないんだ……早智子、オフクロにミネラルウォーターを」

　守の命令で、早智子がサッと席を立って部屋の隅の冷蔵庫のところへ行った。

　が、栄威子はそんなことよりも、息子が兄の嫁を『早智子』と気安く呼び捨てにしたことに、大きな驚きを示した。

「守さん、あなたいま何て言ったの」

「なにが」

「早智子さんを、どういう呼び方にしたのよ」

「ああ、それね」

「それね、じゃないわよ。いま、『早智子』と呼んだでしょう」

「ああ、呼んだよ」

　守はまったく平然としている。

　そして早智子のほうも、義母の鋭い視線を見ないようにして、冷蔵庫からミネラルウォーターのボトルを取り出し、グラスにそれを注いで栄威子の前に置いた。

「ちょっと、守さん、それから早智子さん。あなたたち、まさか……」

「その前に、オフクロはぼくの質問に答えてくれなければダメだ」

　守の口調は、これまで母親に対してみせたことのない冷たさに満ちていた。

「なぜ、早智子さんが真行寺家から出ていってはいけないんだ」

　守の言い方が、また『早智子さん』に変わった。だが、母親の栄威子は疑惑に満ちたまなざしを息子に向けつづけていた。

「何度きかれても答えは同じよ。世間体の問題です。いいかしら、早智子さんは真行寺家の嫁です」

その早智子が注いでくれた水を一口飲んでから、栄威子はつづけた。

「たとえ夫が死んでも、それで真行寺の家とは無関係です、はいさようなら、というわけにはいかないのよ」

「きれいごとだな」

「なにが」

「オフクロの言っていることは、すべてきれいごとだと言っているんだよ」

依然として冷たい調子で守が言うと、栄威子は、どぎつい赤の口紅をさした唇を震わせながら反発した。

「守さん、あなた、いつからお母さまにそんな口の利き方をするようになったの」

「話をそらさないでほしい。オフクロが本心を打ち明けないのなら、ぼくのほうから答えを言おう。オフクロは、早智子さんが受け継いだ兄貴の遺産を、なんとかして自分のものにしたいと考えている。金ではない。リアルペイントの株だ」

「………」

図星を指されたといった顔で、栄威子は黙りこくった。

「オフクロは、どうしても実の息子であるぼくを、リアルペイントの次期社長にしたくて仕方がない。そのためには、少しでも多くの株を真行寺家で確保しておかなければならないと考えている。ところが、同族で持っている株の相当数が、すでにオヤジから兄貴の名義に書き換えられていた。そして、兄貴の死で、その株は早智子さんが相続した」

組んだ足を揺らしてリズムを取りながら、守はつづけた。

「もしもここで、早智子さんが真行寺家から籍を抜くことをすんなり認めたらどうなるか。早智子さんはまだ若い。そして……美しい」

美しい、と言ったところで守の言葉は小刻みに揺れ、早智子は長い睫毛を伏せた。

「だから……」

声の落ち着きを取り戻して、守はつづけた。

「だから、早智子さんが真行寺家を出て、元の水野姓に戻ってしまえば、すぐに別の男と結婚するだろう。それをオフクロは恐れた。つまり、いままで兄貴が持っていたリアルペイントの株が、そっくりそのまま見ず知らずの男のものになってしまう。

あるいは、早智子さんが株を売却するおそれもあった。たとえば、添田社長がそれを買い取ったらどうなるか。ヘタをすれば、添田社長はオヤジについで個人株主第二位のパワーを持つことになる。でも、そうなってしまっては、オフクロとしても、いったい何のために真行寺総一と結婚したのかわからなくなってしまう。なにしろ、オヤジとの結婚は金と権力が目当てだったんだから」

「守さん！」

「つまりぼくは、旧姓・中野栄威子の金儲けの小道具としてこの世に生まれてきたわけだ。なんという存在だ、このぼくは！」

守は一気にまくしたてると、腰掛けていたベッドから立ち上がった。

「オフクロは、しきりにぼくをリアルペイントの要職に就けようとしている。でも、それは自分自身の身代わりとして、あるいは分身として会社に送り込みたいだけなんだ。でもね、悪いけれどぼくは、あなたの欲望を満たすために、これからの人生を費やしていくつもりはない」

「守さん、あなた……あなた……」

栄威子は怒りと驚きで全身を震わせながら、立ち上がった。

そして、息子と至近距離でまっすぐ向き合った。

「あなたはお母さまを何と思っているの」

「強欲ババアだ」

その言葉に、栄威子は目の玉が飛び出すのではないかと思われるほど、激しい驚きの表情を示した。

「強欲……ババア……ですって」

「ああ、そうだよ。ただし、オフクロだけじゃない。オヤジも強欲オヤジだ。まもなく人生を終える人間を悪く言いたくはないけれど、ああいう男が会社経営のトップに立っていたのでは、リアルペイントも世の中に尽くせるような企業とはなりえない」

興奮で胸を上下させる母親を見つめながら、守はつづけた。

「いいか、オフクロ、会社とは何だ。お客様からお金をいただいて、はじめて成り立っている組織だろう。それが、お客様のことを忘れてひたすら金儲けに走って、経営トップだけがおいしい汁を吸う。そんなことでいいと思っているのか」

「守さん、あなたはね、純情なのよ。純情すぎるのよ」

まともに対決しては不利と思ったのか、栄威子は息子をおだてるやり方に切り替えてきた。

「そして同時に、純粋すぎるの。ね？　純情で純粋、それが守さんのほんとうにすばらしいところなの。お母さまはよくわかっているわ。そういう守さんだからこそ、会社が利益を追求していく部分を、必要以上に醜いものと感じとってしまうのかもしれないけれど、そうした現実の厳しさは、おいおいあなたにも理解できてくると思うわ」

「母さん――とりあえず、おたがい冷静になるためにもそう呼ぼう――ぼくは、母さんにはっきりと言っておきたいことがある。いまの日本の多くの経営者は、あまりにも道徳観がなさすぎる。真行寺総一の息子という恵まれた立場に生まれながら、ぼくが音楽の道へ進んだのも、オヤジのやっていることが尊敬できないからなんだ」

「……」

「自分のことしか考えない日本のさまざまな企業と、同じように自分たちの立場しか考えない官僚によって運営されている日本経済の、いったいどこを見たら『道徳』という二文字が見つかるんだ。ぼくが作曲しているヒーリング・ミュージック、つまり心の癒しを与える音楽を求めている人々は、こうしたエゴイズム経済に蹂躙されて、心に大きな傷を負った経験を持っている。そういった人たちと接していくにつけても……」

「ええ、ええ、わかっているわよ」

守の言葉を最後まで聞かないで、栄威子は割り込んだ。

「あなたは小さなころから、ほんとうに心やさしい子供だったもの。お母さま、それをとても誇りに思ってきてよ」

「母さん……」

守は、ピントはずれなことを言わないでほしいというような吐息を洩らした。

そして、別の視点から話を再開した。

「たとえばこの帝国ホテルだ」

　守は、部屋を見渡すしぐさをした。

「帝国ホテルの創立発起人の中に、渋沢栄一という実業家がいる。ぼくらの家がある田園調布の街並みを作った一人でもあるけれど」

「ええ、知っているわよ、その名前は」

「彼は日本の経済史に残る大実業家だ。明治維新期に活躍したという時代要素もあるけれど、その実績において彼を超える実業家は、おそらくほかにいないし、これからも出てこないだろう」

「それで？」

「それほどの大実業家であるにもかかわらず、渋沢栄一が決して忘れなかったことがある。そこまで母さんは知っているかい」

「いいえ。何なの」

「道徳だよ。商道徳だ」

　守の答えに、栄威子はけげんな顔をした。

「別の言い方をすれば、論語とソロバンの一致だ」

「……………」

「ピンとこないのなら、具体的な渋沢の言葉を聞かせてあげるよ。いつかオヤジに伝えるべきだと思ってメモしておいたものがあるんだ」

守はベッドの脇に出しておいた手帳を広げて、そこに記した文章を、声を出して読みはじめた。

「道徳は特殊の処においてのみ存し、特殊の時においてのみ行なうべきものでない。世人は教会または寺院などに出入りして、説教を聴いたり、神に祈禱を捧げたりする時は、至極まじめな心がけを持つが、家に帰りて商業を行なう場合になると、悪辣なる手段をもって巧みに人を欺瞞して、自己を利するを商業の道と思い誤るものがないものでもない。

これらの人は、道徳は教会や寺院においてのみ存在し、神仏の前においてのみ行なうものと考えているのであろうか。

また学生が、講堂における修身の時間には静粛にその講話を聴いているが、一度教場を出ると教師や他の学生の悪口を試み、甚だしきは学校の器具を毀損し、あるいは弱い生徒をいじめて快哉を叫ぶ者さえある。これらの学生は、道徳はただ講堂内においてのみ存在し、講堂内においてのみ行なうべきものと思っているのであろうか」

渋沢栄一の言葉を引用し終えると、真行寺守は大きな深呼吸をひとつした。

そして言った。

「オヤジに欠けているのは、こういう視点だよ。だけど聞くところによると、兄貴を生んだみちさんという女性の父親は、渋沢栄一を深く尊敬していて、娘にも道徳とは何かをしっかり教え込んでいたそうじゃないか」

「あなた、そんな話を誰から聞いたの」

「静恵さんだよ」

「あの女……」

栄威子のこめかみに、青い静脈が浮いた。

「とにかくね、静恵さんにしても、みちさんにしても、私にとっては聞きたくない名前だわ。そんなことはもういいから、それよりも、お母さまをここまで呼び出した本題は何なの」

「母さんに安心してもらおうと思ってね」

「安心？」

「そうだよ」

守は、母親のそばから離れ、まだひとり椅子に座ったままの早智子のそばに近寄った。

そして、その肩に手をのせて言った。

「早智子さんは近いうちに真行寺家を離れる。もちろんそれは、籍を抜くことを意味する」

「だから、それはダメなのよ」

「いいから黙って先を聞いて」

守は片手を突き出して、母親の反論を封じた。

「でも、決して母さんが心配していたような事態にはならない。つまり、兄貴から相続したリアルペイントの株が、早智子さんを通じて見知らぬ他人に手渡されるおそれはない。それはぼくが自信をもって保証する。なぜならば……」

「ちょっと守さん」

その次にくる言葉を突然予感して、栄威子は顔色を変えた。

「ちょっと待ちなさいよ」

だが、守は止まらなかった。

「なぜならば、来年の夏、兄貴の一周忌を終えた段階で、早智子さんはまた真行寺の家に戻ってくるからだ。こんどは、真行寺守夫人として……」

5

その日の夜――
小谷由香梨は、真行寺守からの電話で、正式に別離の通告を受けた。

具体的な理由は示されなかった。

ただ、「おれから兄貴へ乗り換え、兄貴が死んだら、またおれに乗り換えようというのは、あまりにもムシがよすぎるんじゃないのか」と言われただけだった。

その言葉に、由香梨はひどく傷ついた。そんな言い方はないと思った。

もちろん、心変わりは自分のせいではあるけれど、それを認めたのは守のほうではないか、という気持ちが強かった。

守にはきっと好きな女ができたにちがいない――由香梨は確信した。ただし、まさかその女性が右京の妻だった早智子であるとは、彼女もまったく予想していなかった。

ともかく守の電話の口調からみて、復縁はありえないと由香梨は直感的に感じ取った。

（それならば、仕返しをしてやる）

自慢の長い脚で思いきり守を蹴飛ばしてやりたかったが、そんな直接的で単純な仕返しよりも、もっと彼を困らせる復讐の方法があると思った。

この二カ月あまりの間、ずっと黙っていた『あの出来事』を密告するのだ。

通報先は警察。

右京の事件を扱う所轄が埼玉県警であることなど知らない由香梨は、告発の手紙の宛先を警視庁に決め、まず先に封筒の宛名から書きはじめた。

差出人のほうの名前は書かない。すなわち、匿名の密告手紙というわけだ。

そして、つづいて便箋に本文をしたためる。

書き出しはこうだった。

《私は幽霊を信じません。だから、きっとこの裏には何かがあるはずです。それを調べてください。

八月二十八日の日曜日、つまり、真行寺右京さんがSLの中で殺された日の、あれはたしか午後二時半ごろだったと思います。私は田園調布の真行寺家の洋館の周りをうろつく一人の男を目撃しました。

いまでも覚えています。その男は黄色いポロシャツを着ていました。そのポロシャツには、あとから考えると、乾いた血の色にそっくりの大きな染みが広がっていました。そして男は、まるで懐かしむような態度で、じっと洋館を見つめながら、お屋敷の敷地沿いに歩いているのです。

サングラスをかけていたので、顔立ちこそはっきりとわかりませんでしたけれど、それは真行寺右京さんにそっくりの男でした。

いいえ、もしかしたら右京さんそのものかもしれません。

なぜならば、あまりによく似ていたので私が「真行寺右京さんですね」と、声をかけると、びっくりした様子であわてて逃げ出したからです。

繰り返しますけれど、私は幽霊を信じません。けれども、ひょっとすると……という気持ちにもなってしまいます。ひょっとすると、殺された右京さんの霊が、自分の住んでいた家に最後のお別れを告げにきたところを、私は見てしまったのではないか、と……。

逆に、あれが幽霊でなければ、真行寺家には、例の殺人事件に関係した大きな秘密があるに違いありません。右京さんを殺した犯人か、その共犯者が、あの大きなお屋敷の中に住んでいるのかもしれません。

捜査の参考になるかと思いますので、こんなこともお知らせしておきます。殺された右京さんと奥さんの仲は冷えきっていました。そこに事件のきっかけがあるという気もします。右京氏の腹違いの弟にあたる真行寺守。この人と兄の仲も、決していいとはいえなかったようです。

とにかく、真行寺家をよく調べてください。お願いいたします》

6

世田谷区成城にある朝比奈邸を訪れて、真行寺右京事件のことをあれこれ話題にした翌日の昼下がり、志垣警部と和久井刑事は、警視庁管内で発生した一つの事件を耳に入れた。

その日の午前十一時ごろ、目黒区自由が丘の駅から歩いて五分ほどの距離にある小さなマンションの一室で、一人の男が死んでいるのが、たずねてきた女性によって発見された。

男の名前は野本由紀夫(のもとゆきお)。年齢、三十三歳。職業、バーテンダー。

発見者は男の恋人で、やはり水商売をやっている女。この日、いっしょに買い物にいく約束をしていたので男のマンションへ迎えにいったところ、玄関ドアが半開きになっており、リビングのテーブルに野本が突っ伏して死んでいた。

それだけでは、警視庁捜査一課の刑事にとって取り立てて珍しい場面ではないが、二つの要素が志垣と和久井の注意をひいた。

一つは、死因が青酸カリとみられる毒物を服用したための呼吸マヒであったこと。

もう一つは、男が死んでいたそばに、ほとんど使われていない百枚入りの名刺ケースが置いてあったこと。

その名刺に刷り込まれた会社名は、株式会社リアルペイント。

肩書は、代表取締役社長。

そして名前は、真行寺左京――

＊　＊　＊

それから二、三時間後、朝比奈耕作のほうにも意外な動きがあった。

編集者の高木洋介が、興奮した口調で電話をかけてきたのである。

「朝比奈さん、なんだかすごい展開になってきそうですよ」

まず高木は、真行寺家のお手伝いである光村静恵から連絡があって、真行寺総一が急遽自伝の出版を取りやめたいと言い出した話を披露した。

そして、そののちにこう言った。

「話のついでに、ぼくが推理作家の朝比奈耕作さんといっしょに、偶然、右京氏の殺害現場に居合わせたことを口にしたんですよ。そうしたら、そのお手伝いの女性がびっくりしましてね。というのも、彼女は、朝比奈さんがこれまでいろいろな事件を解決したことを本などを通じて知っていたそうですが、今回の事件にも立ち会っていたとは、まったく知らなかったそうなんです。それで彼女、なんと言ってきたと思います。ぜひ、朝比奈様とごいっしょに、田園調布のお屋敷へおいでくださいまし」

光村静恵の口調をまねて、高木はつづけた。

「そして、朝比奈様のお力をお借りして、どうしても若旦那様を殺した犯人を見つけていただきたいのです。その憎い犯人を皆の前に引きずり出すまでは、きっと大旦那様も死んでも死にきれないはずでございます。

けれども大旦那様は明後日、人生の最後をハワイの別荘で迎えるために日本を旅立ちます。その前に、なんとしてでも朝比奈様のお力添えで犯人を明らかにしていただきとう存じます。

私は確信しております。若旦那様を殺した犯人が、この真行寺家の中か、あるいはとても身近なところに潜んでおりますことを……」

第四章　血洗島の真実

1

その日の午前十時ごろ、血洗島に住む老女・兼子千鶴は、ゆっくりとした足取りで自宅を出た。習慣にしている朝の散歩である。

彼女が最初に立ち寄る場所は、諏訪神社。

諏訪神社と名のつく社は全国各地に数え切れないほどあるが、ここ血洗島の諏訪神社は、幕末から昭和という四つの時代を生きてきた渋沢栄一が深く崇敬してきた社である。

日本を代表する大実業家となってからも、渋沢は生まれ故郷の血洗島に里帰りするたびにこの神社を訪れ、そしてここで行なわれる獅子舞の奉納を鑑賞するのを大きな楽しみとしていた。

兼子千鶴が生まれたのは明治の末期だが、むろんそのころには、渋沢は日本でその名を知らぬものがないほどの大人物になっていた。

じつは、千鶴の父親は渋沢と同郷の血洗島の出身だった。そして彼はこの偉大なる実業家に深く傾倒し、渋沢が田園調布を開発するのに時期を合わせて、その近くの鵜(う)の木(き)に居を移し、昭和の代にいたるまでずっとその地に住みつづけてきた。

その父が死に、千鶴が女手ひとつで産婆を開業したのも、やはり同じ鵜の木という場所である。

生涯独身を通してきた千鶴は、『あの事件』が起きるまでは、自分も父と同じように、田園調布のそばのこぢんまりとした町で一生を終えるのだろうと思っていた。

けれども、あの一件が彼女の人生を変えた。

そして、一時的にせよ心の弱さから真行寺親子の指示に従ってしまった千鶴は、自己嫌悪と良心の呵責(かしゃく)にさいなまれ、生まれ育った鵜の木の町をそっと離れると、父の生家が残っている血洗島に戻ってきた。

とてもではないが、真行寺家の洋館がある田園調布のそばにはもう住むことはできない、と思ったのである。

(きれいじゃのう……)

ゆっくり、ゆっくりと歩みを進めながら、千鶴は狭い路地に覆いかぶさるように張り出している柿(かき)の木のところで歩みを止めた。

（ことしの柿は、とりわけ色鮮やかじゃ）

真っ青に澄み切った秋空と、たわわに実った柿の色が見事な対照をなしていた。

その郷愁をそそる素朴な風景に、千鶴はしばし見とれていた。

と――

千鶴が見つめている前で、熟した柿の実がひとつ、枝から離れて、彼女のすぐ先の地面にぽとりと落ちてきた。

（……………）

深い皺が刻まれた千鶴の顔に、翳りの色が走った。

（明治生まれの人間も、周りにはずいぶんと少なくなってきたわの）

ふと、そんな思いが彼女の脳裏をよぎった。

八十八年生きてきて、気がついてみたら明治という時代を知っている人間の数が、残りわずかになっていた。

それはすなわち、千鶴自身の人生も、まもなく終わりを告げようとしていることを意味していた。

幕末から昭和へと激動の時代を駆け抜けてきた渋沢栄一ほどではないにせよ、明治から平成の現代までを生きてきた千鶴も、驚くべき日本の変化を見届けてきた。

今後日本人の平均寿命が延びて、仮に九十年百年と生きるのがあたりまえになったとしても、自分たちが経験してきた時代の激変は、もはや二度とやってこないだろう、と千鶴は思った。

と同時に、もうこれ以上日本が変わるのは見たくない、というのも彼女の正直な感想だった。とくに、日本人の道徳心が年々失われていく様子は、見るに忍びなかった。そのためにも、そろそろ自分の生涯は終わりにしてもらわなければ困る、と千鶴は神に願うような気持ちになっていた。

（ああ……）

肩を落としながら、千鶴は声にならないため息をついた。そして地面に落ちた柿の実から目をそらし、ふたたびゆっくりと歩き出した。

諏訪神社に着くと、彼女はふだんよりたっぷりと時間をかけて手を合わせた。

参拝が終わると、こんどはそこからさして遠くないネギ畑のほうへ足を向ける。これも毎日の散歩に組み込まれた規定のコースだ。

『問題の現場』は、三十八年経ったいまも、あのときのままのネギ畑だった。

いつそこに民家が建つかと見ていたが、まるでその場所だけピタリと歴史が止まってしまったかのように、いまもなお、三十八年前と同じ風景が保たれている。

もちろん、ネギ畑の持ち主が意図してその場所を保存しているわけではない。地主があの悲劇を知るはずもないからだ。しかし千鶴は、そこになにか特別な運命の皮肉を感じざるをえなかった。

(おや……)

ネギ畑の近くまできた千鶴は、歩みを止めて前方を見た。

九十を目前にしても、彼女の視力はさほど衰えていない。その彼女の目が、二十メートルほど先のネギ畑に立つ一人の若い男の姿をとらえていた。

見かけない顔だった。

この血洗島界隈(かいわい)では、たとえ若者であっても、男が髪の毛を茶色っぽく染めている姿には、あまり出会わない。

渋沢記念館あたりならともかく、諏訪神社の裏手に広がるネギ畑に、明らかによそ者とわかる青年がポツンと立っている姿は、なにか普通でないものを千鶴に感じさせた。

男は身じろぎもせずに、ネギ畑の一点を見つめていた。

そして彼の視線の先には、一本の黒いチューリップがある……。

千鶴は、そのチューリップを誰(だれ)が植えたのかを知っている。花が散るたびに、また新しいものに植え代える人物が誰であるかを知っている。

彼女といっしょに、あの惨劇の夜に立ち会った浜崎要造の息子、五郎だ。

かつての千鶴と同じように、産婆ならぬ産婦人科医院の院長を務めている浜崎五郎が、父の行なった罪の償（つぐな）いをそんな形で表わしていることを、千鶴はよく承知していた。

なぜならば、浜崎五郎は定期的に千鶴のもとを訪れ、よもやま話に花を咲かせるとともに、年金以外にほとんど収入のない彼女に、なにがしかの援助を置いていってくれるからである。

もしもおまえが大きくなって、経済的な余裕ができたなら、血洗島へ越していった産婆の兼子千鶴さんの面倒をみてやってくれ、というのが、真行寺家の私設秘書だった浜崎要造が息子の五郎に託した遺言の一つだったという。

千鶴は、そんな要造の心遣いをありがたいと思った。そして彼の気持ちに感謝するには、彼が息子に託した援助の行為を素直に受けることが一番だと思っていた。

だが、息子の五郎はもちろんのこと、千鶴とともに七夕の夜の惨劇に立ち会った要造でさえ、血洗島の惨劇には、じつは驚くべき逆転劇があることを知らずにいるのだ……。

兼子千鶴は、自分に背を向け、黒いチューリップを凝視する若い男をじっと見つめつづけた。

すると、その気配を背中に感じたのか、男は千鶴のほうをくるりとふり返った。千鶴と目が合うと、男は一瞬びっくりした顔になった。

が、すぐに表情を和らげ、カフェオレ色に染めた髪を片手でかきあげながら、挨拶を投げかけてきた。

「あ、どうも、こんにちは」

警戒した千鶴が無言でいると、若い男はさらにつづけた。

「ずいぶん珍しい色のチューリップが咲いているのが目に留まったものですから……あ、失礼ですけど、このへんに長く住んでいらっしゃる方ですか」

2

「わかった」

お手伝いの光村静恵の長い時間をかけた説得に、真行寺総一はしぶしぶ折れる格好になった。

「その朝比奈耕作という推理作家に、いったいどれほどの力があるのか知らないが、そこまでおまえが言うのなら、好きにすればよい」

「ありがとうございます、大旦那様」

静恵はホッとした表情を浮かべたのちに、深々と頭を下げた。

だが、その彼女を見つめるうちに、真行寺は、いったん出した結論を引っ込めにかかった。

「だがな、静恵。私には、おまえの気持ちがどうもよくわからない」

「どうしてでございますか」

頭を上げながら、静恵が聞き返した。

「若旦那様を手にかけた憎い人物を探し出す努力が、いけないことでございましょうか」

「そういった仕事は、警察の捜査に任せておけばよいではないか」

「いいえ、あれから二カ月が経とうとしているのに、警察の捜査には何の進展もありません。むろん、刑事さんたちはそれなりに努力をなさっておられるのでしょう。けれども、大旦那様のもとに、こまめに途中経過を報告してくださるでもなし……」

「それはまあ、そうだが」

「その一方で、朝比奈様は若旦那様の最期を見届けたお立場でもあり、それと同時にあの方は」

「朝比奈のことはもういい」

真行寺はさえぎった。

「彼がこれまで警察の捜査に多大な貢献をしてきたことは、当の警察筋からも聞かされている。私は、朝比奈に事件の調査を依頼してみる、という提案そのものがよくないと言っておるのではない。その計画を、お手伝いのおまえが立案した——そこに問題があるのだ」

「もちろん、この私がそれを言い出したとなれば、大奥様がご納得なさるはずもございません。ですから、これは大旦那様が提案なさったことにしてくだされば」

「静恵」

真行寺は改まった口調で静恵をまっすぐ見つめた。

「おまえの目的は何だ」

「目的……でございますか」

「右京を殺した犯人を、そこまで急いで探しあてようとする理由が知りたいのだ」

「よくお考えくださいませ、大旦那様。若旦那様が持っていらっしゃったガムに毒を仕掛けたのは、この真行寺家内部の人間でしかありえないと私は思っております」

思い詰めた表情で静恵は言った。

「ナイフで刺した人間が誰なのかはわかりませんが、その傷は深かったけれども致命傷ではありませんでした。けれども、毒のほうは違います。若旦那様の命を奪ったのは、ガムに仕掛けられた青酸カリです。ですから、毒を仕掛けた人間こそが、若旦那様を殺した直接の犯人になるのです。そしてその犯人が、この家の中に……でなければ、ごくごく近いところにいるのです。

それなのに、明日になれば大旦那様はこのお屋敷を去られます。そして二度とお戻りにならない覚悟でいらっしゃいます。ならば、その前にすべての物事をはっきりさせてしまいたいのです」

「しかし、私たちの出発は明日の夜だぞ。それまでの短い間に何ができる。朝比奈耕作という男は、そこまでの天才か」

「いえ」

静恵は首を左右に振った。

「いくら朝比奈様が優れた頭脳の持ち主であっても、すぐさま事件の真相にたどり着けるとは、私も思っておりません。けれども、大旦那様が日本を去られる前に、真行寺家の皆様にもういちど考え直していただかねばなりません」

「何を」

「若旦那様を殺した人間が内輪にいるかもしれない、という点を、でございます。真行寺家の皆様おひとりおひとりがそうした緊張感をお持ちになりませんと、きっと事件はこのままうやむやになってしまいます」

「おまえは、あえて波風を立てようとするつもりなのか」

真行寺の声に、腹立たしさが混じってきた。

「あえて波風……とおっしゃるのですか」

主人の放った言い回しに、静恵は驚きの色を表した。

「それはどういう意味でございましょうか」

「私は、警察の捜査が進展しない現状は、ひょっとすると神の助けかもしれないと思っているのだ」

「神の助け？」

「そうだ。つまり、あと二、三カ月であの世へ行く運命にある真行寺総一に、これ以上新たに冷酷な現実を見せまいとする神の配慮が働いているのではないか、とな」

「………」

「私の言いたいことがわかるか」

「はい、わかります。でも……それでも私は、明日の出発前に、大旦那様に動いていただきとう存じます」

「静恵」

「これは四十年以上もの間、真行寺家に仕えた光村静恵の、最後のお願いでございます」

静恵の必死の懇願に、真行寺は腕組みをしたまま無言で考え込んだ。

そしてその沈黙は、かなり長くつづいた。

「どうかお願いでございます、大旦那様」

静恵にせかされて、真行寺がようやく重い口を開いた。

「静恵、いまおまえは、右京の毒殺を謀(はか)った人間がこの家の中にいると言ったな」

「はい。家の中か、ごくごく近しいところに」

「それは確信か、それとも想像の域を出ないものか」

「……相当高い可能性で、そうだと思います」

「可能性の中には、この私も含まれているのか」

静恵はハッとした表情になった。

そこを、真行寺が重ねて突っ込んだ。

「答えなさい、静恵。犯人の候補者の中に私も入っているのか」

静恵は目を伏せた。

「どうした。なぜ、返事をしない」

「………」

「もしもおまえの心の中に、私が犯人だという可能性が一パーセントでも残っているならば、たしかにハワイへ旅立つ前に、白黒の決着をつけねばなるまいな」

「私は、何も大旦那様がどうこうとは申しておりません。それをおっしゃいますならば、この私も怪しまれてしかるべきでございます」

「とってつけたような弁解はいらん」

真行寺は完全に気分を害していた。

これまで静恵に対しては、いつもやさしい態度で接してきた真行寺が、土壇場で怒りの色をあらわにした。

「静恵、おまえは働き者であると同時に、非常に聡明な女だ。その点が栄威子は気に入らなかったようだが、私は逆にそこを高く評価してきた。しかし、いまになって私は、栄威子の気持ちがよくわかってきた」

「大旦那様」

静恵は、なんともやりきれないといった目で訴えたが、もはや真行寺は聞く耳を持たなかった。体調の悪化とともに、すっかり枯れた雰囲気を漂わせていた真行寺が、ひさびさに感情をむきだしにした。

「そんなにおまえが疑うのなら、私にも意地がある。よろしい、すべてをはっきりさせようじゃないか。朝比奈耕作をこの屋敷へ呼ぶのはかまわん。だが、彼に探偵役などはやらせんぞ。むしろ、朝比奈には立会人になってもらう。犯人をあばきだす役は、この私だ。真行寺家の家長の面目にかけて、右京を殺した犯人を吊るしあげてやる」

まくし立てながら、真行寺の顔面はみるみるうちに紅潮していった。

「事件をうやむやにするほうが、真行寺家の名誉のためにも、家族の皆のためにもよかれと思っていたが、おれ自身がおまえから疑われようとは思ってもみなかった」

「大旦那様、私は決してそのような……」

「うるさい！　つべこべ言うな」

真行寺は怒鳴った。

「だいたい、使用人の分際で、なんだおまえは」

その言葉に、静恵は絶句した。

3

「驚きましたね、警部」

自由が丘のマンションで起きたバーテンダー毒死事件を調べていた和久井刑事は、昨日、所轄署による現場検証に立ち会ったときの様子を思い起こしながら、志垣警部に話しかけた。

「この毒殺された野本由紀夫が、真行寺右京のそっくり男を演じ、しかも右京をナイフで刺した犯人の可能性が大だなんて」

「まったくだよ」

オールバックにした頭をなであげながら、志垣はため息を洩らした。

「彼の部屋の押し入れからは、血に汚れた黄色いポロシャツが出てきた。血痕の血液型は真行寺右京のそれと一致し、ポロシャツは右京が殺されたときに着ていたものと、まったく同じデザインのものだ」

「しかも野本の指紋と、真行寺右京の肩に刺さったナイフの指紋とが一致……」

「そして、真行寺左京の名刺。『右京』ではなく、『左京』という名前のだ」

「それからもうひとつ」

和久井は、所轄署が押収した野本由紀夫宅にあった一冊のアルバムから複写した写真を指さした。

「見てくださいよ、これ」

そこには素顔の野本由紀夫の写真が数点、それとサングラスをかけた野本の写真が数点あった。

「素顔だとそうでもないけど、サングラスをかけるとそっくりじゃないですか、真行寺右京と」

「ああ、まったくだ。目元をのぞいた眉毛や鼻や唇は、ほとんど相似形といってもいい。これならば、右京の双子を演じる条件は十分に整っていたといってよいだろうな」

「すると、警視庁に届いた手紙に記された真行寺右京の亡霊というのは、じつは野本のことだったんでしょうか」

和久井は、小谷由香梨が匿名で寄せてきた目撃情報に触れた。

「その可能性はじゅうぶんある」

志垣は答えた。

「右京そっくりの、サングラスをかけた男が田園調布の真行寺邸の前をうろついていたのは、午後の二時半ごろということだろう」

「ええ」

「一方、SL列車の寄居駅到着は十時五十分。ざっと三時間半もあれば、SL内で目撃されたそっくり男が田園調布までくるのは可能だ」

「だとしたら、何が目的で事件直後に真行寺邸まできたんでしょうね」

「さあな。おまえはどう思うんだ」

「うーん……やっぱり、真行寺右京の幽霊を演じるためではないでしょうか。右京が殺された直後に田園調布のお屋敷の周りを亡霊がうろついていた、という不気味な噂を広めるために」

「おいおい」

志垣は、困った奴だなという目で部下の和久井を見た。

「どうしておまえはそういうふうに、話をわざとらしい方向へもっていくんだ」

「だって……」

「仮になりすますつもりだったら、声をかけられたくらいであわてて逃げ出してどうするんだ。オバケに足があるのか。え？　逃げ足の速い幽霊なんて、聞いたことがないぞ」

「はあ」

「いいか、匿名の人物の目撃談が真実ならば、野本由紀夫は、右京の血飛沫(ちしぶき)が付いたままの黄色いポロシャツ姿で田園調布まできたことになる。そこが重要だ。埼玉県の寄居駅から大田区の田園調布までどんな交通機関を使ったか知らないが、血まみれの服を着たままだったら、相当人目を引くに決まっている。そんな危険を冒してまで、ばかげた幽霊役を演じると思うかね」

「そういわれれば、そうですけど……すると野本は、どうして事件当時のままの格好で田園調布に現れたんでしょう」

「動転していたんだろう」

　志垣警部は言った。

「野本は、自分の身なりに注意を払う余裕などないほどパニックしていた。血の付いたポロシャツを着たままだということに、自分で気づくゆとりがなかった。何はともあれ真行寺邸へ向かおうと、それしか頭になかったんだ。ところが目的地に着いたとたん、誰かから『真行寺右京さんですね』と声をかけられたものだから、びっくり仰天だ。それで、反射的に逃げ出してしまった——こう考えるのが、もっとも真実に近いんじゃないかね」

「そうしますと、真行寺右京……じゃなくて、真行寺左京……じゃなくて、野本由紀夫は、事件直後にともかく真行寺家の誰かと大至急会うために、田園調布の洋館へ飛んできたと」

「おれはそう考えるがね」

「では、野本の共犯者が真行寺家にいるということですか」

「かもしれん」

「………」

和久井はしばらく黙っていたが、やや首をかしげながら口を開いた。

「でも、でもですよ、警部、自分の着ている服に血が付いていることも気づかないくらい動転していたとなると、もしかして……」

「もしかして、なんだ?」

「真行寺右京を刺してしまったのは、野本にとって、まったく予期しない突発的な出来事だったのかもしれませんね。決して計画的な殺人だったのではなく、発作的に刺して、そして出血の多さにびっくりして逃げ出したとか」

「そういった考え方もあるが、あるいは、真行寺右京をナイフで刺したのは、野本由紀夫ではないかもしれん」

「え？」

「さっきまでは、おれも、右京を刺したのは野本であることに九割がた間違いないと思っていた」

志垣警部はアゴをさすりながら言った。

「だが、彼が手帳に書き残していた言葉が気になるんだよなあ」

それは、野本の部屋から発見された日記がわりの手帳に書かれていた短い文章を指す。

《おれじゃない。刺したのはおれじゃない》

文字は激しく乱れていた。

事件が発生した八月二十八日の欄に、野本自身の筆跡で書き殴られたその文字は、彼の心の激しい動揺を如実に表していた。

「どうもあれは、弁解とか釈明の言葉とは思えなくなってきた」

志垣は、和久井を見つめて言った。

「日記がわりに使っていた手帳への走り書きである以上、それは誰かに見られることを前提に書いたメモではないはずだ」

「つまり、そこに嘘はない……」

「そうだよ。《刺したのはおれじゃない》という言葉が、本当に心の底から出た叫びだとしたら、どうかね」

「どうかね、って……でも、野本が犯人でなかったら誰が右京を刺したんです」

和久井は疑問を呈した。

「問題のナイフからは、真行寺右京と野本由紀夫の指紋しか検出できていないんですよ」

「それはわかっている」

「それに、右京が口にしたガムに青酸カリを仕掛けたのは誰なのか、という問題もまだ残っています」

「そのとおりだ。……ああ、毒といえば、野本は、青酸カリ入りのコーヒーを飲んで死亡したことがわかっているわな」

「ええ、毒物はテーブルの上に出されたガラスの壺――この中に入った砂糖に混入されていました」

「それゆえに、他殺の可能性濃厚というわけだ」

「はい。自殺をするのに、いちいち砂糖壺の砂糖の中に青酸カリを入れて、それをまたスプーンですくってコーヒーに溶かしてから飲むなんて、そんな複雑なマネをするわけがありませんからね」

「それに、テーブルには日本茶の注がれた湯呑みも置いてあった。その湯呑みからは野本の指紋しか検出されていないが、しかしそれは、本来、来客のために用意されたものだと解釈するのが自然だ」

「玄関ドアも半開きになっていたようですしね」

「そうした状況からみても、野本は毒殺されたと判断して間違いあるまい」

「ですね」

と、和久井は志垣の言葉にうなずいた。

「ところで、野本の死亡推定時刻はどうなっていたっけ」

「午前三時から明け方五時までの間、となっていますが」

資料を見ながら、和久井が答えた。

「銀座でバーテンダーをやっている彼が、仕事を終えて店を出たのが午前一時。これはハッキリしているようです。そこからひとりでタクシーを拾ったこともね」

「自由が丘の自宅までは、首都高速を使えば三十分かそこらだな」

「そうです」

「そして帰宅したのちに、深夜の訪問客があった、と推測できる」

「でも、その時間帯ですと、今後、疑わしい人物にアリバイを確かめても、自分は眠っていたから何も知らないといった言い逃れができますよね」

「まあな……しかし、だ」

志垣警部は眉をかくと、資料ファイルの一点を指さして言った。

「とりあえずは、野本が接触していたとおぼしき、この連中からあたってみることだな」

志垣が示したのは、やはり野本の手帳に書かれていた、《浜崎院長》という名前だった。

《浜崎院長にTEL》《浜崎に連絡》といった記載が、たびたび見られるのだ。

「メモ書きからは、浜崎がどういう人物かは定かでありませんけれど、手帳の巻末住所に彼の電話番号が載っていますね」

「明日にでも連絡をとって、その浜崎という男と会ってみようじゃないか」

「了解です。……あ、それから警部」

思い出したように、和久井が言い添えた。

「この野本の件ですけれど、捜査に支障のない範囲内で朝比奈さんにも教えてあげませんか」

「朝比奈に？」

「ええ、だって朝比奈さんは、SL列車での真行寺右京殺害現場に、もろに立ち会っていたんですよ。自分の腕の中で、右京がことされたんですよ。あの人の性格から考えて、あとの捜査は埼玉県警におまかせ、っていうふうになるわけがないでしょう」

「そりゃそうだな」

「しかも、これだけ不可解な展開になってきているんです。やっぱり、朝比奈さん独特の視点が必要になってくるでしょ」

「よそさまの縄張りだと思っていたら、警視庁の管轄もからんできたから、おまえもずいぶん積極的になってきたな」

「そういう警部だって、内心ラッキーと思ってるんでしょ」

「いやいや、殺人事件など、一件たりとも起きないにこしたことはない」

マジメな顔を作って答えたものの、志垣警部はすぐ微妙に表情を変化させ、言い足した。

「ま、捜査に支障のない範囲内でというか、多少はその範囲を超える部分があっても、朝比奈君の協力は欠かせないだろう。彼に話をしてこい。あとはおれが責任を持つ」

4

　その夜、都心のホテルの一室で、リアルペイント社長の添田五十次と産婦人科院長の浜崎五郎が、膝を突き合わせて話し込んでいた。

「驚いたな、きみのところにも会長から電話が行ったのか」

　銀縁メガネを照明に光らせながら、添田は言った。反射するレンズの奥に隠された視線は、おどおどと落ち着きのない動きをしているが、そこまでは相手の浜崎も見てとれない。

「明日の朝八時——とんでもない時間の呼び出しですよ」

　浜崎が言うと、ロマンスグレーを七三に分けた実直そのものといった印象の添田も、小刻みに頭をタテに振った。

「私に対しても、午前八時に田園調布の自宅へきてくれという電話だった。つまり、会長は個別に会うのではなく、我々二人に同時に会おうとしているようだ」

「しかし、真行寺会長が日本をあとにしてハワイへ旅立つのは、明日の話じゃなかったんですか」

「そのとおりだ。明日の夜に成田を発つ飛行機でハワイへ向かうことになっている」

「そして、永遠に日本には帰ってこない。いや、帰ってこれない」

「………」

「ようするに、会長にとっては、明日が日本にいる最後の日になるわけだ。そうですね」

「ああ」

「その日の朝に緊急の呼び出しとは、これはただごとではありませんよ」

そう言うと、浜崎はタバコに火を点けて、深々と煙を吸い込んだ。

そして、煙といっしょに言葉を吐き出す。

「もうリアルペイントの引き継ぎなんかは済んでいるんでしょう」

「ああ」

「それに仕事の話だったら、私まで呼ばれるはずがありませんからね」

「………」

「どうなんです、他にも呼ばれている人間がいるんじゃありませんか」

「かもしれないね。だが、そこまでは私は聞いていない」

「で、真行寺会長は、呼び出しの目的を話しましたか」

「いや。きみには？」

「話してくれません」

浜崎はかぶりを振った。

六十二歳の添田は年齢よりもだいぶ老けてみえたし、五十一歳の浜崎は年齢よりもだいぶ若い印象があった。

だから二人が面と向かうと、父と息子ほどの開きがあるようにも感じられる。

実際、三十八年前に真行寺右京が誕生したときは、すでに添田は二十代前半とはいえ、エスエス塗料の共同経営者としてのスタートを切っていたし、一方の浜崎は、学生服姿の中学生にすぎなかった。

二十四歳の青年と十三歳の少年は、それこそ大人と子供という歴然とした差があるのだが、十年経ち、二十年経っていくと、年齢差は縮まらないのに、世代感覚の差は縮まっていく。

それがときとして、言葉遣いへの無神経さとなって現れる。

「どっちにしたって添田さん、会長は疑っているんだよね、我々二人のことを」

「疑っているとは、何をだね」

添田のメガネが、またキラリと光った。

「決まっているでしょ。息子の右京を殺したのはおまえらの策略だろう、と言いたいんですよ。それから、野本殺しもね」

「冗談じゃない」

老いの象徴である染みが浮き出た顔を紅潮させて、添田は怒った。

「右京専務の事件にしたって、野本の事件にしたって、私は関係ない。少なくとも、私はな」

「こっちだって同じことを言いたいですよ」

浜崎は、こわばった顔に無理に笑いを浮かべた。

「バーテンダーの野本由紀夫さんは……と語るテレビニュースを見てびっくりだ。ああ、添田さんはなんと早まったことをしてくれたんだろう、ってね」

「それは私の言うセリフだぞ、浜崎君」

添田は、拳(こぶし)を握りしめた。

「前にも電話で話したように、私は真行寺家の人々に脅しをかけようという提案はした。だが、殺してくれとまでは頼んでいない」

「どうですかねえ」

浜崎は、唇を歪(ゆが)めて首をひねった。

「添田さんの言葉の裏には、じゅうぶんすぎるくらい殺意がにじんでいましたからね」

「バカを言うな！」

添田は唾(つば)を飛ばして怒鳴った。

「私は、真行寺会長が死ぬ前に、一度だけでも彼に精神的な復讐をすれば、それで気が済んだのだ。いつもいつも会長の陰に隠れていなければならないナンバー2の座にあって、私は人に言えないような悔しい思いをずいぶんしてきたんだ。表面上は実直な忠臣を取り繕っていたが、その裏で、どれだけ私はワンマンな会長に虐げられてきたか」

添田は、浜崎に対してはこれまでも繰り返し訴えていたことを、また口にした。

その肩が興奮で上下する。

「たしかに私は、ようやく社長の肩書をもらった。だが、それだって息子の右京専務が昇格するまでのつなぎにすぎなかった。権力の世襲という批判をかわすための、戦略にのっかっただけの話だ。しかも皮肉なことに、会長が不治の病に罹ったために、社長の座を明け渡す時期が大幅に早まった。

こうなったら、せめてもの腹いせを真行寺総一会長と息子の右京専務にぶつけたかったんだ。それが、右京専務の出生にまつわる、悲劇的な秘密を思い起こさせることだった」

「事件当時生まれたばかりの赤ん坊だった右京は、その隠された秘密を知らない。一方で、総一会長は秘密を永遠に隠しおおせたと思っている。そこをあなたはあらためて暴き立てようとした」

「そのとおりだ」

「双子として生まれてきた右京と左京の兄弟のうち、迷信に惑わされた真行寺吉之輔と総一親子は、片方の赤ん坊を始末せよと、きみの父親に命じた。そのときの精神的な重圧がもとで、きみの父親は早くこの世を去った。だから、私とは別の意味で真行寺家には復讐をしたいはずだと思っていた」

「それであなたは、一つのプランを提示してきた。殺されたはずの右京の弟、真行寺左京がいまだに生きていて、忽然と姿を現した、という筋書きだ」

「もちろん、会長や専務がそんな筋書きを信じるとは思っていない。だが、双子の左京が現れた背景に怯えてほしいと思ったんだ」

「それは私だって同じですよ、添田さん。あなたの計画で、私もじゅうぶんだった。それを人殺しにまで発展させるつもりは毛頭なかった」

「嘘をつけ！」

　また添田が怒鳴った。

「右京専務の殺害は、きみが野本にやらせたことなんだろう。そして、役目を終えた野本を、こんどはきみが殺した」

「冗談じゃない」

「だいたい、野本由紀夫という男を見つけてきたのは、きみなんだぞ」

添田は浜崎に詰め寄った。

「私が《よみがえる真行寺左京》という計画を提案すると、きみはこう言った。それなら、左京役を演じさせるのにピッタリの男がいますよ、とね。それが、きみが行きつけの店でバーテンダーをやっていた野本由紀夫だった。そこで私は、客を装って店へ様子をうかがいにいってみた。なるほどたしかに、サングラスでもかけさせれば、右京専務にそっくりではないか。こいつは使えると思った」

添田は、計画を実行に移しはじめたときのいきさつを一気にまくしたてた。

「けれども、私だって社会的な立場がある身だ。自分で計画の前面に出るわけにはいかない。そこで、私の名前を一切出さないという条件で、きみのほうから野本に話をもちかけてもらった。どんな方法でもいいから、野本を、真行寺右京の前にそっくり男となって登場させてほしい、と。そのために、真行寺左京名義の名刺まで刷らせて準備を整えた。

いったんその芝居さえやってもらえば、双子の兄弟登場で仰天する右京専務に対して、私が相談にのるという格好をとりながら、意味ありげな口調で過去の秘密を徐々に明らかにしていけばよい。そうすれば、右京専務は父親の会長を問い詰めるだろう。そしてそれが、死を目前に控えた会長を精神的に苦しめることになる」

「だから、私も完璧に同意をして、あなたの命ずるままにやったじゃないですか」

部屋備えつけの灰皿にタバコを押しつけながら、浜崎はぶっきらぼうな調子で言った。

「だけど、添田さんが右京氏のガムに青酸カリを仕掛けるなどという、よけいなことをするから、すべてがおかしくなったんだ」

「人に罪を押しつけるのはやめたまえ」

目の前のテーブルを叩いて、添田は怒った。

「だいたい、私にどうやって青酸カリが入手できるね。きみのほうこそ医者だから、そういった薬の手配はどうにでもなるだろう」

「デタラメを言わんでください。産婦人科医がどうして青酸カリなんかを入手できると思うんです。医者ならば毒物はなんでも調達できると思ったら大間違いだ」

「それじゃあたずねるが、どうしてＳＬにした」

たずねながら、添田はメガネをはずした。

かなりの老眼ではあったが、彼は自分の眼差しを直接相手に見せたいと思ったのか、メガネをとって浜崎をじかに睨み据えた。

「右京専務の前に、野本扮する左京を登場させる場面として、なぜ、わざわざ秩父路を走るＳＬ列車などという舞台を選んだのだね。綿密な殺人計画を立てていたからこそ、ああいった蒸気機関車の中でことを起こす必要があったのではないかね」

「社長」

浜崎は、いいかげんにしてほしいという顔で反論した。

「その理由は、前にきちんと説明したではないですか。あのＳＬ列車は午前十時十分に熊谷(くまがや)を出て、昼の一時前には終点の三峰口に着く。そして、そこで一時間ほど停車したのちに、午後二時ちょっとすぎに、また熊谷へ向けて折り返し出発する。熊谷到着は、夕方の四時十何分かです。つまり、都合六時間もの間、野本扮する真行寺左京が、右京にぴったり寄り添っていられるわけだ」

新しいタバコに火を点けて、浜崎は説明をつづけた。

「決して交通の便がよいとはいえない路線だから、とにかくいったん乗ってしまえば、右京としてもその列車内にとどまらざるをえない。そこで野本としては、たっぷりと右京を脅す時間を持てることになる。『お兄さん、ぼくですよ。三十八年前に殺されかかった左京ですよ』とね」

「………」

「往復の車中でじわじわと右京を脅しあげているうちに、列車はまた熊谷へ戻ってくる。そして、仕上げは血洗島だ」

浜崎は、血洗島という地名に力を込めた。

「熊谷から血洗島へはタクシーを飛ばしたって、たいした距離じゃない。そこで、『左京』は自分の墓場を右京に見せてやるという段取りだった。ちょうどその前日、私自身が総一会長をその場所へ呼び出したようにね」

「ところが、実際にはそうした運びにはならなかった」

「ええ、なりませんでした」

「では、野本はきみに何と言ってきたんだね。殺人が突発的な出来事であったならば、なんらかの報告がきみにいったはずだろう」

「報告といえないような報告がね」

浜崎は、タバコの灰を叩き落としながら肩をすくめた。

「刺したのはおれじゃない、おれじゃない――うわごとのように、そんな言葉を繰り返す電話があっただけです」

「それで？」

添田が先をうながした。

「直接の依頼主のきみは、もっと詳しい話を聞き出そうとしたはずだ」

「添田さん、あなたは記憶力が減退したんですか。事件が起きてから二カ月も経ったいまになって、すでに答えのわかっている質問を何度も繰り返さないでほしいですね」

怒りのまじったため息をついてから、浜崎はつづけた。

「野本は私にこう言いました。浜崎さん、あんたはひどい男だ。ぼくをなんという事件に巻き込んでくれたんだ、とね。そして、もうあなたとは一切関わりたくないから、店にもきてくれるな、その代わりに、約束されていた報酬もいらない、と言い切った。そして私との接触を完全に拒否したんです」

「もちろん、そうした答えはきみから聞いている。だが……どうだかね」

添田は、疑念をあらわにしてつぶやいた。

「警察がすでに気づいているかどうか知らないが、私には大きな疑問がある」

「なんです」

「野本が着ていた黄色いポロシャツだよ」

そう言うと、添田はゆっくりとした動作で、はずしていたメガネをまたかけた。

「野本由紀夫は、その日に右京専務が黄色いポロシャツを着てやってくると、どうしてわかったんだ。そして、それとまったく同じ服をどうやって事前に準備することができたのかね」

「……」

浜崎は答えに詰まった。

その表情をうかがいながら、添田は言った。

「とにかく、今夜は納得がいくまで話し合いをさせてもらおうじゃないか。私は家に帰るつもりもないし、きみもそうしてもらいたい。幸い、今晩はこのホテルも空室がじゅうぶんにあるようだ」

「徹夜の話し合いになる、というわけですか」

「ああ、そしてそのまま明朝、会長の家へ行くことになるかもしれない」

「わかりました、いいでしょう」

覚悟を決めた、というふうに、浜崎は応じた。

「私だって、殺人犯の汚名を着せられるのは真っ平御免ですからね」

5

真行寺守、真行寺早智子、そして真行寺栄威子の三人は、たったいま応接間で総一会長から聞かされた話を、釈然としない表情で反芻（はんすう）していた。

「なんですか、その朝比奈という男は」

不満の口火を切ったのは、真行寺の妻の栄威子である。

「たかだか推理作家の分際で、右京さんの事件の真相を解き明かせるものですか。いくらいままで警察に協力した実績があるからといって、そんな見ず知らずの若者に真行寺家のプライバシーをさわらせるなんて、私は反対ですわね」

栄威子は目尻(めじり)を吊り上げて言った。

「まさか会長自身が朝比奈なんて作家を持ち出してくるとは思えませんから、それはきっと誰かの差し金なんざましょ」

「……………」

「たとえば、よけいなおせっかいやきの静恵とか」

「……………」

「やっぱりそうなんですか」

「いや、私が考えたことだ」

「うそおっしゃい。静恵に決まってますよ」

栄威子はピシッとした調子で決めつけた。

「いくら長年勤めてきたお手伝いだからといって、あの女は調子に乗りすぎですよ。さっさとクビにすればよいのに、あなたがとことん甘やかすものだから」

「静恵のことは本筋とは関係ない。話をそらさないでくれんかね」

「だいたい会長は、明日が日本にいらっしゃる最後の日でございましょ。違いまして」

「そのとおりだ」

ソファに身を沈めた真行寺は、静かに答えた。

「だからこそ、すべての疑問を解決したうえで旅立ちたいと思っているのだ」

「事件のことは警察にお任せしておけばよろしいじゃありませんか」

「任せておいても、解決の糸口はいっこうに見えてこない」

真行寺は険しい顔で言った。

「それどころか、私自身が疑われるおそれすらある。噂を立てるのは勝手だし、そういうときは、その場にいない人間が不利になる。だから、この問題はどうしても自分で解決の道筋をつけねばならないのだ。したがって、朝比奈耕作に探偵役を任せるつもりはない。彼はあくまでも、公平な立会人として同席してもらうつもりだ」

「何度おっしゃられても、私は反対ですね」

栄威子は不服そうな様子を崩さなかった。

「なにもこの期に及んで、真行寺家の恥を他人のいる場でさらすなんて……」

「ひとりくらい客観的に物事が見られる他人が同席しているのは必要なことだ」

真行寺も譲らなかった。

「よく考えてみろ、栄威子。右京を殺したのは、内輪の人間だという可能性が大なのだ。その当事者ばかりで事を解決しようとしても、うまくいくものかね」

「いいえ、そんなことはありません。内輪に犯人がいるなんて」

「そんなことがあるのだよ。刑事も言っていたろう。右京は事件の前日、つまり土曜日も会社に出ていた。新体制の準備があったから、社長の添田ともども休むヒマがなかったのだ。そして、同じく休日出勤をしていた社員に、夕方五時ごろ、近所のドラッグストアまでガムを買いに行かせている。そこまでは事実として判明しているのだ」

「それがどうしましたの」

「青酸カリが仕掛けられた問題のガムはそれだ。したがって、会社で封を開けたときから翌朝外出するまでの間に右京のそばにいた者が、そのガムに細工をできた人間だという理屈になる」

「じゃあ添田よ」

栄威子はスッパリと断定した。

「だいたいあの男は、顔に似合わず何を考えているかわからないんだから」

「添田も怪しいのはたしかだ。だから、彼も明日の朝ここへくるように命じた」

「まあ……」

「と同時に、我が家にも容疑者がいるのは事実だ」

「静恵のことざましょ」

フンと鼻を鳴らしながら、栄威子は言った。

「犯人が真行寺家の内部から出るとすれば、静恵しかいませんわ」

「でも母さん、犯行の動機はどうなんだ」

　それまで黙っていた守が口を開いた。

「静恵さんに兄貴を殺す動機があったとは、とても思えない。兄貴が静恵さんに辛くあたっていたというなら、話は別だけどね。どうやらそんな様子もないみたいだ」

「……」

「オヤジも母さんも、よく考えてほしい。兄貴が殺された動機について、ぼくたち家族で一度も話し合ったことはない。そうだろ？」

「そういった問題は警察のほうで……」

「警察がなんだっていうんだよ、母さん」

　守は、母親の言葉を封じた。

「警察があれこれ言ったって、しょせん外部の人間の推測にすぎないじゃないか。それよりも、真行寺家の人間模様は真行寺家の人間がいちばんよくわかるはずなんだ」

「だからどうなのよ、守さん」

「ぼくは一覧表を作った」

「何の」

「家族および関係者の犯行動機一覧」

そう言って、右京の腹違いの弟は、一枚のメモを取り出した。

「とりあえず、家族以外の部分からいこう。まずはリアルペイントの添田社長だ」

いままで音楽一筋に没頭してきたと思っていた守が、意外なほど事件に深い関心を寄せているのを知って、母親の栄威子も、父親の総一会長も、意外さを隠せない表情になった。

「添田社長は、兄貴が社長に就任することで事実上の引退に追い込まれてしまう。せっかくリアルペイントのトップに就いたのに、その権力をじゅうぶん楽しむ間もなく退任だなんて、これはあまりにも未練が残る。そして、真行寺右京さえいなければ、という考えになる」

両親の感想を待たずに、守はつづけた。

「つぎに、いま名前が出たけれど、お手伝いの静恵さん。彼女の場合は、ほとんど動機らしい動機が見当たらないけれど、強いて挙げれば、使用人として兄貴から侮辱を受けた経験があり、その怨みを、オヤジ引退のドタバタ騒ぎの合間に晴らしてしまおうと思った……とまあ、そう考えられるんだけれど、怨みだったら、むしろ母さんに対してあるんじゃないだろうか」

「なんですって」

「もしも毒殺されたのが母さんならば、静恵さんが容疑者の筆頭に挙げられるんだけどね」

「守さん！」

　母親の反応をよそに、守は先を進めた。

「つづいて、いよいよ肉親の部だ。まずオヤジ」

　真行寺総一の目尻がピクンと引きつった。

「オヤジと兄貴は、物の考え方があまりにも似ている。それゆえに、かえっておたがいに憎しみあっている部分があるような気がしてならなかったんだ。近親憎悪ってやつだよね」

「動機づけはたったそれだけか」

　ソファの肘掛けに片腕を載せた格好で、真行寺は、後妻との間に生まれた息子をじっと睨んだ。

「それでじゅうぶんだという気がするけど」

　短く応じてから、守は、こんどは生みの母親に目を向けた。

「オフクロの場合は、それこそ実の息子であるぼくが可愛いゆえに、血のつながっていない右京兄貴の存在がなにかとうっとうしかった。それから早智子さん」

　母親の反論が飛んでこないうちに、守は兄の妻だった女性へ視線を移した。

「あなたは、自分の夫の人間性に根本的な疑問を抱いていた。ひとりの人間としての道徳心の欠如、それから経営者としての商道徳のなさ——こうしたものを見て、あなたは兄貴に愛想を尽かした。とてもではないが、夫婦としてやっていけないと思うようになった」

「その夫婦の亀裂に、守さんが割り込んでいったというわけ？」

夫にはっきりと聞こえるように、栄威子は大きな声で言った。

「そして、守さんと結婚をするために、右京さんが邪魔になったというわけね」

「守と結婚？　早智子が？」

真行寺が聞きとがめた。

「おい、それはどういう意味だ。私は何も聞いていないぞ」

「そこは早智子さんの、というよりも、ぼく自身の犯行動機につながってくるんだ」

自嘲的な笑いを浮かべて、守は言った。

「ぼくは、兄貴の奥さんである早智子さんに恋をした。その愛を貫くには、兄貴の存在が妨げになった。おまけに、兄貴さえいなくなれば、リアルペイントの社長の座が転がり込んでくる可能性も大きい。客観的にみて、いちばん動機に富んでいるのが、このぼくというわけさ」

「ちょっと待て、守」

真行寺が目の色を変えた。

「おまえと早智子が愛し合っていたというのは、それは本当なのか」

「ほんとうだよ」

「早智子……きみはどうなんだね」

舅からたずねられた早智子は、一瞬ためらいの色をみせていたが、そばにいる守と目をあわせてからキッパリと答えた。

「はい、お父さま。守さんの言われたことは、すべて事実です」

「それはアレかね、心のうえだけの関係なのか、それとも」

「すべての……すべての意味で、私と守さんとは結ばれています」

「なんという」

真行寺は怒りとも絶望ともとれるうめき声を洩らした。

「どうしてこの家は、いつの世代になっても安定した家族関係が保てないのだ」

6

「すごいですね、朝比奈さん」

同じ夜、港書房の編集者の高木洋介は、成城にある朝比奈耕作の自宅を訪れていた。

「真行寺家からの招待だなんて。しかも、真行寺総一が帰らぬ旅に出かける、その日の朝にきてほしいとは……」

「総一会長は、なんらかの形で事件に決着をつけたい、そのためには、ぜひあなたの協力をあおぎたい、と言ってきたんだけれどね」

カフェオレ色に染めた髪に片手を突っ込んで、朝比奈は言った。

「けれども会長の本音は、ぼくに事件の解決役を期待しているのではないと思う。むしろ、自分の最後の意見を述べる場の立会人に、ぼくを選んだのではないかという気がするんだけれど」

「でも、朝比奈さんもそれなりに意見をもっているんでしょう。自分の目の前で死んだ真行寺右京氏の事件について」

「ぼくなりの意見というか……不思議なもので、一生懸命事件のことを考えていると、偶然なのか必然なのか、その真相を暗示してくれるような出来事に出会ってしまうものなんだね。その出来事によって、ある程度の道筋はつけることができている」

「その出来事とは」

「ぼくは、血洗島で二つの偶然に出会ったんだ。あえて『偶然』という言葉を使うけどね」

「具体的には?」

「一つは黒いチューリップを見つけたこと。もう一つは兼子千鶴というおばあさんに出会ったこと」

「黒いチューリップと、おばあさん？」

高木は、けげんな顔をした。

「なんですか、その黒いチューリップというのは」

「高木さんは、真行寺家のお手伝いの光村静恵という人から、総一会長の伝記を中止する連絡を受けたよね」

「ええ」

「そのとき話の流れで、ぼくが右京氏の事件現場にいたことが話題となった」

「そうです。朝比奈さんの名前は、あのお手伝いのおばさんもよく知っていて、『まあ、あの朝比奈先生が』と驚いていました。それがきっかけで、朝比奈さんが真行寺家に招かれることになったんでしょう。たぶん、お手伝いさんから総一会長へと、その話が伝わったんだと思いますけど」

「いや、先に光村さんが電話番号を調べてぼくのところに電話をかけてきたんだ。会長には事後承諾を取りますから、と言ってね」

「真行寺会長には後で許可を求めるつもりで、朝比奈さんにコンタクトしてきたんですか」

高木は目を丸くした。

「それはまた、お手伝いさんとしてはずいぶん思い切った決断ですね」

「まあね」

「それほど朝比奈さんに対する事件解決の期待が大きい、ということですか」

「さあ、それはわからないけど……。とにかく、ぼくを真行寺家に招待するにあたっては、家の主よりも、むしろそのお手伝いさんが熱心だったのは事実のようだ。総一会長のほうは、どうせ朝比奈がくるなら、ぼくを審判役にして、自分の推理を披露してみようといった気になっているのかもしれない」

「なるほど」

「で、その光村さんがね」

朝比奈は、和机の脇に置いた日光彫の文箱から、何枚か重ねたA4サイズの紙を取り出した。

「こんなものをぼくに届けてきた。それもファックスで」

「ファックスで？」

「うん。最初に電話があったとき、彼女は、ぜひ朝比奈先生に見ていただきたいものがある、と言ってファックス番号を問い合わせてきたんだよ。それで送信してきたのが、これだ」

朝比奈が高木に示したのは、真行寺右京に送られた『真行寺右京からの脅迫状』だった。

「光村さんは、これが右京氏にあてた私信であるのを承知のうえで、こっそりコピーをしたそうだ。ファックスに付いているコピー機能を使ってね」

「それもまた出すぎたマネですね、お手伝いさんとしては」

朝比奈から手紙のコピーを受け取りながら、高木は言った。

「雇い主に届いた手紙を無断でコピーするなんて、そういうのはプライバシーの侵害にあたるんじゃないんですか」

「光村さんも、そのルール違反は自分でも承知していたよ。でも、内容が内容なので非常に気になって、何かのときのためにと、こっそりとコピーをとっておいたと言うんだ。そうしたら、その予感が当たったというか、元の手紙のほうは、封筒ごと燃やされてしまった」

「手紙を燃やされた？　誰にです」

「大奥様だそうだ。つまり、総一会長の後妻である栄威子さん」

「あの奥さんが、この手紙のオリジナルを燃やしちゃった……」

「そう。でも、光村さんとしては、自分が差し出がましいことをしたと知られると、栄威子さんから追い出されてしまうので、このコピーの存在はけっきょく警察にも知らせずに、ずっと黙って保管していたそうだ」

「その重要な手紙を、事件の手がかりとして朝比奈さんにファックスしてきたんですね」

「そうなんだ。そしてこの手紙が、ぼくを二つの出会いへと結びつけていった。……とりあえず目を通してみてくれる」

「わかりました」

朝比奈にうながされ、高木は《五歳の少女は、七夕の夜に起きた惨劇の瞬間を見ていた》という書き出しではじまる、ワープロで打たれた脅迫状の文面に目を落とした。

＊　＊　＊

「はあ〜」

読み終えると、高木はなんとも複雑な吐息を洩らした。

「すごい話ですね。とくに、双子っていうのは」

「高木さんもそう思う？」

「だってこれ、まるで真行寺右京の生誕の秘密をあばいている感じじゃないですか。本来なら彼には双子の弟か兄がいたのに、双子を忌み嫌う迷信のために、その片方の赤ん坊が生まれてまもないうちに殺されてしまった……そういう話でしょ、ここに書かれている内容は」

「そうなんだよね。となると、右京氏にそっくりの人物がSL列車の事件で目撃されたという意味が、だんだん見えてくる気がしない？」

「しますよ」

高木はうなずいた。

「ようするに右京氏は、自分の過去を材料に誰かに脅されていた、ということですよね。彼に双子の兄弟がいて、片方を生かすために片方が殺された。その事実が世に出たら、真行寺家にとってもリアルペイントにとってもイメージダウンは免れない」

「そういった脅迫が、総一会長が生命の期限を区切られたのと時期を同じくして行なわれたとすれば、その間に何かの関係があるとみるのが当然だと思うんだ」

「たしかに」

「それで、ぼくはもういちど血洗島へ足を運ぶことにした」

「いつです」

「もう、けさ行ってきたんだよ」

「けさですか……早いなあ、やることが」

高木は、目の前にいる推理作家の顔をまじまじと見つめた。

「原稿を書くのも、それくらいのスピードと行動力でやってもらえるとありがたいんですけど」

「原稿じゃないから、早くできるんだよね」

ちょっとだけ笑って、朝比奈はすぐにまじめな顔になった。

「ぼくは、この脅迫状に出てくる『五歳の少女』を探し出してみようと思ったんだ」

「ああ、赤ん坊が殺される一部始終を見ていた少女ですね」

「うん。これが右京誕生にまつわる秘話だとすると、いまから三十八年前の出来事になる」

「そうですね。彼の年が三十八ですから」

「となると、五歳の少女は、いま四十三歳になっている計算でしょ」

「ええ」

「血洗島というのは、いまは深谷市に属する大字(おおあざ)の一つだけれど、人口はさほど多くない。ぼくの立場で戸籍などを調べられるはずもないけれど、尋ね人をするつもりで民家を一戸一戸あたってみようかと考えていたんだ。三十八年前に、五歳の女の子がいた家はありませんか、とね」

「ほんとですか。ずいぶん気の長い話だなあ」

「だけど脅迫状の文面には、その少女の住まいが農家であると記されている。そして、二百メートルほど離れたところにネギ畑があるというふうにも。つまり、あの記載が現実どおりだとすれば、少女のいた家を特定する作業は、それほど難しくないという気がした」

「そうはいっても、三十八年の歳月が流れているんですよ。それだけ月日が経てば、あたりの状況は変わっているでしょう」

「ううん、ぼくはそうは思わなかった」

朝比奈は首を振った。

「どうして、そうは思わなかったんです」

「ネギというのは、いまだって深谷の名産だよ。だから、そうかんたんに昔からのネギ畑がつぶされることはないと考えた。それに血洗島は深谷市の中心部からはずれているから、建築ラッシュで様相が変わる確率はきわめて少ないだろうと想像した。田園調布などと違って土地の値段も高くないから、相続税の支払いのために土地を切り売りしていくケースも多くはないはずだ」

「なるほどー。根拠はあるもんですねえ」

「現に、例のＳＬ列車の事件があった日に、高木さんといっしょにはじめて血洗島へ行ったけど、ずいぶん畑の多い土地だったでしょ」

「たしかに」

高木はうなずいた。

「マンションとかそういったたぐいの建物は、ほとんど見かけなかったですね」

「そんなわけで、二度目の血洗島訪問となったけさは、とにかくネギ畑のある場所を優先的に歩いてみることにした」

「で、ネギ畑を中心にあたってみるというその見込みは、うまくいったんですか」

「血洗島の一角には渋沢栄一の生家があって、そばには小さなネギ畑がいまも残っている。その周辺ではこれといった収穫はなかったけれども、そのあと渋沢が崇敬していた諏訪神社の近くのネギ畑に足を運んだとき、ぼくは奇妙なものを見つけてしまった。ネギ畑の中にぽつんと一本のチューリップが咲いているんだ。それも、黒い花びらをもつチューリップだ」

「自然に咲いていたんですか」

「ううん、季節からいっても周囲の状況からいっても自然ではありえない。温室栽培で開花させた特殊な色のチューリップを、誰かが一本だけその場に植えたという感じだった。いったい、これは何なんだろうと見つめていたら、そこで一人のおばあさんと出会った」

「それが兼子千鶴という人ですか」

「うん」

「で、その人はどういう人物なんです」

「その昔、産婆をしていたそうだ。東京は田園調布の界隈でね」

「え？」

「そして、なんと彼女は、真行寺家の男児誕生にも関わっていたことが判明した」

「ええっ、ウソでしょう」

高木は、大きな声をだした。

「そんなのって、いくらなんでもできすぎですよ。朝比奈さんの書く推理小説にだって、出てこないんじゃないですか、そういう偶然は」

びっくりする高木に、朝比奈は平静な口調で言った。

「そういった一般的な確率論を超えた偶然が生じた場合、ぼくはそれを『驚くべき偶然』とか『信じられない奇跡』とは呼ばずに、むしろ『しかるべき理由をもって現れた必然』だと思うことにしているんだ」

「またまたワケのわかんない哲学を言う……」

「そうかなあ、決してこれは突拍子もない思想だとは思わないよ。多くの人間は、『偶然』という概念を間違ってとらえているんじゃないか——ぼくはそう思っている」

「まあ、朝比奈さん独特の理論武装はあとでゆっくり聞かせていただくとして……」

高木は、なかば腰を浮かせて言った。

「血洗島での偶然だか必然だかの出会いは、いったい朝比奈さんに何をもたらしたんです」

「血洗島の真実」

朝比奈は、ポンと言葉を放り投げるように言った。

「そこで見つけたのは、血洗島で起きた惨劇の真実だった」

「もしかして、その産婆さんだったお年寄りが、何から何まで教えてくれたんですか」

「そこまで話はトントン拍子に進まないよ。ただね、死を覚悟した人間には二種類あって、過去の人生で抱え込んだ秘密を、そのままあの世まで持っていこうとする人種と、真実を述べてから死のうとする人種に分かれる」

「死を覚悟した人間？」

いきなり話が飛んだように思えたので、高木は聞き返した。

「それは誰の話です」

「兼子千鶴というおばあさんの話だよ」

朝比奈は答えた。

「真行寺総一会長の場合は、不治の病に冒されて死を覚悟した。しかし、ぼくが血洗島で会った兼子千鶴という老婆は、いまだ健康体だが、もう人生を終わらせてもいいころだと思っている。これもまた死を覚悟したケースといってもよい。

そして彼女の場合は、できれば過去に抱えた秘密を誰かに吐露して、肩の荷を降ろした状態であの世へ旅立ちたいと考えているようだ」

「朝比奈さん、もしかするとその人は、真行寺右京の出生にまつわる秘密を……」

「百パーセント知っている、と思うね」

言ってから、朝比奈は唇を引き締めた。

「兼子千鶴という女性は、血洗島の真実を百パーセント知っている。言葉の端々に、そのことがうかがえるんだ」

「じゃあ、その人をとことん追及すればいいじゃないですか」

「そうかんたんに口を開いてくれないんだよ。彼女が以前田園調布のそばに住んでいて、産婆として真行寺家の男児誕生に立ち会ったことだって、こっちがSLの事件などを中心に、長い時間かけて話していって、ようやくポツリポツリとしゃべってくれたんだからね」

朝比奈は、自分がネギ畑に立っていた理由を説明するのにSLで起きた事件を持ちだし、そのさいに真行寺右京の名前を出したところ、老婆の反応が顕著だったことを述べた。そして彼女も右京の死をすでに知っていたとわかったので、そのあたりを問いただしながら、口を徐々に開かせていったいきさつを語った。

「高木さん」

居住まいを正して、朝比奈は言った。

「彼女は、こちらが五十パーセントの真実しか見つけられないとわかったら、そのまま沈黙をつづけるタイプだけれど、逆に九十パーセントわかってしまえば、むしろ残りの十パーセントも教えてやろうという姿勢のある人だ。会ってみて、ぼくはそうした印象を強く持った」

「そういう人って、いそうですね。とくに年配の気難しいタイプに」

「ただし、残念ながら真行寺家の秘密に関するぼくの理解度は、まだ五十パーセントだ。その五十パーセントを九十パーセントにまで高めるチャンスが、明朝行なわれる真行寺家での集まりの場にあるかもしれない」

「そこで九割がた真相を把握してしまえば、兼子千鶴という人が、残りの部分も教えてくれる、というわけですか」

「うん」

大きくうなずいてから、朝比奈は、ふと思い出したように高木にたずねた。

「そういえば高木さん、真行寺総一の自伝を作るインタビューの中で、息子の誕生について何か語られていることはないの」

「ほとんどありません。……というよりも、そのへんのところは聞きづらかったんです」

「どうして？　高木さんがインタビューをした時点では、まだ息子の右京氏の事件は起こっていなかったのに」

「総一会長の口から、ちょっとしたエピソードが洩れたんですが、それを聞いたことで、かえって詳しい事情をたずねにくくなって」

「どんなエピソードなの」

「総一会長の最初の奥さんが――つまり、右京氏の実の母が、右京氏を生んだ直後に自殺している、という話です」

「ほんと、それ？」

　朝比奈が顔色を変えた。

「知らなかったな。いままで高木さんは、そんなことを教えてくれなかったから」

「言いましたよ。ほら、事件が発生する直前に、ＳＬの中で話をしたでしょう。田園調布のお屋敷に住む金持ち一族の血の確執の物語を。あのときは真行寺という名前を伏せていましたけど」

「ああ、そういえば……」

　思い出したように朝比奈はうなずいた。

「そんなストーリーを聞かせてもらったっけ。でも、半分作り話として受け止めていたから……で、右京氏の母親の自殺の原因は何なの」

「そこまではわかりません。インタビューの流れでチャンスがあれば聞いてみようと思っていたんですが、けっきょくその機会を失って」

「ふうん……」

「でもね、朝比奈さん、そういえば会長がこんなことをしゃべっていたのを思い出しました」

あぐらをかいていた足を正座に直して、高木は言った。

「当時は総一会長のお姉さんという人が健在で、母親代わりとなって幼い右京氏のめんどうをみていたそうです。それから、お手伝いの静恵さんも母代わりのひとりだったそうです」

「お姉さん？」

「ええ、右京氏からみると伯母にあたる人ですね」

「その人は、いまどうしている」

たずねる朝比奈の目の色が、いつになく真剣味を帯びていた。

「詳しくは聞いていませんが、会長の口ぶりからすると、もうだいぶ前に亡くなっているんじゃないでしょうか」

「そうか、右京氏の母親は、彼を生んだ直後に死んでいる……そうか、そうか」

独り言のようにつぶやくと、朝比奈はカフェオレ色に染めた髪に片手を突っ込んで考え込んだ。

「どうしたんです、朝比奈さん」

「逆転だ」

「え?」

「いままでぼくは、たったひとつの手がかりをもとに、犯人の候補者を決め込んでいた。でも、真行寺右京の生みの母が、出産直後に自殺していたとなると、その考えを根底から覆さなければならないかもしれない」

「どういうことです、それ。最初の候補者って、誰なんですか」

「ねえ、高木さん」

編集者の質問には答えずに、朝比奈はうつむいたままの姿勢で言った。

「真行寺右京と、その奥さんの早智子さんだけれど、二人は結婚して何年になる」

「えーと、たしかほんの二、三年だったと思いますよ」

「すると、結婚したのは右京氏が三十五、六のとき」

「ということになりますね」

「そうか……」

「どうしたんですか、朝比奈さん。何に思い当たったのか、それくらい教えてくださいよ」

その懇願に朝比奈はなおも答えず、こんどは高木から返された脅迫状のコピーにじっと目をやった。ワープロで打たれた、真行寺右京から真行寺右京への手紙である。

「たしか高木さんて、いつもワープロを持ち歩いていたよね」

朝比奈は呼びかけた。

「ええ、週刊誌の大きさよりもずっと小さいやつをね」

「いまも持ってる？」

「持ってますよ、ほら」

高木はバッグの中からミニサイズのノートワープロを取り出した。

「その使い方、教えてくれないかな」

「は？」

これまで朝比奈のワープロ嫌いに手を焼いてきた高木は、おもわず目を丸くした。

「朝比奈さんが、ワープロの使い方を覚えようというんですか」

「覚えるんじゃなくて、たんに知りたいだけなんだけど」

「どっちにしても、ようやくワープロを使おうという気になってくださったんですか」

「いや、そういうわけじゃ……」

「いいです、いいです。教えますとも。いやあ、こんなところで心変わりをしていただけるとは思いませんでした。これで少しは執筆のペースも上がるかと思うと……それじゃ、さっそく机にこれを載せていただいて」

　高木は、いそいそと準備をはじめた。

「電源はバッテリーで動きますから。それで文書作成画面にして、そこの大きなキーが、ひらがなを漢字に変換する、いわばスイッチです」

「うん。そのへんの基本は、ぼくも少しは理解しているんだけど」

　一碧湖（いっぺきこ）で起きた猟奇殺人——のちに「伊豆の瞳（いずのひとみ）」殺人事件とよばれた出来事——では、朝比奈と親友の平田均が、ワープロに秘められたメッセージを解読して真相に近づいたという場面があった。

　そのときの朝比奈には、ワープロに関する知識がかなりのレベルとしてあった。推理小説の中にワープロのトリックを用いる必要性があって、ある程度の勉強をした直後だったからだ。

　しかし、そのワープロを実際に小説を書くための道具として用いることは、彼はポリシーとして拒否していた。だから、せっかく覚えた知識もすぐに忘却のかなたへ消え去って、あいまいなものになる。

　そこで高木に再確認をする必要が生じたのだ。

「高木さん、じつはぼくがいまいちど確かめておきたいのは……」

　そこまで言ったとき、和机の脇に置いたダイヤル式黒電話がけたたましい音を立てて鳴り出した。

受話器を取ると、聞き慣れたダミ声が朝比奈の鼓膜を震わせた。

「やあ、朝比奈君かね、志垣だよ。夜分遅くにすまんな。じつは、きみの耳に入れておきたい事件があって……」

7

翌朝の東京は、夜明け前から激しい雨が降っていた。

日の出の時刻をすぎても、太陽はぶあつい黒雲に隠されて、その姿を現すことができない。

路面にたまった雨水をはじくジャーッというロードノイズを立てながら走る車の群れは、まもなく朝の八時になるというのにヘッドライトをつけっぱなしにしていたし、通勤ラッシュで混み合う電車の内部にも、まるで夕暮れ時のように蛍光灯の明かりが灯されていた。

時間が経つとともに、低く垂れ込めた黒雲はさらにその厚みを増し、やがて天空の一角では不気味な雷鳴が轟(とどろ)きはじめた。

朝比奈耕作が田園調布の真行寺邸の前に愛車BMWを乗り付けたのは、約束の八時までにあと三分というところだった。

周囲を威圧するような洋館は雨に煙り、灰色のベールをまとって神秘的なたたずまいを見せている。

緑青（ろくしょう）のふいたぶあつい銅板の表札には、『眞行寺總一』と、旧字体を交えて主の名前が浮き彫りにされている。

その文字の間を、雨水がくねくねとくねりながら流れていく。

ピカッと稲妻が走り、表札にこびりついた無数の水滴が一斉にきらめく。

悪魔の尻尾（しっぽ）に似た形に細工された鉄柵（てっさく）の門は堅く閉ざされ、洋館の主が客を招いたことなど、すっかり忘れているかのようである。

だが、真行寺邸の正門前には一台の黒塗りのハイヤーが停まっていた。

それはリアルペイント社長の添田五十次専用の車で、それに乗って添田と浜崎五郎とが、すでに屋敷の中に先着している。

そして真行寺家の人々も、総一会長を筆頭に、栄威子、守、早智子、それにお手伝いの光村静恵を加えた五人が勢揃（せいぞろ）いしていた。

来客の二人と内輪の五人、そして朝比奈耕作を加えた八人が、これから行なわれる『会議』に参加することになる。

正門前に立った朝比奈は、表札の脇にあるインタホンを押した。

カンコーンと、教会の鐘の音に似たチャイムが響き、しばらくしてから光村静恵と思われる年配の女性の声が応答した。

「はい、真行寺でございます」

「朝比奈ですが」

「あ、どうぞお入りくださいませ」

インタホンを通じて聞こえてくる声は、朝比奈が差している傘に叩きつけるバラバラという雨音で、半分かき消されてしまう。

しばらくして、庭を隔てて眺められる洋館の玄関が開き、赤い傘を斜めに差した光村静恵が、小走りに鉄柵の門へと駆けてくるのが目に入った。

あたりが暗いせいか、彼女が差している傘の赤は、妙にどす黒くみえた。

「まあ、朝比奈様。お待ち申し上げておりました」

柵越しに朝比奈の顔を認めた光村静恵は、感激をそのまま面持ちに表して会釈(えしゃく)をすると、いそいで柵に掛かっていたカンヌキをはずした。

キキキキーという錆(さ)びついた金属音とともに柵が開き、朝比奈が中に招き入れられた。

「さ、どうぞ。ほんとうにようこそお越しくださいました」

静恵が頭を下げ、それにつれて朝比奈も頭を下げる。二人の傘がぶつかって、四方へ雨粒が弾け飛んだ。

「先生、足元に水たまりがございますから、お気をつけになって」

静恵の先導で、朝比奈は真行寺邸の玄関へと向かった。

その途中、いきなりあたりが明るくなったかと思うと、パシューン、と鉄砲のような音をたてて雷が落ちた。

先を行く静恵が、背中をのけぞらせてその場に立ちすくんだ。

「すごい雷ですね」

おもわず朝比奈はつぶやいた。

「稲光と雷鳴がほとんど同時だから、落ちたのはすぐ近くでしょう」

「ええ……」

こわばった表情で静恵が答える。

「あのときも、こんな天気でございました」

「あのとき、とは」

「若旦那様に脅迫状が届いた日でございます」

「なるほど」

短く相槌を打ってから、朝比奈は、まだその場に根が生えたように立ち尽くしている静恵をうながした。

「早く中へ入りましょう。こんな調子だと、いつ傘の先に落ちてこないともかぎらない」

「はい、さようでございますね」

ようやく静恵の足が動き出した。


大理石を敷き詰めた玄関に入ると、そこには来客のものとみられる男物の革靴が二足、きちんと揃えて置いてあった。

静恵が差し出してくれたタオルで衣服についた雨粒を拭いてから、朝比奈は靴を脱いで室内用のふかふかとしたスリッパに履きかえた。

「どうぞ先生、こちらでございます」

静恵は応接間のほうへ朝比奈を案内しようとしたが、その途中で朝比奈の足がパタリと止まった。玄関先に並べられた大型のスーツケースが目に入ったからである。

いずれも取っ手に航空会社のタッグが付いており、赤地に金色の文字で《FIRST CLASS》と印刷されてある。

そしてそのひとつには真行寺総一の名前が、もうひとつには光村静恵の名前が、和英両方の文字で記されていた。

「今晩、出発なさるんですね。ハワイへ」

スーツケースを見ながら朝比奈が言うと、光村静恵は、「ええ」と返事をしたのちに、小声でつけ加えた。

「ほんとうに予定どおり行けるようであれば、いいのでございますけれど」

「どういう意味ですか、それは」

「なんだかけさの集まりで……いえ……」

よけいなことは口にすまいと思い直したのか、あわてて首を振ると、静恵は先に立って廊下を進んだ。

8

最初にたがいの自己紹介――というよりも、真行寺が朝比奈耕作を居並ぶ面々に紹介するのが主だったが――その儀式が終わると、真行寺が重々しい声で切り出した。

「そんなわけで、推理作家の朝比奈さんにまでお越しいただいたのはほかでもない、私がハワイへ行く前に、右京の事件の真相をハッキリさせておきたいからだ。そして、この会合で語られたことを、あとになって各人が脚色しないよう、朝比奈さんには公平な第三者の立会人になっていただく」

「まず最初におたずねしたいのですが」

膝に両手を置き、かしこまったポーズをとって、社長の添田が質問の口火を切った。

「会長がおっしゃる事件の真相というのは、誰が専務を殺したのか、ということですか」

「あたりまえではないか」

「しかし、右京専務は二重の殺され方をしておりますが……。つまり、ナイフで刺されたのと、それからガムに青酸カリを仕掛けられていたのと」

「そんなことはわかっている。だから、その両方の犯人を突き止めねばならないのだ」

「そういたしますと、会長は、両方の犯人が同一人物であると……」

「必ずしもそうは思わない。まず、右京をナイフで刺した犯人だが、これに関しては添田、おまえか浜崎の差し回しによるものと、私は思っている。実行犯は別にいても、命令はおまえたちのどちらかから出ている」

「会長！」

添田は腰を浮かせて叫んだ。

「いきなりそのお言葉はありませんでしょう。いまから四十年ほど前、エスエス塗料を創設以来、あなたと二人三脚でやってきて、決して会長の前面に出るようなでしゃばったマネは避け、寝食を忘れてひたすら社業の発展に尽くしてまいったこの私に向かって……」

「情に訴えても無駄だ」

真行寺は冷たく言い放った。

「添田が無関係ならば、どうして浜崎が私を脅すような行動に出てきたのだ。おそらく裏でおまえが糸を引いているに違いない」

憮然(ぶぜん)とした表情で腕組みをする浜崎を睨みながら、真行寺は彼によって血洗島へ呼び出された事実を語った。

ただし、右京出生にからんだ出来事にはふれたくないのか、黒いチューリップの件には言及しなかった。

「チアライジマ？」

守が眉をひそめて聞き返した。

「なんだ、そのチアライジマっていう場所は」

「血を洗う島と書いて血洗島よ。渋沢栄一が生まれたところだわ」

補足したのは、殺された右京の未亡人という立場の早智子である。

緊張のためか、彼女の顔色は青い……というよりも白い。

「渋沢栄一の生まれ故郷？」

ピンとこない顔で、守はつぶやいた。

「なんでオヤジが、浜崎院長に血洗島へ呼び出されなければならないんだ」

「それはあとで話す」

父親は息子の質問をストップさせた。

「さて、一方で右京のガムに毒を仕掛けた人物についてだが……」

真行寺はつづけた。

「それも添田だという可能性があるし、と同時に我が家の家族——栄威子、守、早智子の三人に対しても疑いを向けるべき余地はある」

「なんですって、あなた」

妻の栄威子が血相を変えた。

もはや夫を会長という肩書で呼ぶ余裕がない。

「あなたは本気でそんなことを……」

「いや、うっかり言い洩らした。お手伝いの静恵も疑わしいといえば疑わしいし、この私が犯人かもしれない。ようするに、真行寺家の内輪の人間と、それを取り巻く利害関係者は、いずれの人物も潔白であるとは言い切れないのだ」

「ちょっと待ってくださいな」

栄威子がたたみかけた。

「警察がこれだけ調べて犯人を見つけられないのですから、真犯人は外部にいるに決まっているでしょう」

「栄威子、何度も同じセリフを繰り返させないでほしいのだがね、警察に頼っていたのでは、いつまで経っても真相は藪の中だ」

「だからといって、無理に真相をデッチあげる必要もありませんわ」

「じつのところ、つい先日まで私もおまえと同じ意見だった。ヘタに真行寺家の名誉を傷つけるような結末が導かれるくらいなら、事件は闇に葬ったほうがマシだ、とな。けれども、ある人物の一言が、私の考え方を変えた」

「誰ですの」

「静恵だよ」

「静恵が？」

栄威子は、とっさにお手伝いの姿を目で探し求めたが、応接間の中に姿が見えないとわかると、大声を張り上げて呼び立てた。

「静恵さん、静恵……大至急ここへきなさいよ！」

叫んでから、栄威子は夫に視線を戻した。

「それであの人は、いったい会長に向かって何を言いましたの」

「どうも静恵には、私が息子の右京を殺したと疑っているそぶりがみられたのだ。彼女はそれを否定したが、私は納得しなかった。静恵に疑われたままハワイへ行くくらいなら、この日本できっぱり結論を出したほうがよいと思った。たとえ、身内から犯人が出たとしてもだ」

「静恵、静恵って何ですの、あなたは」

栄威子のこめかみに青い静脈が浮いた。

「あなたの妻は私ですわよ。静恵じゃありませんことよ」

「わかっている」

「わかってらっしゃったら、私の意見を一番に聞いてくだされぱいいでしょうに。それをなんでしょう、お手伝いなんかの顔色をうかがって……。まさか、あんな白髪まじりのオバンと浮気しているわけじゃないでしょうね」

「栄威子！」

真行寺は怒鳴った。

その声と、その表情があまりにも憤怒に満ちていたので、栄威子ばかりでなく、その場に居合わせた人間がシンとなった。

その静けさに、当の真行寺がたじろぎをみせたが、彼は懸命に興奮を抑えながら言った。

「静恵は四十年以上の長きにわたって、この真行寺の家に仕えてきたのだ。あれを侮辱することは、私が許さん」

真行寺自身もつい昨日、静恵に向かって『使用人の分際で』という罵声を浴びせたのに、妻の栄威子が似たことを口走ると本気で怒った。

栄威子は燃えるような瞳で夫を睨んだ。メラメラと怒りの燃え上がる音が聞こえてきそうな眼差しだった。

だが、真行寺も負けずに、憎しみを込めた目で妻を見返した。

余命あとわずかの真行寺は、すでに眼窩は落ち窪み、頬もげっそりこけていた。そしてその頬には、ゴマ塩まじりの無精髭が一面に浮き出ている。鬼気迫るその顔立ちに、周囲の者は言葉を呑んだ。

ゴロゴロといまにも爆発しそうな雷の轟きが窓越しに聞こえ、目隠しに引いたカーテンの隙間から、断続的に銀色の閃光が洩れてきた。雨音は、前にもまして激しくなっている。

応接間に集まった七人が黙りこくると、荒れ模様の外の様子がいやでも耳につく。

「栄威子」

真行寺は、かすかに震えの混じる声で言った。

「わかったな。おまえには静恵を侮辱する資格はないんだ」

「ああ、さいですか」

栄威子はプイと横を向き、吐き捨てるように応じた。

「どうせ私は後妻ですからね。真行寺の家のことなど、なあんにも知りません、はい。結婚してこのかた、経験豊富な静恵さんに教えられることばかりでしたわ」

顔は怒りで歪めながら、栄威子は「ほほほ」と甲高い声で笑った。

と同時に、ガーンと落雷の音が響いた。

「なんでしたら、ハワイで結婚式でも挙げてくださいまし。ごひいきの静恵さんとね。もうあなたのお好きなようになさってくださいい。そのかわり、慰謝料といたしまして、あなたの遺産の一切合切はこちらに頂戴いたしますけれど」

一気にまくし立てると、また栄威子は高笑いを響かせた。

そして、それに落雷の音が二度三度とかぶさる。洩れてきた稲光が、栄威子の横顔を照らす。

三連続の落雷が終わるのと同時に、栄威子は空笑いをピタリとやめた。

なんとも気まずい沈黙があたりに漂った。そして間の悪いことに、ちょうどそこへ、栄威子の声を聞きつけた静恵が入ってきた。

「あの、大奥様、なにかお呼びで」

静恵が問いかけたが、栄威子はこわばった顔でそっぽを向いている。

その状態に、静恵は戸惑いの色をあらわにしたが、誰も彼女に説明をしようとしない。それでますます白けた空気が広がった。

「ちょうどいいですね」

気づまりな沈黙を破ったのは朝比奈だった。

「静恵さんもいらっしゃったので、そろそろぼくの話をはじめようかと思います」

「きみの話だと？」

真行寺が聞きとがめた。

「私は、きみには立会人の役割しか頼むつもりはないのだがね」

「しかし静恵さんは、ぼくにそれ以上の役割を期待しておられます。つまり、真相の解明という役割ですが」

その言葉に、全員の目が静恵に集まった。

そして栄威子がまた静恵に不服の言葉を浴びせようとしたが、それを真行寺が押しとどめた。

「あなたに対する静恵の期待は、私も耳にしている。だが、申し訳ないが朝比奈さん、あなたに何ができるね。探偵役ということならば、なにも私はあなたを招いたりはしなかった」

「ぼくにできることですか？　そうですね……」

カフェオレ色に染めた髪に片手を突っ込むという、いつものしぐさをしてから、朝比奈は相手の気負いをそらすように微笑して言った。

「ぼくにできることは、殺人の構造をみなさんにお話しして差し上げることです」

「殺人の構造？」

「ええ。失礼ながら、会長がいま主張されたような、誰も怪しい、彼もが怪しいといった論法は、事件の焦点をボケさせるばかりです」

「というと？」

「右京さんが殺された事件は、不可解な要素に取り巻かれていますが、注目すべきポイントはつぎの五つに絞り込まれます」

いつのまにか朝比奈が一座の主役に転じていた。

彼を見つめる七人を交互に見返しながら、朝比奈はつづけた。

「第一に、事件は真行寺会長がガンを宣告されてからはじまった、ということ。第二は、事件の八日前、右京氏にあてて『真行寺右京』と名乗る差出人から奇妙な脅迫状がきていること。これです」

光村静恵から入手した脅迫状のコピーを、朝比奈は片手に高々と掲げた。

自分の手で脅迫状のオリジナルを焼いた栄威子は意表を衝かれた顔になり、「あ」という形に口を開けた。

真行寺、守、早智子、添田、浜崎の五人は、朝比奈の片手に視線を集中させる。

そして静恵は目を伏せる。

「そ、それは……」

栄威子がつぶやくと、朝比奈がその後を引き取った。

「それは私が燃やしてしまったはずなのに、とおっしゃりたいのでしょう、栄威子さん」

「……」

「しかし、賢明な光村静恵さんは、あらかじめこの脅迫状のコピーを、このお屋敷にあるファックス機を利用してとっておいたのです」

「静恵、あなたどこまで勝手なまねを！」

「静恵さんをお怒りになる前に、この脅迫状の文面を読み上げさせてください」

朝比奈の言葉に、栄威子は口をつぐんだ。

「ここで念のために申し上げておきます。この脅迫状は、八月二十日に真行寺右京氏あてに届けられました。お屋敷に届いた郵便物の整理は静恵さんの係ですが、封筒に『脅迫状在中』としたためてあったことと、差出人が宛名と同じ『真行寺右京』になっていたため、静恵さんは非常な不審感を抱いたとおっしゃっています。

そして私の知るかぎりでは、この脅迫状の内容をすでに読んでいるのは、つぎの三人しかおられません。右京さんと、掃除の合間にこっそり盗み読みをしてしまったという静恵さん、それに静恵さんから話を聞かされた栄威子さん――この三人です。もちろん、脅迫状の差出人は別に考えての計算ですけれどね」

意味ありげにつけ加えてから、朝比奈は脅迫状のコピーを広げた。

「では、いったいどういった脅迫状が真行寺右京氏のもとに届けられたのか、それをお聞かせしましょう」

一息ついて、朝比奈は語りはじめた。

「五歳の少女は、七夕の夜に起きた惨劇の瞬間を見ていた……」

9

長い脅迫状の文面を読み終わると、朝比奈はそのコピーをゆっくりとした動作でたたんで、胸ポケットにしまった。

そして、一言も発せずにいる一同に向かって言った。

「どうですか、みなさん。なんとも不思議な脅迫状でしょう。封筒にはハッキリと『脅迫状在中』としたためられてあるのに、中身に記されたのは不気味な物語だけ。右京氏に対して、なんら具体的な脅しの言葉が書かれているわけでもありません。金銭の要求や、それ以外の対価を求めるメッセージもない。でも、これがじゅうぶんに右京氏に対しては脅迫状たりえた——ここが非常に大事なポイントです。

つまりこの差出人は、右京氏自身が自らの出生にかかわる秘密を承知していた、という事実を把握しているのです。そうでしょう？」

朝比奈は一同を見回した。

「右京さんがじつは双生児の片割れで、その一方の兄弟が、父親――つまり真行寺会長――と祖父の二人の迷信によってこの世から抹殺されてしまった。その恐ろしい過去の出来事を、当時赤ん坊だった右京さん自身が知っていなければ、いま読み上げた文面は脅迫状として成立しないのです」

朝比奈の言葉に、真行寺が、添田が、そして浜崎院長が顔色を変えた。

守と早智子と栄威子、それに光村静恵の四人は、真行寺たちほどの動揺はみせていない。

「おい！」

真行寺が、かすれ声で朝比奈を詰問した。

「なんでアカの他人のきみが、そんなことまで知っているんだ」

「教えてくれた人がいるんですよ。部分的な情報としてですけれどね」

「誰だ。誰がそんなことを教えた……静恵か」

「いえ、兼子千鶴さんという、もう九十近くになるおばあさんです」

「え……なんで！」

叫んだのは真行寺ではなく、浜崎五郎だった。

朝比奈をのぞく七人のうちには、話の概要を理解していないとみられる人間もいたので、朝比奈は昨日の朝、血洗島を訪れて兼子千鶴と『偶然』出会い、彼女から部分的な情報を得たいきさつをかいつまんで話した。

一同、沈黙——

「話を戻して、注目すべき五つのポイントの三つ目にまいりましょう」

いくぶん声の調子を落として、朝比奈はつづけた。

「SL車内で殺された右京さんは、毒殺と刺殺という二つの方法で襲われたこと。これが、第三の注目点です。

いま真行寺会長は、毒殺と刺殺の双方において疑わしい人間の名前を挙げられていましたが、毒殺に関していえば、あらかじめガムに青酸カリが仕掛けられていました。決して、SL車内で毒を盛られたわけではありません」

「そんなことはわかっている」

「ならば真行寺さん、不自然な偶然に気づいてください」

「不自然な偶然?」

「右京さんが毒入りガムを口にしたのと、ナイフで肩を刺された時点が一致している、その偶然です」

「そのへんの解釈は私なりに完結している」

身体がつらくなってきたのか、ソファの肘掛けに体重を預けるようにして、真行寺は言った。

「ナイフで右京を殺そうとねらっていた人間は、そのきっかけが見いだせなかった。だが、右京が毒入りガムを噛んで苦しみ出したのを見て、いまだ、とばかりに便乗した。あるいはだ……」

そこで真行寺は激しく咳き込んだ。妻の栄威子は黙ってその様子を見ていたが、お手伝いの静恵は急いで主人に駆け寄り、手近にあった水差しからコップに水をそそいでそれを与えた。

「あるいは」

水で喉を湿して咳を落ち着けてから、真行寺はつづけた。

「毒を仕掛けたのもナイフで襲ったのも同一人物だが、その人間は、右京が毒だけで死ぬとは思わなかった。青酸カリによる右京の苦しみ方が予想していたよりも激しくなかったので不安になり、それでナイフでとどめを刺そうとした。この推測が、いちばん真相に近いかもしれない」

「たしかに、そのお考えには説得力があります」

朝比奈はうなずいた。

「けれども凶器となったナイフは、右京さんのナイフ・コレクションから持ち出されたものであった点を忘れないでください」

朝比奈は、警察筋から聞かされた情報を口にした。

「右京さんを襲った人間は、なぜ右京さんが収集していたナイフを凶器に使ったのでしょう」

「かんたんな話じゃないか。犯人が内輪の人間だからだよ」

真行寺は、他の人間のほうにアゴをしゃくった。

「右京のナイフ・コレクションから凶器を持ち出したことでも、犯人が身内の人間だとわかるではないか。添田だって、この家にはほとんど家族同様に出入りできる立場だしな」

「ですが、ナイフには右京さんと野本由紀夫というバーテンダーの指紋しか付いていませんでした」

野本の名前が出たところで、添田と浜崎がビクンと反応した。

「この男はサングラスをかけると、外見が右京さんにそっくりなのです。そして彼は右京さんとまったく同じ黄色いポロシャツを着ていました。この人は、真行寺家の身内の人ですか」

「………」

真行寺は黙った。

添田と浜崎の身体が、さらに硬直する。

その様子を眺めながら朝比奈は、志垣警部から情報として得た野本由紀夫毒殺の状況を、できるかぎり詳細に一同に話して聞かせた。

「まあ……」

と、栄威子がつぶやく。

「もしも、右京さんでもなく、野本由紀夫でもない人物が手袋をはめて問題のナイフを握ったとしたら、柄に付いていた指紋にもそれなりの乱れがでそうなものですが、そうした形跡はないそうです」

「では、その野本某（なにがし）という男が犯人なのかね」

真行寺がたずねたが、朝比奈は返事を保留した。

「さて、第四のポイントです。これは野本由紀夫が右京さんとまったく同じ黄色いポロシャツを着ていた、という点です」

「それは、兄貴といっしょにこの世に生まれてきた双子の兄弟だという芝居をするためなんでしょう」

右京の腹違いの弟、真行寺守が言った。

「朝比奈さんの話で、ぼくにもだいたい全体像が見えてきましたよ。三十八年前、オヤジと前の奥さんのみちさんの間に双子が誕生した。そしてひとりは右京と名づけられ、もうひとりは左京と名づけられた。野本由紀夫が殺された現場に『真行寺左京』の名刺が残されていたことからも、そのへんは容易に想像できます。そしてオヤジとその父親は、くだらない迷信に惑わされて、双子は縁起が悪いとばかりに……」

「うるさい！」

喉に引っかかる声で、真行寺が怒鳴った。

「そのときに生まれてもいないおまえが、聞いたようなセリフを言うな」

「いや、言わせてもらうよ」

守は引き下がらなかった。

「そうしたまったく非科学的な迷信にとらわれたオヤジは、平気で自分の子供を殺した。まるで、生まれたばかりの赤ん坊は人間ではない、とばかりに。赤ん坊を殺しても人殺しの罪にはならない、とばかりに」

「あれは私が直接やったんじゃない。そこにいる浜崎の父親に……」

と、抗弁したとたん、真行寺は自分の言い過ぎに気づいて言葉を呑んだ。

が、遅かった。

実の息子の守から、射るような侮蔑（ぶべつ）の視線が飛んできた。

「どうして、そんな迷信にこだわったんだ、オヤジ」

守が追及した。

「それもこれも、自分が興してまもない塗料会社に悪影響があっては、という気持ちからなんだろう。真行寺家の跡継ぎ、そしてエスエス塗料の後継者に不吉な要素が少しでもあってはいけないという、そんなバカげたこだわりから、大切な赤ちゃんを……おれにとってはもうひとりの兄貴になっていたはずの左京くんの命を奪ったんだろう」

「………」

真行寺は、返す言葉を失っていた。聞こえるのは、彼の喉から洩れるヒューヒューという荒い息遣いばかりである。

「いったい、なんていう家なんだ、この真行寺家は」

守は立ち上がって、自分の座っていた椅子(いす)を蹴飛(けと)ばした。

「そんなにまでして、家の名誉や会社の繁栄を守りたいのか」

「守さん、お怒りになる気持ちはわかりますが、しばらく待っていただけますか」

朝比奈が片手で制した。

「私が言いたいのは、野本由紀夫扮する『真行寺左京』が、右京さんとまったく同じポロシャツを着てＳＬ列車に乗り込んでいた点なんです。これについては、二つの説明が考えられます。

ひとつは、右京さんと野本が申し合わせて服装をそろえていたという場合。けれどもこれは、ほとんどありえないといっていいでしょう。それよりも現実的な解釈は、右京さんの当日朝の服装を、野本が事前に知っていたというケースです」

「私は知っておりました」

真行寺のかたわらに立つ光村静恵が、硬い声で言った。

「私は、あの朝、若旦那様をお見送り申し上げました。ですから、若旦那様が黄色いポロシャツをお召しになっていたことを、この目で見ておりました」

「ほかにそれを知っていた人は」

「私です」

血の気の引いた顔をこわばらせて、右京の妻の早智子が自分の胸に手を当てた。

「夫の服装ですから、当然、知っていました」

「ほかには」

朝比奈は見回す。

「ぼくは知りませんね。基本的には六本木住まいだから」

と守が否定し、

「私も、朝早くには右京とは顔を合わせておらん」

と、真行寺も否定した。

「お母さまはどうなんですか、栄威子さんは」

「存じません。右京さんが朝の何時にどこへ出ようと、私の知ったことではありませんからね」

栄威子は、右京とは血がつながっていない点を強調するような言い方をした。

「すると、当日朝の右京さんの服装を知っていたのは、お手伝いの光村静恵さんと、早智子夫人しかいなかった——こう考えていいわけですね」

朝比奈の確認に、静恵は素直にうなずいたが、早智子は表情を曇らせた。

「さて、みなさん。ここでひとつの仮説を組み立ててみましょう」

遠くで落雷の音が響いたのにちょっと気を取られてから、朝比奈はまた口を開いた。

「野本由紀夫という、右京さんに似た顔立ちの男は、自分自身の意志なのか、それとも誰かに依頼されてか、ともかく過去に死んだ双子の兄弟役を演じて、右京さんをSL列車に呼び出しました。そのさいに、芸の細かいところを見せようとしてか、本人と同じ服装をした。ズボンはそっくりではなかったが、上のポロシャツは同じです。けれども」

朝比奈は強調した。

「いくら八月二十八日朝の右京さんの服装がわかっていても、それと同じ洋服を彼が事前に準備していなければ、このような双子劇は演出できないのです。私の申し上げている意味がおわかりですか」

「つまり野本は、黄色いポロシャツを前もって買っておく必要があった、ということですね」

「それだけではありません」

守の言葉に、朝比奈は首を左右に振った。

「野本が右京さんそっくりの服装をするには三つの条件が必要でした。第一に、当日朝の服装を教えてくれる情報提供者の確保。第二に、同じ衣服の事前準備。しかし、この二つの条件だけでは不十分です。もっとも大切なのは、その日の朝、右京さんが必ず黄色いポロシャツを着るという確実性です」

朝比奈の言葉にみながシンとなり、ふたたび外の雨音が耳についた。

「たとえば右京さんが、背広姿で出かけたとしましょうか。そうなると、いくら情報提供者がその服装を野本に通報しても、同じいでたちは即座に揃えられません。まさか、右京さんの持っている洋服と同じものをことごとく準備していたわけではないでしょうからね」

「では……」

守の顔が青ざめた。

「あの事件の朝、兄貴に黄色いポロシャツを着るようにすすめた人間がいる……と」

「ええ」

朝比奈はうなずいた。

「子供ならば話は別ですが、三十八歳にもなった右京さんが、外出のときの服装を母親の栄威子さんに決めてもらうとは考えられません。それに……申し上げにくいことですが、栄威子さんとは直接の血のつながりもありませんしね」

「ええ、そうですとも」

栄威子が大きな身ぶりでうなずいた。

「守さんのお洋服ならいろいろアドバイスしますけど、右京さんのはね、よけいなお世話ですからね。そういっためんどうは別の人がみるんじゃありませんこと」

「じゃあ……」

守がゆっくりと視線を早智子に移した。

10

「守さん、その先はまだおっしゃらないでください」

真行寺守と早智子が微妙な感情をからめた睨み合いをしているのを見て、朝比奈が割り込んだ。

「ともかく、ぼくに注目すべき最後のポイント、五つ目の問題を言わせてください」

「だったら早くしてください」

早智子から目を離さずに、守が言った。

「ぼくは、なんだか爆発しそうだ。自分の心の中にあるモヤモヤのガスが……」

「わかりました。こちらも必要以上に話を引き延ばすつもりはありませんから」

断ってから、朝比奈は全員を見渡した。

「第五のポイントは、さきほど第二のポイントに挙げた脅迫状が、ワープロで打たれている点です。恐れ入りますが、この中でワープロを使える方、手を挙げていただけますか」

朝比奈の問いかけに、パラパラと手が挙がった。

ワープロができると答えたのは、真行寺守、浜崎五郎、添田五十次の三人だけ。できないのは、真行寺総一、栄威子、早智子、それに光村静恵の四人となる。

「なるほど……」

その結果を確認してから、朝比奈はゆっくりと窓辺に歩み寄り、アンティークな格子のはまった出窓を覆っていたカーテンを次々に開けていった。

ほかの七人は、いったい何をするのかと彼を見つめていたが、朝比奈はひとことも説明を加えずに、カーテンを開けつづける。

田園調布の上空で黒雲がとぐろを巻き、その合間から稲光がきらめき、窓ガラスに大粒の雨が叩きつける——その様子が、パノラマのように百八十度を超えるワイドな広がりをもって一同の目に飛び込んできた。

「さてと」

すべてのカーテンを開け終わると、朝比奈は元の位置に戻って、七人を見渡した。

「けさのこの悪天候は、亡くなった右京さんの怒りの現れだと思ってください」

何人かの人間がギクッとした顔になった。

「不条理な殺され方をした右京さんのご冥福(めいふく)をお祈りするとともに、ぼくはできるかぎり事件の真相に近づいてみたいと思います」

そう言うと朝比奈は、真行寺邸の応接間の壁際にあるレンガ造りの暖炉の前に立った。まだその時期ではないが、この暖炉は飾りではなく、ほんとうに火をおこせる実用品である。

「SL列車で右京さんの死の場面に立ち会い、そして血洗島で、『必然的な偶然』によって黒いチューリップを目撃し、さらには兼子千鶴さんと出会ったことで、ぼくの頭の中にはある犯人像が浮かんできました」

いよいよ朝比奈は本論に入った。

「けれども、右京さんを生んだ実のお母さまが、出産直後に自殺をなさったという話を聞いてから、ぼくは少し推理の方向を変えていかねばなりませんでした。そしてきょう、このお屋敷を訪れたとき、はじめて真犯人の姿が明確に見えてきたのです」

「これは驚いたな」

真行寺は瘦せこけた頰を歪めた。

「推理作家というものは、小説と同じように現実の世界の事件も解決できるものなのかね」

「場合によっては、それも可能かもしれません」

「警察すら解けない事件を、かね」

「警察は心理面よりも現象面を、ぼくの場合は現象面よりも心理面を優先して事件をみていきます。その視点の違いが、ときとして有効な結果をもたらすことがあります」

「では、その有効な結果とやらを聞かせてもらおうじゃないか」

「わかりました」

朝比奈は軽い吐息を洩らしてから、あらためて真行寺を見つめた。

「真行寺さん、あなたはきょう日本を発ちます。残されたわずかな人生をハワイで過ごすために」

「……？」

「それがすべての解決につながっていった——ぼくはそう思います」

「どういうことだね」

「ご承知のように、ぼくがこの場へ招かれたのは、実際にはお手伝いの光村静恵さんによる強い要望でした。『どうしても私は、若旦那様を殺した人間をとらえてほしいのです。それも、大旦那様が日本を発つ前に』と」

「ああ、そんなことを言ったらしいな」

真行寺は渋い顔で答えた。

「私も同じようなセリフでむりやり静恵に説得されたのだ。本来なら、きみのような外部の人間をこの洋館の中に入れたくはなかったのだがね」

「だったらお断りになればよかったのに」

「ん？」

「こう申し上げては失礼かもしれませんが、いくら四十年以上もこのお屋敷に仕えてきたからといっても、静恵さんは、いわば使用人の立場にすぎません。現在の雇い主である真行寺会長がノーと言えば、静恵さんもその意向に逆らうことはできなかったはずです。それなのにあなたは、静恵さんの言うなりに、よそ者のぼくを同席させることに同意した。これはなぜです」

意外な質問だったのか、真行寺は目をパチパチとしばたたいた。

「もしや、あなたに何かひけめのようなものがあったのではありませんか」

「なんだと」

「あなたは、静恵さんの懇願にどういった意味合いが含まれているか、考えたことがおありですか」

真行寺は、かたわらの静恵に説明を求めるように目を向けた。が、静恵は困ったようにうつむくばかりである。

「話を進めます」

真行寺の新たな質問を防ぐように、朝比奈は話題を移した。

「まず、ぼくが直接関わった部分からいきましょう。熊谷から寄居方面へと走る列車の中で、突然起こったあの騒ぎです。さきほども話に出たように、右京さんは毒入りガムを口にすると同時に、肩をナイフで刺されました。そのナイフにもういちど注目してみましょう。早智子さん」

朝比奈は、こんどは若い未亡人に語りかけた。

「あなたは右京さんの奥さんですから、ご主人の趣味についてはよくごぞんじですね」

「はい」

早智子は、かぼそい声で答えた。その早智子を、疑惑に満ちた目で、守が後ろから見つめる。

「ご主人がナイフの収集をしていたことも、当然ごぞんじですね」

「はい」

「コレクションされたナイフは、どういったたぐいのもので、何本くらいありましたか」

「詳しくは存じませんけれど、ハンティングナイフと呼ばれるもので、本数は……少なくとも五十本はあったと思います」

「それは、いまどこにあります」

「まだ主人の書斎に」

と言って、早智子は二階を見上げるしぐさをした。

「ハンティングナイフとは、そのまま訳せば狩猟用ナイフですね」

「ええ」

「では、ご主人は狩猟の趣味をお持ちでしたか」

「いいえ」

「ナイフは実用に使うものではなかった」

「そうです。私自身は興味がないのでよく見ておりませんけれど、動物の姿などを彫刻したナイフを集めて眺めるのが趣味のようでした」

「すると、そうしたナイフはショウケースのようなものに入れて飾ってあるのですか」

「そうです」

「あとで必要があったら見せていただけますね」

「え……ええ」

「たしかに早智子さんがおっしゃるとおり、右京氏の肩に刺さっていたナイフは、えらく立派なもので、美術品と呼んでも差し支えないものでした」

真行寺に向き直って、朝比奈はつづけた。

「柄は象牙(ぞうげ)で、刃の表面には大きな鹿(しか)の姿が彫り込んでありました。もちろん鋭い刃は備えており、実用品としても優れた力を発揮するものでしょうが、主目的は鑑賞用として造られたことに間違いはなさそうです」

「それがどうしたね」

真行寺がたずねた。

「誰が持ち出したにせよ、そうした鑑賞用のナイフを凶器に使おうという発想は、どうも不自然なものに思えてならないのです」

朝比奈は言った。

「しかも、それを手に入れるには、右京さんの書斎に入ってショウケースの中から取り出さねばならない。その行為が可能な人間は限られてきます。つまり、凶器からアシがつく恐れが濃厚です。そんな危険を冒すよりも、どこの金物屋でも売っている安物のナイフを用いたほうが、犯人にとってははるかに安全だと思うのですけれどね」

「……」

「したがって、ぼくはこう考えました。このナイフは犯人が凶器として準備したものではなかった、と」

「では、何だというのかね」

「護身用ですよ。いや、護身用というよりも一種のお守りとして、深い思い入れを込めて選ばれたナイフだったのでしょう」

「お守り？」

　真行寺は、けげんそうに眉をひそめた。

「真行寺さん、あのナイフは犯人ではなく、右京さんが用意していたものなのです。こう考えると、とても自然じゃありませんか」

「右京が……自分でナイフを用意していた？」

　真行寺は驚きの色を浮かべた。

「なぜだね」

「ですから申し上げたでしょう、実際には使うつもりのない、お守り的な護身用として携帯していたのです。『真行寺右京』だか『左京』だか知りませんが、正体不明の人間の呼び出しに応じたからこそ、右京さんはあのSL列車に乗った。しかし不安だったから、なんらかのお守りが必要だった。場合によっては実戦にも使えるお守りがね」

「じゃあ兄貴は、野本に襲われたときの防衛手段としてナイフを持ちだし、それを逆手にとられて刺されたんですか」

守がたずねると、朝比奈はかすかに首を横に振った。

「その解釈は一見合理的に思えます。ナイフの柄から、右京さんと野本の二種類の指紋だけが検出された点とも、うまく一致しますしね。けれども、毒殺との兼ね合いがうまく説明できない」

先に真行寺が述べた仮説も、いま守が口にした仮説も、いずれも状況を百パーセント論理的に説明しうるものではないことを朝比奈は繰り返した。

「では、朝比奈さんには何か別の考えがあるんですか」

「あります」

守に向かって、朝比奈はうなずいた。

「ぼくの結論はこうです。右京さんは、毒殺と刺殺の二重殺人に襲われたようにみえるけれど、じつは殺人の手段としては毒殺のみが存在していた、と」

「だけど兄貴は、現実にナイフで刺されているじゃありませんか」

「刺されたんじゃない。自分で刺したんですよ」

朝比奈の言葉に、全員が息を呑んだ。

いや、ひとりだけ明確に短い叫び声をあげた人間がいた。

右京の妻の真行寺早智子だった。

11

「こういった思い切った逆転の発想しか、あの状況をうまく説明できる方法がないんです」

呆気（あっけ）にとられる一同をよそに、朝比奈は淡々とつづけた。

「話の焦点を、刺殺から毒殺のほうに変えてみましょう。右京さんを死に追いやった毒物は青酸カリです。これは、金属メッキなどの特別な職業に従事している人間でないと、そうたやすく手に入れられるものではありません。保管もきわめて厳重になされています。ただし、リアルペイントという塗料メーカーが、なんらかの業務的なつながりで、青酸カリを使用する職種と接触があったとしても不思議ではない。いかがですか、添田さん」

急に問いかけられ、添田はどぎまぎした表情で銀縁メガネに手を当てながら答えた。

「え、ええ。まあ、ないことはないですが」

「では、あなたが入手するのは可能でしたか」

「私が？」

添田は、裏返った声を出した。

「私がそんな毒薬を手に入れようとするわけがないじゃないですか」

「いえ、私がうかがっているのは、毒薬を実際に使う意志のあるなしではなく、リアルペイントの社長という立場で、超極秘に青酸カリを入手することが可能かどうか、ということです。どうしてもその薬物が必要だった場合、仕事上のってをたどって、なんとかなるものかどうか」

「……………」

添田は、おどおどとした視線を自分の膝のあたりにさまよわせた。

「どうなんですか、添田さん」

「なんで私が、きみから問いつめられなくちゃならないんだ」

顔をあげると、添田は突然怒り出した。

「私はリアルペイントの社長だ。きみのような駆け出しの推理作家から、そのような失敬な詰問を受ける筋合いはない」

「では、同じ推理作家でも、私がもっと大物だったら、質問に答えてくださっていましたか」

「ありえない仮定に答える必要はないね」

「第一印象として、あなたはずいぶん几帳面(きちょうめん)で生真面目なお人柄とお見受けしたんですが、実際には、相手によってコロコロ態度を変える人なんですか」

「なんだと」

「答えてください。リアルペイントの社長という立場にあれば、極秘に青酸カリを入手することが可能なのかどうか」

「きみは私に犯人役を押しつけるつもりかね」

「では、質問を変えましょう。リアルペイントの会長ならば、青酸カリを手に入れられますか。社長ではなく、会長ならば」

その質問に、添田は真行寺に目を走らせた。

その視線には戸惑いの色があった。

「それは可能だ」

答えたのは、添田ではなく真行寺のほうだった。

「朝比奈さん、どうやらあなたは私が想像していた以上に頭の切れる人間のようだ」

真行寺は、苦笑とも受け取れる唇の歪みをみせて言った。

「我々とは創業当時から共同研究などのつきあいをしているメッキ業者があって、そこは業務の必要上、青酸カリを扱っている。事実は事実として、これはきちんと申し上げておこう」

「では、毒物の入手は可能なんですね」

「可能だ。少なくとも、会長の私か社長の添田ならば、うまい言い訳を用いて手に入れることができるだろう。あくまで、可能性があるというレベルの話だがね」

「参考までにお伺いしますが、警察の取り調べで同じ質問は受けなかったんですか。業務上、青酸カリの入手可能な人物が右京さんの周辺にいなかったかどうか」

「もちろんきかれた。だが、答えなかった」

「警察の取り調べでは隠していながら、ぼくの質問にはあっさり答えられたのはなぜです」

「どうでもよくなったからだよ」

真行寺は、こんどはハッキリと笑った。

「人生がまもなく終わるかと思うと、すべてがどうでもよくなった。妙な隠しだてもする必要はあるまいと思った。自分にやましいところがないのだからな」

「なるほど……では話を戻しますが。専務の場合はどうです。右京さんは青酸カリを手に入れることができましたか」

「右京が?」

真行寺は、心底驚いた顔になった。

「毒殺されたのは右京なんだよ、きみ」

「わかっています」

「殺された人間が、自分で青酸カリを用意していたというのかね」

「この世の中にいま生きている人間で、実際に青酸カリを舐めてみた者はいないでしょう。当然、右京さんも、その味わいなど知るはずもありません。けれどもその毒物を自分で保管していれば、ガムを口にした直後に異変をおぼえたとき、それが青酸カリによるものではないか、と直感的にひらめいても不思議はありません。つまり、自分が隠し持っていた毒物を、誰かに逆用された、とね」

「なんだって……」

「青酸カリの猛威を知っていれば、それが自分の口に入ったとなると、当然パニックになるでしょう。ウォーッと絶叫もするだろうし、死にたくない、死ぬのはイヤだと叫んだりもするでしょう」

「………」

「同じSL列車に乗り合わせていたぼくは、右京さんの取り乱した叫び声を聞いています。『助けてくれ』という言葉のほかに、『苦しい』とか『死にたくない』『死ぬのはイヤだ』とも叫んでおられた記憶があります」

雨粒にびっしり覆われた窓ガラスの向こうが、また閃光で明るくなった。

間をおいて落雷。

光村静恵が、ドキンとした顔で外を見やる。

「いいですか、これはナイフで刺された人間の心理として考えてください。『痛い』とか『助けて』という叫びは無意識に口をついて出るでしょうが、しかし『死にたくない』といった言葉が、はたして自然に出てくるものでしょうか」

朝比奈は真剣なまなざしで語った。

「刺された痛みだけでなく、毒物による呼吸困難などを覚えたとしても、それが微量で人を死に至らしめる猛毒のしわざだと承知していないかぎり、『死ぬのはイヤだ』といったセリフが出てくるはずがないんです。せいぜい『苦しい』といううめきを洩らすのが精一杯なのではありませんか。

右京さんの頭の中には、青酸カリの恐ろしさが前もってインプットされていたんです。だからこそ、右京さんはパニック状態に陥り、持っていたナイフでとっさに自分自身を刺した」

「どうして自分を刺すんだ」

「単純な錯乱からかもしれません。あるいは、どうせ死を免れないならば、青酸カリの苦しみよりもナイフで頸動脈（けいどうみゃく）でも切ったほうがマシと思ったのかもしれません。でなければ、非科学的ですが、血をいっぱい流すことで毒物が体外に出て、助かるチャンスが生じると考えたのかもしれません。いずれにせよ、右京さんは青酸カリの恐怖からのがれるために、自分の身にナイフをふるったのです」

「青酸カリを口にしながら、そんな余裕があるものなのかね」

「青酸カリは微量で即死状態に至る、と物の本に書かれていますが、そうでないケースもあります。中には、青酸カリで自殺を図ったが、あまりにも服毒量が多すぎたため、呑み込んだ分を反射的に吐いて一命を取りとめた、という例も聞いたことがあります。毒物の反応は、服用した量と個人の体質によってまちまちです。絶命するまでにある程度の時間があり、ナイフをふるう時間があったとしても決して不思議はありません」

「では、野本という男は……」

　真行寺がきいた。

「彼はどういう役割なんだ。ナイフの柄に彼の指紋が付いていたではないか」

「野本の目的が脅迫もしくは恐喝だけにあったならば、彼も目の前のなりゆきに仰天したでしょう。いきなり右京さんが苦しみ出し、自分の身体にナイフを突き刺したのですから」

あぜんとする真行寺に、朝比奈はつづけた。

「野本由紀夫という男に殺意がなかった場合、彼はとっさに右京さんの錯乱をとどめようとして、ナイフの柄に手をかけたかもしれません。しかし、彼も怖くなってその場を離れた。それが、はた目から見れば、右京さんを刺して逃げたようにも受け取れたのです。狭いSLの列車内でナイフによる殺人を試みた犯人の矛盾は、これで説明がつきます」

真行寺総一のみならず、七人全員の視線は、朝比奈から片時も離れることがなかった。

「ところで大のおとながガムを常時携帯するというのは、もしや右京さんが禁煙を試みていたからではないかと思われるのですが」

「ええ、おっしゃるとおりです」

早智子が答えた。

「主人は、お父さまの病状を知って以来、タバコをぷっつりとやめたのです」

「それで納得できました」

朝比奈は言った。

「野本に呼び出された右京さんは、顔立ちも服装も自分とそっくりの男を見て、相当精神的に動揺したはずです。本来ならば、タバコを吸って緊張を和らげたいところだったでしょう。でも、禁煙中だったからミント系のガムを口に入れた。そして、そのガムが『当たり』だったのです」

「それではナニかね」

手のひらに浮かんだ汗を、もう一方の手の甲にこすりつけながら、真行寺がきいた。

「朝比奈さんは、右京が誰かを毒殺するために青酸カリを用意していたが、それを逆用されたと言いたいのかね」

「ええ」

「待ってください！」

突然、女性の声が響き渡った。

「朝比奈さんのお考えは、半分当たっています。でも、半分は間違っています」

叫んだのは、妻の早智子だった。

「右京さんは、朝比奈さんが推理したように、青酸カリを持っていました。私はそのことを知っていました」

「なんですって！」

早智子にとっては姑（しゅうとめ）にあたる栄威子が、目尻を吊り上げて叫んだ。

「ちょっとお待ち、早智子さん。あなたね、右京さんが亡くなっているからといって、デタラメを言うのはおよしなさいよ。そういうのを『死人に口なし』っていうのよ。

ずるいわ、ひきょうだわ」

「いいえ、お母さま。私は真実を申し上げているのです」

毅然(きぜん)とした態度で姑に応じると、早智子は朝比奈に向き直った。

「右京さんは、私に青酸カリだという粉末入りのビンを見せてくれたことがあります。私はそれを冗談だと思っていました。まさか本物だとは、思ってもみませんでした。でも、右京さんがこう言っていたのも事実です。この青酸カリは、お父さまも持っていらっしゃる。自分はそれにならったのだ、と」

栄威子が目を見開き、夫を無言で問いただした。しかし、真行寺は嫁に視線を向けたままである。

「『いざというときには、責任をとって自らの命を絶つ。会社の経営は、それくらいの覚悟がないとできない。青酸カリを手元に持つのは、自分をそのように厳しく戒めるためだ』と、お父さまから教えられたことがあるというふうに、右京さんは私に言いました。けれども右京さんは、お父さまとは別の意味で青酸カリを持っていた……そんな気がしてなりません」

語る早智子が、涙ぐみはじめた。

「右京さんは……いつも死を考えていました」

「なんだと」

真行寺が驚く。

「何事につけ強引な人で、そこが私のついていけない部分でしたけれど、その一方で、死に関する書物を読みふけるといった孤独な一面もありました」

たとえば、突然の死に襲われる直前に右京が没頭していた書物は、『いかにして人は死んでゆくか』という題名のものだったことを、早智子は披露した。

「いまになって思います。お父さまのまねをして青酸カリという毒物を手にした瞬間、死というものが急に自分に近づいて、それで右京さんはいろいろ考えはじめたのではないか、と……。自分もいかにして死んでいくべきかを考えはじめたのではないか、と」

「なんであいつが死を考えなきゃならんのだ」

真行寺が嫁にたずねた瞬間、

「それは、先に亡くなった左京様に思いを馳せたからでございます」

と、答えた人物がいた。

それはお手伝いの光村静恵だった。

意外なところから声があがったので、真行寺は、ますます混乱の様子をみせた。

その彼の視線を浴びながら、静恵は真行寺にではなく、朝比奈に向かって言った。

「双子のご兄弟の左京様があんな形でお亡くなりになったのに、自分だけがいつまでも生きていてよいのだろうか——この疑問が、つねに右京様の心をとらえて放さなかったのでございます」

「ちょっと待て、静恵。左京があんな形で、というが、右京がそれを知るはずがないではないか」

すでに他人の耳を意識するゆとりがなくなっている真行寺は、結果的に過去の惨劇の存在を認める形になる発言を、無意識のうちにした。

「右京に双子の弟がいたことは、完全に伏せてきた。その秘密を知っているのは、私と、みちと、産婆の兼子と、添田。それから……」

真行寺は、産婦人科医院を開業する浜崎五郎に目を向けた。

「あそこにいる浜崎の父親だ」

「それに、私も存じております」

静恵の言葉に、真行寺は目を閉じた。

12

「右京様に過去の秘密を教えたのは、この私でございます」

外の雷鳴と豪雨が耳にうるさいはずなのに、居並ぶ面々は奇妙な静寂を感じていた。

その澄みわたる静けさの中で、光村静恵の言葉がつづいた。

「それ以来、右京様はご自分の命が、ご自分のものだけではないことを強く心にお感じになったのでございます」

静恵は、決して感情に溺(おぼ)れることなく、淡々と語った。

「たしかに右京様は、若奥様から批判されるような強引なところをお持ちでした。『会社は慈善事業ではない』とか、『会社があって家族がある。家族があって会社があるのではない』といった、仕事優先、儲(もう)け優先の発言をしきりになさっておられました。でも、心の片隅には若旦那様なりのやさしさをお持ちだったのです。それを信じておりましたから、私は右京様ご誕生のさいの重大な秘密を打ち明けたのでございます」

「静恵……おまえは……なんというよけいなことをしてくれたのだ」

呆然(ぼうぜん)として、真行寺はつぶやいた。

それに対し、静恵は目をそらしたまま「申し訳ございません」とつぶやくのみだった。

しばらく沈黙がつづいた。

「そうしますと……」

朝比奈が話を再開した。

「右京さんは、いずれ自らの命を自らの手で完結することを考えていた。持っていた青酸カリはそのときに使おうと思っていた——こうおっしゃるのですね、静恵さん」

「さようでございます」

「その青酸カリの存在を知ったある人物が、それを逆用して右京さんを殺した」

「さようでございます」

重ねて静恵がうなずくと、ガマンしきれないといった顔で栄威子が叫んだ。

「だからこんな女をいつまでも雇っておくべきじゃないと言ったのよ。真行寺家に不吉なことが起こるのは、みんなこの女のせいよ。とんでもない疫病神だわ」

わめきちらしながら栄威子は立ち上がった。

「ちょっと待ってなさい、あんた。キッチンから塩もってくるから。そして、あんたの頭っから全身真っ白になるくらい、お清めの塩をぶっかけてやるわ」

「栄威子！」

度を越して興奮する後妻を、真行寺が押しとどめた。

「おまえはよけいなことを言うな。話がややこしくなるばかりだ」

「だって……」

「いいから黙っておれ！」

余命いくばくもない真行寺に、そこまでの力があるとは誰も思ってもみなかった。

ソファにぐったり身を沈めていた真行寺がいきなり立ち上がり、妻の栄威子に近寄ったかと思うと、いきなりその横っ面を平手打ちにひっぱたいた。

パシーンという強烈な音が響いた。

さすがの朝比奈も、この展開にはあぜんとして言葉もなかった。

真っ赤になった頰を片手で押さえながら、栄威子は愕然（がくぜん）となってつぶやいた。

「あなた……」

「あなたって人は」

「私はこれまでの人生で幾多の過ちをおかしてきた」

元の席に戻りながら、真行寺は言った。

「その過ちの中で最も大きなもののひとつが、おまえとの結婚だ」

「……」

「いまさらおまえと離縁することなどできまい。しかし、それなりに私の意思を遺書に組み込むことは可能だ」

「ちょっと待ってくださいな、あなた」

「待たない」

顔色を変える栄威子を見向きもせず、真行寺は言い放った。

「ちょっと待って、ちょっと待って、というのがおまえの口癖のようだが、自分の気に入らない発言や動きがあると、ナントカのひとつ覚えのそのセリフを繰り返し、場当たり的に状況を変えようとするのがおまえのやり方だ。でも、そんな手口が大事な場面でも通用すると思うな」

「おっしゃいましたわね」

「それから静恵」

もはや栄威子を相手にせず、真行寺はかたわらのお手伝いに向かって言った。

「栄威子ではなく、私自身の口から出た言葉として改めて言おう。やはりおまえは、よけいなことをしてくれたのだ」

「……はい」

「前にもたずねたかもしれぬが、なぜこんどの事件では探偵役めいた動きをしようとする」

「………」

「その質問には、静恵さんはおそらくお答えになれないでしょう」

朝比奈が静かに言った。

「なぜだね、朝比奈さん」

「その理由を申し上げる代わりに、ぼくが話のつづきをしますから、どうぞお聞きください」

暖炉の前に立っていた朝比奈は、空いていた椅子に腰を下ろし、これまでよりも落ち着いた口調で語りはじめた。

「みなさんからいろいろな話を伺えたおかげで、しだいにＳＬ列車での事件の真相がみえてきました。右京さんは、自分の死を見つめる意味合いで青酸カリをひそかに所有していた。この毒物は、風化すると毒性が低下しますから、おそらく入手したのはそんなに昔ではないでしょう。そして、この青酸カリの存在を知った何者かが、事件前日の夕刻から朝までの間に、右京さんが開封したガムの一枚に、ひそかに毒物をまぶす作業を行なった。

それを知らない右京さんは、ガムをポケットに忍ばせて、日曜日の朝、熊谷へと向かいます。これは、野本由紀夫からなんらかの形で呼び出しを受けたのに応じてのことです。そのさい、右京さんは不安感をまぎらわせるために、ナイフ・コレクションの中から一本の鑑賞用ハンティングナイフを選び出し、おそらくベルトにはさんで衣服の下にでも隠し持っていったのでしょう。

そして、先に私が想像したような展開となって、一見すると毒殺と刺殺の二重殺人が発生した状況になりました。したがって、ガムに毒を仕掛けた人間こそが、唯一、右京さんを死に追いやった真犯人ということになります」

一気にそこまでしゃべったので、朝比奈は喉の渇きをおぼえた。

真行寺のそばには水、浜崎と早智子の手元には紅茶、そして栄威子と守と添田のそばにはコーヒーが用意されていたが、朝比奈の前には何も飲み物がなかった。到着した朝比奈のために飲み物を出す間もなく、静恵が栄威子に呼び立てられてしまったからである。

しかし、機転の利く静恵は朝比奈の目の動きだけで状況を察し、すぐにたずねてきた。

「あ、ついうっかりしておりまして申し訳ございません。朝比奈様、なにかお飲み物を……」

その問いかけに、アメリカンコーヒーを、と朝比奈が答えようとしたとき、それよりも早く真行寺が口を挟んだ。

「静恵、朝比奈さんには、そこにある水差しから水をついで差し上げなさい」

「はあ……でも、温かいものをご所望(しょもう)かもしれませんし」

「いや、水にしてもらいなさい。これから大事な話の山場にさしかかるところではないか。よけいな動きで話の腰を折られたくない」

「ええ、ぼくもそれでかまいませんよ」

真行寺の強引な決め込みに苦笑しながら、朝比奈はグラス一杯の水を飲み干し、話を再開した。

「さて右京さんのガムに青酸カリを仕掛けた真犯人にとって、セットした『時限爆弾』がいつ爆発するか、それはまったく予測できないことでした。そうですよね」

何人かが、朝比奈の言葉にうなずいた。

「右京氏が毒入りガムを口にするのは、ひょっとしたら自宅においてかもしれないし、道路を歩いているときかもしれない。あるいは、熊谷駅に向かう新幹線の中だった可能性だってあります。すべては神のみぞ知る、というか、右京氏の気まぐれに任されていたわけです。SL列車でその場面を迎えることになろうとは、犯人としても事前に予知できるはずもありません。ましてや、SL列車内で右京さんが血まみれになって死のうとは、夢想だにしなかったでしょう。ですから、このニュースを聞いたとき、毒殺を仕掛けた犯人は愕然となったはずです。

実際、その場に居合わせたぼくだって、右京さんが青酸カリによって殺されたとは思ってもみなかった。あれだけの出血をみたのですから、当然、ナイフの傷が致命傷になったと思いました。二重殺なんてめったに起こるものではありませんから、警察官も状況に幻惑された。詳しい検視を待たずに、身元確認のために真行寺家へ一報を届けた警察官も、毒殺よりも刺殺だと即断して、その旨を伝えてきたのではないでしょうか」

静恵が、そのとおりだというふうにうなずいた。

「その誤認情報は、最初に電話を受け取った静恵さんの口から、次々に身内の方や関係者に伝わっていきます。その中に犯人も混じっていたとしたら、その人物はびっくり仰天です。毒で死ぬはずの人間が、ナイフで刺し殺されたというんですから」

朝比奈は、七人の反応をうかがう。

「そうなんです、犯人のその驚きようは演技ではなかった。当初犯人は、右京さんが服毒死したという知らせを耳にしたとき、どうやって驚くフリをしようかと考えていたのではないかと思います。ところが、犯人にとってほんとうに愕然とする状況が発生してしまった。自分の仕掛けた方法以外で右京さんが『殺されて』しまったのですから……。そして、この掛け値なしの驚きようが、捜査陣や周りの人々の目をくらませてしまったのです」

「どうりで……」

言葉を洩らしたのは守だった。

「どうりで、誰も彼もが本気で驚いてしまったわけだ。みんなの態度を見ていたら、内輪に犯人がいるはずがないと思っていたけど、朝比奈さんに言われてみると、また考え方が変わってきた」

「でしょう?」

朝比奈が同意を求めた。

「こうやってみると、ＳＬ列車の事件に関してぼくの立てた仮説が、すべての状況を論理的に説明していけるのがおわかりですよね」

「うん、たしかに」

守は納得してうなずいた。

「ちなみにこの犯人は、おとといの未明あたりに野本由紀夫の自宅を訪れ、右京さんの双子役を演じたと思われる彼をも毒殺しています」

朝比奈は、昨夜遅くに志垣警部から聞いたばかりの情報を披露した。

「しかし、いまご説明した野本毒殺の状況で、ぼくは非常に奇妙だと感じた点がありました。それは、青酸カリが野本のコーヒーカップにではなく、砂糖壺のほうに入っていたという点です」

「なぜそれがおかしいのかな」

ずっと沈黙を通していた浜崎五郎が発言した。

「私は推理小説や実際の犯罪に詳しくないが、毒殺というのはアリバイ作りにもっとも適した手段なんでしょう。だから、犯人はまえもって野本宅の砂糖壺の中に青酸カリを入れておいた。それを一人で帰宅した野本が、知らずにコーヒーに混ぜて飲んだということじゃないのかな」

「違いますね」

朝比奈は首を振った。

「野本の死には、正体不明の訪問者が立ち会っていた形跡があります。なぜならば、彼のコーヒーとは別に、日本茶の注がれた湯呑みがテーブルに置いてあったし、玄関ドアも開けっ放しだった」

「なるほど、それは訪問者の存在を暗示しているかもしれない。しかし、その人物が犯人だという確証はないでしょう。偶然、野本が毒を飲んでしまう場面に居合わせただけかもしれない」

「犯人でなければ、苦しむ野本由紀夫をほうっておくでしょうか。一一〇番か一一九番に通報するのではありませんか」

朝比奈の切り返しに、浜崎は黙った。

「ぼくは、やはりこの訪問者がその場で野本の毒殺を謀ったのだと思います。では、なぜその人物は青酸カリを直接野本のコーヒーカップに入れず、砂糖壺のほうに入れたのか」

「たんに、コーヒーのほうに混ぜるチャンスがなかったのでは?」

「それがもっとも単純な答えですが、こういう解釈もありますよ、浜崎さん。犯人は、まさかその場で野本がコーヒーを飲むとは思わなかった」

「……」

「野本の死亡推定時刻は、午前三時から明け方の五時。バーテンダーをやっている彼にとっては、これから眠りにつくところでしょう。ですから、一般常識でいえば覚醒作用のあるコーヒーを、そんな時刻に口にするとは思わないですよね」

さきほどから、ある人物の目の色が微妙に変化しているのを感じながら、朝比奈はつづけた。

「その夜の野本宅で起きた状況は、こんなふうでしょう。野本は深夜の訪問者に日本茶をすすめる。そしていったんテーブルを離れる。その間に、訪問者は毒物を砂糖壺に入れる。それを知らずに、野本は自分のためのコーヒーをいれてテーブルに戻ってくる。そして、それを飲む。

その展開は、犯人にとって予想外のことでした。砂糖壺のほうに毒薬を入れたのは、たしかに心理的にもアリバイ作りの点からも、野本が毒を口にする瞬間に立ち会いたくないという意識があったからでしょう。そこは否めません。しかし、もっとほかの目的もあったと、ぼくは想像しています」

「ほかの目的とは」

「警察が調べているかぎりにおいて、真行寺右京氏と野本由紀夫とを直接結びつける証拠は発見されていません」

朝比奈は、いったん話を戻した。

「いえ、右京氏のみならず、真行寺家との関係も明白ではありません。ですから、その無関係な野本を右京さんの脅迫に起用した、いわば仲介役の人間が存在していたのは間違いありません」

「だから、それが毒殺犯人だよ」

浜崎が言った。

「右京さんを毒殺した犯人こそ、野本を使った人物だ」

「そうでしょうか」

朝比奈は疑問を呈した。

「浜崎さん、砂糖壺の毒薬の件に触れる前に、もういちど話を整理しますよ。SL列車でのなりゆきからみて、野本由紀夫に右京さんを殺そうという意図はなかった。しかし、なにかの理由で脅迫するねらいはあった。だからこそ、野本は双子の兄弟を演じたんですよね」

「ああ、それはそうかもしれない」

「けれども、毒殺事件が野本とはまったく別のルートで発生した点を忘れないでください。言葉を換えていえば、毒殺犯人とは別に、野本を使って右京氏を脅そうとした人物もしくはグループがいた――そう考えられるんじゃありませんか」

浜崎と、そして添田の顔がこわばった。

「私が挙げた五つの重要ポイントの最初に、真行寺総一会長が身体的理由で引退を内々に決められてから、おかしな事件が発生したというのがあったでしょう。もしかすると、真行寺会長というカリスマがいなくなると知って、いままでの鬱憤（うっぷん）を一気に晴らそうと考えた社内の勢力があったのではないでしょうか。そして彼らは、いろいろな手段でイヤガラセを講じようとした。それが、謎（なぞ）めいた双子劇の演出につながった。

ところが、思わぬ殺人事件が発生してしまい、野本由紀夫本人も、そのバックにいる人間も大あわてとなったんです」

浜崎と添田が、一瞬だったが、チラッと目を合わせた。

「毒殺犯人は、そんな人間模様をも見抜いていた。そして、いっそのこと野本ともども、そのバックにいる人間たちも始末しようと考えたかもしれません」

「えっ！」

叫んだのは添田のほうだった。

「だからこそ犯人は、野本宅の砂糖壺のほうに青酸カリを入れたんです。つまり、野本の家にそれらの仲介者が集まり、お茶でも飲みながら今後の展開を相談する状況があるかもしれないと考えた。そして、できることなら野本だけでなく、いちどきに

……」

みるみるうちに、浜崎と添田の顔色が変わっていった。

「もしも、ここまでぼくの推測が当たっているとすれば、さらにもう少し突っ込んだ推理も披露させてもらいます」

朝比奈は、目の前の七人の誰かひとりだけを意図的に見つめることのないよう注意しながら、それぞれの表情の変化をつぶさにチェックしていた。

「野本の毒殺をたくらんだ犯人が、同時に、ほかの仲間の毒殺もねらい、そのために砂糖壺に毒を入れたとすると、ここにもうひとつの事実が浮かび上がってきます。それは野本も含め、自分のねらったターゲットが、コーヒーなり紅茶なりを飲むときに砂糖を入れる習慣がある、と知っている点です。そうでなければ、砂糖壺に青酸カリなど入れないでしょう」

一同は、朝比奈の話を吸い込まれるようにして聞いている。

「たとえばぼくは、コーヒーにも紅茶にも砂糖を入れません。けれども、来客のために砂糖の容器は用意しています。仮に朝比奈耕作を毒殺しようとしても、ぼくのこの習慣を知らなければ、砂糖壺に青酸カリを入れたって、人違い殺人しかおきません」

一同が、自分の手元に置かれたそれぞれのカップ類に目を落とした。

そののち、添田と浜崎の視線だけが、じんわりと一人の人物のほうに向いた。

真行寺総一である。

13

「さて、さきほどぼくは、光村静恵さんから提供を受けた脅迫状をみなさんに読んでお聞かせしました。では、この脅迫状はいったい誰から送られてきたのでしょう。右京氏を毒殺した犯人からきたものなのか。それとも、野本を操る人間からなのか」

「それは当然、後者のほうでしょう」

　守が言った。

「だって、兄貴はその脅迫状に誘われてＳＬに乗ったんだから」

「いいえ、間違えては困ります。さっき読み上げた脅迫状の文面には、どこにもＳＬに乗れなどという指示はありません。ＳＬへ呼び出されたのは、電話なり別の方法だと思いますよ」

「だけど……」

「守さん、お聞きください。さきほど私は、野本毒殺の現場に名刺が残されていたことをお伝えしました。おそらく野本が双子役を演じるための小道具として印刷されたものと思われますが、そこに刷られた名前は真行寺『左京』でした」

「ああ、そういう話でしたね」

「ところが、八月二十日右京氏に届けられた脅迫状は、本人からの脅迫状という趣向をとっており、差出人の名前は真行寺『右京』です。左京ではなく、右京です」

「右京と左京……」

「そうなんですよ、守さん。同じ右京氏を脅すにも、その切り口が違っているんです。野本由紀夫は双子の片割れの左京氏を名乗り、一方の脅迫状の差出人は、どういうわけか右京氏本人を名乗っている。その点から考えて、さきほどの脅迫状を出したのは野本ではなく、ガムに毒を仕掛けたその犯人だと、ぼくは考えます」

「では、その犯人とは具体的に誰なんですか」

守が結論を急いだ。

「朝比奈さんの口ぶりからすると、どうやらこの七人の中に、兄貴を毒殺した犯人がいるんでしょう」

「ええ、います」

朝比奈は思い切った断定をした。

「その人物は、右京氏の出生の秘密を知っており、右京氏が青酸カリを持っている事実も把握していました。また、野本由紀夫を操る人間と面識があり、さらに野本自身とも直接会ったことがあり、彼らが飲み物に砂糖を入れる習慣があるのも知っています。

しかも、右京氏が事件の朝外出するときの服装を知りえる立場にあります。いや、右京氏に黄色のポロシャツを着るよう、すすめることさえできる立場にもあった。ついでに申し上げるなら、脅迫状の文面を作成するためにワープロを打つ技術も持っていました。ただし、その事実を隠すために、自分はワープロが打てないと、嘘をついている可能性もあります」

いままで真行寺総一を向いていた添田と浜崎の視線が、こんどは右京の妻だった早智子に向いた。

「浜崎君」

喉をガラガラ言わせながら、真行寺が口を開いた。

「右京が殺される前、きみは私を血洗島へ連れてゆき、過去について脅しをかけてきた。そのとき、きみの口の端に上ったことだが、きみは私の健康状態を含め、さまざまな情報を私の家族の中のひとりから得たと言ったな」

「…………」

「ようするに、その人物が右京を毒殺した犯人になるのだろう。きみもそう思っているのではないか」

「…………」

「この場で洗いざらいしゃべってくれ。私を裏切り、右京を殺した人間が、私の家族の中にひそんでいるというのは本当なのか」

「……」

何度問いつめられても、浜崎は無言を貫いた。

だが、栄威子と守と早智子の三人は、たがいに相手を微妙な視線で見やる。

そして、ついに守がこわばった顔でつぶやいた。

「まさか……早智子じゃないだろうな」

兄の妻だった女性に対し、もはや遠慮のない呼び捨てで守が話しかけると、早智子は血相を変えた。

「守さん、あなた……」

「もしもそうなら、正直に言ってくれ。ゆうべ、仮の話として、家族それぞれの犯行動機を挙げてみたけれど、仮定じゃなくて、それが本当に当たっていたら……」

「どうして！」

右京の妻であることを嫌い、守と結ばれたいと願っていた早智子は、その愛する男から疑惑のまなざしを向けられ、ショックのあまり立ち上がって叫んだ。

「どうして私が、守さんに疑われなくちゃならないの」

「仮の話で並べたてた動機内容をよくよく検討してみると、早智子の動機がいちばん現実味があるんだ。きみは兄貴の人生哲学についていけず、いつのまにか、こっそりおれと愛し合うようになった。そして兄貴に離婚を申し立てた。けれども兄貴は世間体を気にして、絶対に別れないと言い張った。そんな状況でおれと一緒になるには……」

「ひどい！」

早智子は、悲鳴に似た声をあげた。

「守さんなんて、最低。人間の愛情を信じられない男なんて、最低よ。やっぱりあなたも真行寺の血を引いた人間なのね。守さんだけは違うと思っていたのに、けっきょくあなたも真行寺家の一族であることに変わりがないんだわ」

「なんだ早智子、その言い草は」

怒ったのは守ではなく、その父親の真行寺だった。

「嫁の分際で何を生意気なことをぬかすか。真行寺家の一族が、いったいどうだと言うんだ」

「氷のかたまりです！　どの人もどの人も……みんな人間じゃありません」

早智子は、髪の毛をふり乱しながら叫んだ。涙が飛んだ。

「冷酷で、心が通っていない、人の形をした氷の彫刻です」

「そうかね、そう言いたければ勝手に言うがいい。しかし、どんな理屈をこねようと、自分の犯した罪の弁解にはならんぞ」

真行寺は、頬骨の形が浮き出た顔を怒りでガクガク震わせた。

「身に疚しいところがあるから、そのようにわめき散らすのだろう。けっきょく、おまえが右京を殺したんだな。虫も殺さぬ純情そうな顔をして、自分の亭主に毒を盛ったのはおまえだったんだな」

「ちょっと待ってください」

朝比奈が割り込んだ。

「真行寺さん、落ち着いてください。いまのあなたは、誰も彼もが疑わしくて仕方ない状態です。さっきはAさん、次はBさんといったふうに、疑惑の対象がコロコロ変わっている。でも、冷静にならなければ……」

「うるさい、よそ者は黙っていろ」

「それならば三十秒、三十秒だけ待ってください。お願いします」

そう言い残すと、朝比奈はいきなり応接間を飛び出した。

何をするのかとポカンと見とれる七人の前に、きっかり三十秒後に朝比奈は戻ってきた。玄関先に置かれていた、真行寺と光村静恵のハワイ行きのトランク二つを両手で押しながら……。

そして朝比奈は、カフェオレ色に染めた髪をかきあげながら真行寺に言った。

「ヒントはこんなところに転がっていましたよ」

14

「ヒントとは、何だね」

朝比奈の言葉を理解できないといった顔で、真行寺が聞き返した。

「そのスーツケースに何か隠されているというのか」

「隠れているどころか、表に出ています」

二つのスーツケースをポンポンと叩くと、朝比奈は真行寺家のお手伝いをふり返った。

「光村さん」

朝比奈は静恵に向かって、あらたまって苗字で呼びかけた。

「あなたは、ぼくにこう頼みましたね。真行寺会長がハワイへ旅立たれる前に、どうしても若旦那様を殺した人間を見つけてください、と」

「はい、さようでございます」

真行寺のそばにいた静恵は、ゆっくりとしたしぐさでうなずいた。

「では、端的におたずねしますが、あなたご自身には、この人が犯人だというお考えがおありですか」

「…………」

「どうぞ遠慮なくおっしゃってください」

朝比奈がうながした。

「ほんとうは、あなたには右京氏殺しの犯人がわかっている。ただ、自分の口からはとても言い出せないので、なんとかぼくにその役割を果たしてほしいのでしょう」

深い皺の刻まれた静恵の顔に、戸惑いと哀しみの色がよぎった。

「おっしゃりにくければ、ぼくのほうから話の糸口を差し上げましょうか」

「糸口……ですか」

「このスーツケースについているタッグですが、ここには日本語と英語でお二人の名前が書かれています。これはたぶん静恵さんが記入されたと思うのですが」

「はい」

「けれども、英語の綴り(つづ)は、妙な間違え方をしていますね」

「あ、それでしたらば、前にも書類に書き込むとき、大旦那様に注意されておりました」

静恵は、あわてて言った。

「なにしろ私は、英語が不得手なものですから、大旦那様や自分の名前を、きちんと英語で綴れないのです。書類のほうは正しく書き直しましたが、スーツケースの名札のほうは、ついうっかりそのままに」

「なるほど……」

　静恵がタッグに記入した二人の名前の英語表記は、《ＳＨＩＮＧＹＯＵＪＩ　ＳＯＵＩＣＨＩ》と書くべきところが《ＳＩＮＧＹＯＵＺＩ　ＳＯＵＩＴＩ》に、《ＭＩＴＳＵＭＵＲＡ　ＳＨＩＺＵＥ》と書くべきところが《ＭＩＴＵＭＵＬＡ　ＳＩＺＵＥ》になっていた。

「たしかに、一般的なヘボン式のローマ字表記とは異なるかもしれません。しかし静恵さん、英語の綴り方をごぞんじないわりには、間違え方に一定の法則がありますね」

「はい？」

「ＳＨＩをＳＩ、ＣＨＩをＴＩ、ＪＩをＺＩ、それからＴＳＵをＴＵ、ＲＡをＬＡ……つまり、ヘボン式の表記でないというだけで、いちおう音読みには間違いがない書き方になっているじゃありませんか」

「そう……ですか」

「静恵さん」

　朝比奈は、いままでとは異なった目つきで真行寺家のお手伝いを見た。

「あなた、さきほどのぼくの質問で、ワープロは打てないほうに答えられましたが、ほんとはちゃんとできますね」

「え？」

「ワープロで文字を打つには、直接ひらがなで入力する方式と、ローマ字入力の二種類があります。ローマ字入力のほうが使うキーの種類が少なくなるので、ほとんどの人がこちらの方式で覚えます。そのさいは、ヘボン式ローマ字による入力ではなく、日本式といってＳＨＩやＣＨＩ、ＴＳＵなどの三文字表記をＳＩ、ＴＩ、ＴＵのように二文字で打ちますし、Ｊプラス母音でもＺプラス母音でも同じように『ざじずぜ』が表せるし、Ｒプラス母音でもＬプラス母音でも、ともに『らりるれろ』が表せます。要は、自分の使いやすい位置にあるアルファベットのキーを組み合わせて、ひらがなを打ち出せばいいんです」

　ふだんワープロを仕事で使用しない朝比奈は、編集者の高木洋介から即席コーチを受けて思い出した事柄を並べたてた。

「静恵さんはお年を召していらっしゃるから、ヘボン式のローマ字づかいをきちんと覚えておられないかもしれない。でも、ワープロを習っていれば、独自のローマ字表記が身につくことはじゅうぶん考えられます。このタッグに記されたような英語表記の間違いは、パスポートなどに用いるヘボン式の氏名表記に慣れた人間にはありえないミスですし、かといって、ローマ字の知識がないも同然の人にも、やはりありえないミスです」

朝比奈は、静恵のそばに近寄った。

「どうです、あなたはローマ字入力でワープロが打てるんじゃないんですか。それなのに、なぜその事実を隠そうとするんです」

「いいえ、私にはできません。そのような機械のことはさっぱり……。それに英語もさっぱり……。なにぶん私は六十六歳という年ですから」

「六十六歳だからといって、ワープロが使えないというのは、あまりに既成概念にとらわれていると思います。現にあなたは、ぼくのところに脅迫状のコピーをファックスで送ってこられました。機械オンチの人だったら、ファックスでコピーが取れることも知らないし、ファックスそのものを扱うことだってできませんよ。

しかし、あなたは聡明な方です。お年には関係なく、そうしたＯＡ機器をそれなりに使いこなす能力がおありだと、ぼくはみましたが」

「……………」

静恵は、ボーッとした顔でハワイ行きのスーツケースに目をやった。

そんな静恵に、朝比奈がたたみかける。

「ついでに、脅迫状をコピーしたときの状況を考えましょう。あなたは八月二十日に、右京さんあてに配達された脅迫状を、右京さんの部屋へ届けました。お話によると、それから五日後、その内容がどうしても気になって、掃除にかこつけて右京さんの部屋に入り、その手紙を探し出して中身を読んだということですね」

「はい。そこを大奥様に見つかって叱られました」

「そしてさらに三日後、右京さんの事件のしらせを聞いたとき、送られてきた脅迫状をどうしようかと栄威子さんに相談したところ、栄威子さんがいきなりそれを燃やしてしまった」

「ええ」

「すると、ぼくに届けてくださった脅迫状のコピーは、いったいいつ取ったのです」

「それは……あの……事件の少し前に……」

「私信を盗み読むことじたいが異例なのに、まだ右京さんの事件が勃発する前から脅迫状のコピーを取ったのですか」

「そうです。何かのときに役立つかと思いまして」

「お手伝いさんとしては、あまりに出すぎた行動じゃありませんか」

「申し訳ございません」

「いえ、あなたのしたことをとがめているのではありません。あなたの行動が不自然だと申し上げているのです」

頭を下げたまま、静恵の動きが止まった。

「ひょっとすると脅迫状のコピーは、もっと前に取っていたんじゃありませんか。脅迫状が真行寺家に届けられるよりも前に」

朝比奈の言葉に、そばで聞いている真行寺総一が愕然となった。

「静恵さん、あなたは掃除の合間に右京さんの書斎で脅迫状の中身を、つい盗み読んでしまったとおっしゃる。しかし、あなたのような律義で忠誠心に富んだ方が、意味もなくそのようなマナー違反の行為をするとは思えないんです」

朝比奈は、なおも静恵を追及した。

「ひょっとしたらあなたは、自分の重大なミスに気がついた。それであわてて、機をみて右京さんが開封してしまった脅迫状をあらためて手にとった。そうじゃありませんか」

「静恵がどんなミスに気づいたというの」

たずねたのは、その場面を目撃した栄威子である。

「指紋のミスです」

一瞬、栄威子のほうに向き直って答えてから、朝比奈はすぐに静恵へ視線を戻した。

「あなたは、近いうちに右京さんが死ぬことを知っていた。それも変死です」

えっ、という声が早智子の唇から洩れた。

「となると、事件後、警察が右京氏の身の回りを調べる可能性が大きい。書斎を調べれば脅迫状が見つかり、その内容が徹底的に分析されるでしょう。ところが、その手紙には不注意にも筆者であるあなたの指紋がたくさんついていた。そのミスに思い至ったあなたは、なんとかしなければと焦った」

静恵が、唇を嚙んだ。

「結果的には、警察によけいな情報を与えまいとした栄威子さんによって、その脅迫状は燃やされてしまうのですが、そんな展開はもちろん予測できません。手紙についている自分の指紋をなんと言い訳すべきか——必死に考えた末、手紙を盗み読みしているところを、真行寺家の誰かに見られればよいという案を思いついた。指紋はそのときについたと言えばいい、と」

「静恵」

真行寺栄威子が、また目を吊り上げた。

「あなた、そんな計算があって右京さんの手紙を読んでいたの?」

「栄威子さん、おたずねしますけれど」

朝比奈が確認のためにきいた。

「右京さんの書斎で静恵さんが手紙を盗み読みしていたとき、部屋のドアは閉まっていましたか、それとも開いていましたか」

「えーと、開いていたわね」

　思い出しながら、栄威子が答えた。

「だからこそ、すぐにその様子が目に入ったのよ」

「他人に見られては困る行為をしているときに、ドアを開けっ放しにしておくものでしょうか」

「そういえば……あ、それに私が右京さんの書斎に様子を見に行ったのは、静恵がいつもの順番で私の部屋にお掃除にこなかったからだわ」

「ようするに、静恵さんは待っていたんですよ。自分が手紙を盗み読みしているところを、栄威子さんに目撃されるのを」

「でも、あの人は」

　栄威子は、静恵に向かってアゴをしゃくった。

「私が脅迫状を燃やしてしまったときには、なんということをするのかと怒ったのよ。犯人を示す大事な証拠を燃やすなんて、と」

「そういった反応をみせたのは、相反する二つの心理があったのだとぼくは思います。ひとつは、自分の犯した大罪を知られたくないという本能的な感情――だからこそ、指紋の言い訳も考えたわけですよね。そしてもうひとつは、殺された右京さんのためにも、ほんとうに犯人がつかまってほしかった。つまり、自らの罪を告白する機会を探していたのです」

「ちょっと待って、朝比奈さん。それじゃあ、静恵が右京さんを殺したというの」

「残念ながら、ぼくの結論はどうしてもそこへたどり着くのです」

「そんな……」

さすがの栄威子も絶句した。

「静恵さん」

朝比奈は、ふたたび光村静恵に向き直った。

「そろそろ心の中をすべて吐き出してしまわれたらどうです。事件の真相をぜひ解いてほしいと一生懸命ぼくに懇願され、事件にまつわるいろいろな情報を話してくださった。その真の目的は、真行寺右京さん殺害犯人である自分をつかまえてほしかったからでしょう」

「静恵」

真行寺がカッと目を見開いた。

それは、突然死の表情を連想させるすさまじい表情だった。

「おまえ……ほんとうなのか」

「すべてのカギは、双子役を演じようとした野本由紀夫が、あの朝の右京さんと同じポロシャツを着ていた、という一点にかかっているのです」

朝比奈は、自分の推理が決してあてずっぽうではないことを語った。

「双子の出現という状況を成立させるためには、右京さんにどうしても黄色いポロシャツを着せる必要があった。つまり、これは毒殺の準備ではなく、右京さんを脅迫する側の手伝いです。これを誰がやりえたか。

正直申し上げて、三十八歳で大企業の専務に対し、ポロシャツといったラフな格好の服装まで具体的に指示できるのは、いまの真行寺家ではたったひとりしかいないと思いました。奥さんの早智子さんです」

早智子は、そう思われても仕方がないといった顔で、かすかにうなずいた。

「けれども、総一会長の自伝制作にたずさわった高木さんという編集者から真行寺家の成り立ちなどを聞いていくにつれ、ぼくの考えは変わっていきました。右京さんと早智子さんは結婚してそんなに月日が経っていないけれど、どうも仲むつまじい夫婦であった様子がうかがえない。それに右京さんは独身生活が長かった。だから、いろいろな生活習慣を結婚と同時に急に変えていったとは思えません。

その一方で、右京さんの生みの母である真行寺みちさんが、右京さんを生んだ直後――いや、正確には右京さんと左京さんの双子を生んだ直後、と言いましょうか――自殺をとげたという話を聞き、ああ、もしかしたら、と思ったんです」

「もしかしたら、何だね」

真行寺がきいた。

「つまり、母なき右京さんにとって実質上の母親役を務めた女性こそ、右京さんに大きな影響力をもつのではないか、と」

「右京の母代わりをやってくれたのは、私の姉だ」

「でも、その方はもう亡くなっているのでしょう」

「ああ」

「いつの話です」

「右京が幼稚園のときだ」

「そのあとは誰が母親の役目をしましたか」

「……」

「当時二十代――いや、右京さんが幼稚園のときには三十代にはなっていましたか
――ともかく、まだ若かった静恵さん、この人が母親となって幼い右京さんを育てていったのではありませんか。年齢的にも母親といってよいくらいですしね」

「まあ、そうだ」

「となると、お手伝いさんというよりも、母親といった感覚で、いまだに右京さんにその日着る洋服を選んで差し上げたりした可能性もありそうだ……と思ったんです」

「仮にそうだとしても、それは右京を毒殺した犯人という証明にはならないではないか」

「そこでさらにぼくは突っ込んで考えました。右京さんと光村静恵さんの間に、もっと深い精神的つながりがなかったか、と」

「なに？」

　真行寺の肩がピクンと動いた。

「真行寺さん、あなたは人生最後の旅の伴侶として、なぜ光村静恵さんを選んだのです」

　二つのスーツケースを見つめながら、朝比奈は言った。

「余命いくばくもないあなたが、なぜ人生最後の数カ月を、静恵さんと二人きりで過ごそうと思ったのです」

「それは……正直な話、栄威子とはしっくりいっておらんのでな。けれども、ハワイでの生活で身の回りの世話を焼いてくれる人間はほしい」

「ほんとうにそれだけの理由で、静恵さんをハワイへ連れていくのですか」

「ああ」

「そうではなく、もっと特別な気持ちで……つまり、四十年近い年月を日陰の身で耐えてきた静恵さんに対する感謝と謝罪の意味があったのではないのですか」

　日陰の身、という言葉に、真行寺と静恵がおもわず顔を見合わせた。

　ここを突っ込むしかないと思った朝比奈は、間をおかずに言い放った。

「大胆なことを申しあげますよ。右京さんと左京さんの双生児を出産したのは、先妻のみちさんではなく、じつは光村静恵さん、あなただったのではありませんか」

15

静恵は、まるで電気に打たれたように身をのけぞらせた。

その驚愕の表情は、朝比奈の推測がズバリ的中したことを明確に物語っていた。

外の雨はますます激しさを増し、風ではなく、雨の勢いで窓ガラスが震えるほどになった。

窓だけでなく、アンティークなたたずまいの洋館ぜんたいが、生き物のようにぶるぶると痙攣(けいれん)をはじめたようだった。

真行寺守、早智子、栄威子の三人は、時間が止まったのかと思われるほど微動だにせず、一家の主とお手伝いの二人を見つめていた。

添田と浜崎は、観念したように天井を仰いでいる。

朝比奈は息継ぎの時間も惜しいといった様子で、さらにつづけた。

「静恵さん、ぼくはさきほど土砂降りの中であなたとはじめて直接お会いしたとき、瞬間的に真相がわかったんですよ。あなたはあまりにも右京さんに似ていた。いや、ほんとうは右京さんがあなたに似ていた、と言うべきなんですが」

静恵は声もない。

「右京さんが元気なときは、ひょっとすると真行寺家の人々もそのことに気づかなかったかもしれない。けれども、まさにいまこと切れようとする右京さんの顔を、この自分の腕の中で見つめたぼくにはわかるのです。すべての緊張感から——即物的な苦痛と、現世のしがらみから解き放たれようとする右京さんの表情には、あなたの面影がはっきり見てとれました」

泣き出した。光村静恵は声をあげて泣き出した。

その脇で、人生の終幕を目前に控えた真行寺総一が凍りついていた。

総一は、いまになって左京の臍の緒がどういうルートで浜崎五郎の手に渡ったのかが見えてきた。

かつて自分のエゴイズムからひとつの命を抹殺した事実に対し、無言の抗議を四十年近くも温めてきた者たちがいたのだ。それがいま、真行寺の人生の終焉を知るなり、怒りの牙をむいてきたのか。

嬰児に直接手をかけさせられた私設秘書の浜崎要造と、その息子の五郎。

間近から真行寺総一という男をずっと見つづけてきた添田五十次。

そして、光村静恵。

いや、ひょっとするとあの産婆も加わっているかもしれない、と真行寺は思った。

だが、その真行寺も知らない衝撃の事実が二つあった。

そのひとつは……。

「静恵さん」

異様な沈黙の中に朝比奈耕作の声が響いた。

「脅迫状の文面に描かれた血洗島の惨劇についておたずねします。ここで赤ちゃんに手をかけた二人の姿が描かれていますが、それは誰なのです」

「ひとりは……そこにいらっしゃる浜崎さんのお父さまです」

もはや静恵は何も隠さなかった。

嗚咽（おえつ）の中から、彼女は真実を語りはじめた。

「実際に赤ちゃんの首を絞めたのが、浜崎さんのお父さまなんですね」

「はい」

「それからもうひとりは」

「私です」

真行寺の目が見開いた。

「おまえが立ち会っていたのか！」

「はい……大旦那様」

「子供を産んで三日しか経たない身体で、おまえはそんな場所に……なぜだ」

三十八年目にして、真行寺がはじめて知らされる事実だった。

だが、静恵は答えない。

「ここに描かれた五歳の少女というのは、実在の人物ですか」

「そうです」

朝比奈の質問には、静恵は答えた。

「いったい誰なのです」

「子供を取り上げてくれた兼子千鶴さんという産婆さんの、親戚（しんせき）の娘です」

「いまは」

「その方は、まだ血洗島に住んでおります」

「なぜ、おまえが血洗島に……」

また真行寺が割り込んだが、静恵はその質問の答えを、朝比奈に向かって述べた。

こみあげる涙により、小刻みに震える声で。

「双子の出産については、こういう次第でございます。当時二十七、八だった私は真行寺家の若旦那様――いまの大旦那様に子供を孕（はら）まされてしまいました。奥様のみち様とあまり仲がおよろしくない旦那様は、使用人の私とついそのような関係に……」

真行寺は、栄威子や守の目を意識しながら、間近の静恵を睨みつづけている。

「妊娠がわかりましたときは、世間の目もございますから中絶も考えました。ところが、ちょうどそのころ、みち様が体質的に子供を産めない身体ではないか、とお医者様に告げられ……」

「それで、あなたのお腹に宿った子供を、真行寺さんとみちさんとの子供として育てようという計画がもちあがったのですか」

「さようでございます」

朝比奈は、真行寺を見た。

だが、真行寺には静恵しか見えていない。骸骨を思わせる落ち窪んだ目で、六十六歳の女を見つめつづけている。

「それでも使用人の妊娠ということが世間にわかっては、当時国会議員でいらした吉之輔様にとっても、会社を興してまもない総一様にとっても、たいへんな迷惑になってしまいます。ですから、お二方は知らぬ存ぜぬの姿勢を貫くことになりました」

「それはどういう意味です」

「どこへでも行って産んでこい……私はそう申しつかりました。そして赤ん坊を取り上げたら、それをこっそり連れて戻ってこい、と。おまえがどこで産もうと、私も父も関知しないから、と」

守が憤慨のため息をついた。

　使用人に対する人権無視や、女性に対する時代錯誤ともいえる蔑視の姿勢には、朝比奈も内心の怒りを抑え切れなかった。そして、カフェオレ色に染めた髪をなんどもかきむしる。

　だが、昭和三十一年といえば、まだ戦後十年しか経っていない。たとえば『鳥啼村の惨劇』事件で訪れた伊豆七島の南端にある青ヶ島では、生理中の女性は自宅を出て、タビ小屋と呼ばれる粗末な掘立て小屋で、同じ立場の女性たちとその期間中共同生活を営む習慣がまだ残っていた。そして、出産もその小屋で行なわれたのである。

　そうした概念が、離島などの地域のみならず、都会に住む男たちの頭の中にもまだ残っていておかしくない時代――それが昭和三十年代初期だった。

　静恵と朝比奈の会話がつづく。

「いちおう表向きには、みち様の妊娠により私がおひまを戴いた格好にいたしました。けれども、事実はその逆だったのでございます」

「その間、みちさんはどうしていたのです。お腹も大きくないのに、妊娠しているという嘘をつかねばならなかったでしょう」

「もともと神経のほうがご丈夫でないみち様は、外出がお嫌いでした。それにくわえて、旦那様のお姉さまが一時的にこの洋館に同居して私の代わりに家事を手伝われることになり、たとえば外の買い物ですとか御用聞きの応対は、みなお姉さまがおやりになったのです。でも……あとで伺いますと、添田さんなどは、その不自然さを感づいておられたようでございます」

「それであなたはどちらへ」

「実家のある熊谷へまいりました」

「熊谷……ですか」

朝比奈はつぶやいた。

まさにそれは、秩父方面へ向かうＳＬ列車の出発点であり、血洗島のある深谷まですぐの場所だ。

「若旦那様は……つまりいまの大旦那様は、子供を取り上げるときはこの人に連絡しなさいということで、兼子千鶴さんという産婆さんを紹介してくださいました」

「そして、兼子さんが子供を取り上げたところ、双子だった」

「はい……」

「その事実は、誰が真行寺さんに伝えたのですか」

「兼子さんです」

「そして、双子はダメだという返事が戻ってきたのですね」

「ダメといいますか……叱られました」

「叱られた？　あなたが？」

「はい。実家のお隣で呼び出し電話を受けまして、電話口に出ますと旦那様が大声で、なぜ双子などを産んだのだ、馬鹿(ばか)者、大馬鹿者と……」

朝比奈は返す言葉を見つけられなかった。

守はこぶしを握りしめた。

早智子はもらい泣きをした。

栄威子は呆れ顔で冷めたコーヒーをすすっている。

そして真行寺は、涙にくれる静恵を睨みつづける。

「それでどうなりました」

やっとの思いで、朝比奈が質問をつづけた。

「出産から三日後の七夕の日に、東京から浜崎さんがやってまいりました。そのときはまだ、大旦那様たちの恐ろしいお考えに、私は気づいておりませんでした。浜崎さんが言われるには、縁起をかつぐ旦那様たちにとって、双子は許しがたいことだから、ひとりはみち様のお手元へお届けするが、もうひとりはなんとかしなければならない、と」

「なんとかしなければ……ですか」

「はい。そこで私がとっさに思いついたことがありました。産婆の兼子さんのご実家が、熊谷からそう遠くない血洗島にあると伺っておりました。ともかく一時的に、兼子さんのご実家に預かってもらおうと、私はそう考えました。戸籍の問題とか、そんな難しいことに思いをめぐらせる頭などございませんでしたから、とにかくそうしようと……」

「それで」

「浜崎さんはその案に同意され、ひとりの赤ちゃんを私の実家に残したまま、もうひとりを連れて、私といっしょに車を運転して血洗島に向かいました。当時は一般の家に電話などございませんから、現地に着いてから、兼子さんのご実家の方にお願いを申し上げるつもりでおりました」

「それで、あなたと浜崎さんは血洗島に到着した」

「はい。だいたいの住所を頼りに、赤ちゃんを抱えて車から降りますと、妙に生温かい夜風が頬をなでたのを覚えております。そして、星ひとつ見えない夜空の奥でゴロゴロと雷が轟いておりました」

そこまで話したとき、田園調布の空がピカッと光った。

静恵がビクンと身をすくめた。

雷鳴や稲妻に対する恐怖が、彼女の心にこびりついているのだ、と朝比奈ははじめて理解した。

「でも、浜崎さんは別の命令を受けておられました。真っ暗な血洗島のネギ畑までできて、私ははじめてその恐ろしい命令を聞かされたのです」

　その浜崎の息子が、顔をしかめて話を聞いていた。

「じつは、浜崎さんも泣いておられました。泣きながら、旦那様のご命令には逆らえない。許してくれ、と」

「それで、あの手紙に書かれた展開になったのですか」

「はい。そのとき私も浜崎さんも、五歳の女の子に一部始終を見られていたとは思いもよりませんでした。あとで、兼子さんから間接的にその話を聞かされ、いまさらながらに鬼のような自分たちの姿を思い知らされたのです」

「しかし、静恵さん」

　朝比奈が疑問を呈した。

「いくら戸籍上はあなたの子供ではないにせよ、実際にはお腹を痛めて産んだ赤ちゃんでしょう。その赤ちゃんが殺されるのを、そのそばで黙ってみていられたんですか」

「………」

「それからもうひとつ、そんな思いまでなさったのに、生き残った右京さんのほうを、いまになって殺そうと思われた理由は何です。さらにもうひとつ、それでもあなたは真行寺さんに尽くそうとなさっている。その理由も教えてください」

「最後のご質問には、すぐにお答えできます」

静恵は小声でささやいた。

「過去がどうであろうと、私は四十年あまり、ずっと大旦那様をお慕い申し上げてお りました。それは、いまの若い方のような、男と女の愛情とは多少違った感情でござ います。なんと申しましょうか……悲劇はあったにせよ、子供という存在を介して、 父親と母親の関係にあるのだ、という意識が強く働いているからでございましょう。 科学的な意味の血ではなく、精神的な意味で大旦那様と私は血がつながっている—— その思いが、大旦那様に対する私の愛情なのだと思います」

「では、前の二つの質問はいかがです」

朝比奈の問いかけに、静恵はしばらく黙った。

やがて静恵は、感情の爆発を押さえ込むように、片手を口に当てながら、朝比奈は もちろん、真行寺総一ですら予測していなかった衝撃の真実を語りはじめた。

「息子なのに息子と呼べず、母なのに母と名乗れず、三十八年もの間、若旦那様と使 用人の関係に耐えてきた私は、若旦那様に双子の悲劇をこっそりお教えするのがやっ とでございました。もちろん、みち様が母親という前提でのお話です。けれども、ほ んとうは……ほんとうは……」

エピローグ　朝比奈耕作からの手紙

高木さん、血洗島に雪が降った。

こんな時期に白いものが天から降ってくるのは、過去に例がないそうだ。

八十八歳で大往生した兼子千鶴さんの葬儀は、季節外れの雪景色の中でひっそりと行なわれた。

例のネギ畑も真っ白に覆われて、黒いチューリップは枯れてしまったのか、その姿はもう見えない。

けっきょく兼子さんとふたたび話をすることはできなかったけれど、彼女はぼくが九十パーセントの真実に到達するのを予測してか、和紙に筆書きの手紙を朝比奈耕作あてに残してくれた。

そこに書かれた血洗島の真実は、光村静恵さんが涙ながらに告白した内容とまったく一致するものだった。

これは捜査当局に手渡すけれど、高木さんにもその概要をかんたんに伝えておきたい。

驚いたことに、血洗島のネギ畑で首を絞められたと思った赤ちゃんは、死んではいなかった。浜崎要造も人の親だった。完全に力を込めて首を絞めることなどできなかったのだ。

気を失った赤ちゃんは、静恵さんの手で兼子さんの実家に運び込まれた。だが、浜崎要造はその結果を確かめず、念仏をあげたのち、罪の意識からなかば錯乱状態のまま、もうひとりの赤ちゃんを連れて東京に帰ってしまった。

その赤ちゃんは真行寺右京と名づけられ、予定通り、真行寺総一とみち夫妻の実子として育てられることになった。

産婆の兼子さんには因果が含められ、役所への出生届は、もちろん双子にはなっていない。

やがて、真行寺から浜崎要造を通じて、静恵さんに帰京命令が出た。もうひとりの赤ちゃんも生きているとは知らない真行寺は、静恵さんがお手伝いの仕事に復帰できるものとみて、そのような指示を出したのだ。

ところが――

真行寺は、あまりにも女性の心理に無頓着（むとんじゃく）すぎた。

子供の実の母親とわかっている光村静恵さんが真行寺邸に戻ってきたことで、神経質なみちさんは、完全に逆上してしまった。

もともと夫と不仲であったところへもってきて、不妊体質を理由に、夫が浮気したお手伝いの子供を自分の子供として育てろと命令される。ギリギリの忍耐でその要請を受け入れたのに、当のお手伝いがまた戻ってきた。そして、あの洋館で毎日顔を合わせて過ごさねばならなくなる。

これでみちさんの神経が切れた。

みちさんを置いて、真行寺家の人々が朝から熱海の温泉に一泊旅行に出た日、悲劇が起こった。

それは、みちさんの身だけにふりかかった出来事ではなかった。じつは、生後まもない赤ちゃんが、みちさんの手によって首を絞められ、殺されてしまったのだ。

そして直後にみちさんは自殺。

田園調布の洋館で惨劇が勃発したとき、居合わせたのは静恵さんひとり。

こちらの我が子は無事に育てられるかと思っていただけに、静恵さんの受けたショックは相当なものだった。それでも愛する真行寺総一の名誉を守るため、静恵さんは必死に状況を取り繕おうとした。

悲劇をありのままに相談したのは、兼子千鶴さんだった。兼子さんは即決した。血洗島から、あの惨劇を免れた赤ちゃんを呼び戻そう。そして、殺された赤ちゃんは、兼子さんが極秘裡に埋葬する。

高木さん、これがすべての真相だ。

それ以来、兼子さんが田園調布の近くの産院をたたんで、郷里の血洗島に戻った理由がよくわかるね。

そして、本来は真行寺左京になるべき赤ちゃんが、真行寺右京として、あらためて田園調布のお屋敷で育てられることになった。

右京は、血洗島のネギ畑で殺されかかったのが、ほかならぬ自分自身であるとは、最後の最後まで知らなかった。

ところで静恵さんは、成長した右京が道徳心を忘れ、人間性を見失い、父親そっくりの利益優先主義に走るのを見るにつけ、もしも生きていたのがもうひとりの右京だったら、と思わずにはいられなかった。

静恵さんが実の母と知らない右京は、お手伝いに対する態度も傲慢そのものだった。平気でババア呼ばわりもする。こんなことならば、雷鳴轟く血洗島の夜、あの子の生命を救わなかったほうが……。そう思う静恵さんの気持ちは、日増しに募っていった。

そして静恵さんは、浜崎要造の息子に、真実のすべては告げずに、ともかく右京の性根をしっかり叩き直したい旨を相談する。

その一方で、真行寺会長の生命の期限を知った添田社長は、個人的な復讐に動く。

それに浜崎院長が巻き込まれ、右京そっくりの野本が起用される。

当初は、静恵さんもこの復讐グループといっしょに行動をとろうとした。添田と静恵さんの橋渡し役が浜崎だ。彼は右京の母親が静恵さんであることまでは知っていた。だが静恵さんは、ある時点で決心する。母として救った我が子の命を、こんどは母として、自分の手で終わらせよう、と……。

その心理は、ぼくらには踏み込めないものがある。そして最後のメッセージとして、血洗島の出来事を部分的に右京に読ませ、毒薬を仕掛ける。

予期せぬ形で真行寺右京は殺されたが、さすがに静恵さんは、その知らせを直接自分で真行寺会長に伝えることはできなかったようだ。

その事件から二カ月後、無条件で敬愛する真行寺総一の名誉を守るため、静恵さんは、よけいな動きをつづけかねない外野席の連中をも抹殺しようとした……。

高木さんも承知のとおり、けっきょく二人は、夫婦として南国の島へ旅立つことはなかった。

静恵さんは逮捕され、現在、殺人罪で起訴されて拘置所に入っているが、彼女は取調べのさいに殺した真行寺右京のことを、あくまで『若旦那様(わかだんな)』とか『右京様』としか呼ばないという。

末期ガンに冒された真行寺総一は東京の病院で、すでに意識不明状態になっている。

真行寺守と早智子の二人が、今後どうするのか、ぼくは知らない。

ところで高木さん、『宝島の惨劇』のときに、渋沢敬三の名前が出てきたよね。吐噶喇列島の宝島などの野外調査に団長として乗り出していった渋沢敬三は、戦時中に日銀総裁を務め、戦後幣原内閣の大蔵大臣にもなった人だが、彼は血洗島出身の大実業家・渋沢栄一の孫にあたる。

それから『水曜島の惨劇』のときは、のちに日本民俗学の草分けとなる柳田国男が、南洋から伊良湖崎に流れ着いた椰子の実を見て、日本人が南方から漂流してきた民族ではないか、という着想を抱いた話が出てきた。そのエピソードを、島崎藤村があの有名な『椰子の実』という詩に換えたんだよね。

その柳田と渋沢を妙なところで結びつける人がいた。

歴史に残る大実業家の孫である渋沢敬三も、民俗学という視点でいえば、柳田国男の弟子だった。

そして、同じく柳田国男の弟子で、渋沢敬三とはいわば民俗学に関して弟弟子の関係にあたる国文学者に角川源義という人がいた。

この人が『渋沢敬三先生』と題するエッセイを書いているのだが、それを最近見つけたので、少しだけ引用する。

渋沢先生とは民俗学といふ学問で共通してゐた関係もあつたが、ひんぱんにおたづねするやうになつたのは、先生の「追放」中であつた。（中略）先生が日本の学問の進歩にどれほど陰の協力者として力あつたかは、告別式の多彩な顔ぶれでもわからう。（中略）私の事業についても、先生のご援助を得たことも少なくなく、語りつくせない。最初は角川文庫の発刊直後で（中略）私の手に入るのは手形ばかりで、こちらの支払ひ手形を落とすことができず、市中割引といふ愚を承知のうへで重ねてゐた。一ケ月百万円のワクに広げるやう銀行に口添へしていただいた。今から考へるとまことに冷汗もので、これくらゐのことに先生をわづらはしたのはおそらく私だけだらう。（中略）

二回目は全集時代をまき起こした『昭和文学全集』の完結後、社員の人数も多く、経費も膨張し、若い文科出身の私にはいい知恵もなく、心から銀行の援助が必要だつた。先生は人間ドックにはひるつもりで、銀行の経営診断を受けることを助言され、自ら第一銀行に足を運ばれたやうだつた。側近の人がどうして角川の面倒を見られるのかとお尋ねしたら、あれは市民のためになる本を作つてゐるからだよともらされたよし、その人から聞かされ思はず涙を催したものだつた。（後略）

さすがに渋沢栄一の孫、といった人柄が滲（にじ）み出てくるエピソードだよね。こういった渋沢敬三のような視点が、経営者としての真行寺総一に、そして真行寺右京にあったならば、ぼくは真行寺家の崩壊は決してありえなかったと思う。

あの洋館は、はたしていつまで田園調布の一角に建っているのだろうか。それがとても気になる。

長い手紙になった。

ぼくはこれから御社の書き下ろしのために取材旅行へ出る。戻ってきたら、ゆっくりとことんどの事件について語り明かそう。

取材旅ノート　埼玉県深谷市大字血洗島

吉村達也

血洗島——まったくすごい地名があったものである。こういう場所を見つけると、すぐに小説の舞台にしたくなってしまうのだが、それにしても実在の住所であるとは、にわかには信じがたい。そういう点では、私のミステリーの題名に採用したものの中では「日本国」と双璧をなすかもしれない。

この地名を見つけたのは偶然のきっかけだが、《惨劇の島・三部作》でそれぞれの作品をつなぐリンクの役割をなしている渋沢栄一が生まれた場所が血洗島という名前であることに、私はいつものことながら奇妙な縁を感じずにはいられなかった。

血洗島の場所は本文第一章第8節に述べてあるし、巻頭地図にも示してあるが、宝島や水曜島とちがって海の中に浮かんでいる島ではない。左頁の写真をごらんになってておわかりのとおり、血洗島は海とは縁もゆかりもない、一面に野菜畑が広がるじつに素朴でのどかな場所なのである。

この場所を愛車パジェロを運転して訪れたのが、一九九三年の十一月だった。おどろおどろしい名前からは想像もつかない、平凡といえば平凡な土地柄にいささか拍子

血洗島一帯はこんな風景

抜けしてしまったが、むしろこの素朴な景色は、幼き日の渋沢栄一が見ていた光景をいまになお残していると思えば、それなりの味わいがある。

　本文にもふれたが、血洗島についてもう少し詳しいデータを書いておこう。

『新記』と称する史誌によれば、血洗島は天正年間（一五七三〜一五九二）に吉岡和泉という人物によって開墾された。当時は家数わずか五軒の集落だった。

　一方、渋沢栄一の祖先は足利氏の出で、この血洗島に土着したのがやはり天正のころと伝えられているので、わずか五軒しかなかった血洗島の人家のひとつが渋沢家のルーツにあたるのかもしれない。

　血洗島という地名の由来については本文に述べてあるので省くが、天保十一年

電柱の表記が実在の証明

（一八四〇）に渋沢栄一が生まれた当時は、二万二百三十五石の小大名・安部摂津守の所領に属し、武蔵国榛澤（はんざわ）郡血洗島村と称していた。

それが明治二十年（一八八七）三月に施行された『町村等の再編成に関する区画標準』に基づき、榛澤郡手島村に編入された。その段階でも、旧・血洗島村はわずか五十四戸。四つの村を合併してできた手島村ですら二百九十一戸の小さな村だった。

そしてさらに二年後の明治二十二年に、血洗島村を含めた旧八ケ村を併せた八基村という行政区分ができた（字面を見て「八つ墓村」と間違えてはいけない。「やつもと村」である）。

このころの血洗島一帯には澄み切った

いまも若者が学ぶ青淵塾

清水が湧き、特産品の藍よりもさらに青い淵をなしていたので、のちに渋沢栄一は雅号を「青淵」とする。

ところでこの渋沢栄一だが、まさにこの人ほど近代日本の歴史そのものといった人生を歩んできた人物もいないだろう。

彼が生まれた天保十一年とは、明治維新などまだまだ遥か先で、あの有名な天保の大飢饉からわずか四年しか経っていない時期だ。

この飢饉によって米の値段が暴騰し、各地で百姓一揆が起こった。そして飢饉の翌年（天保八年）には、大坂で町民救済の懇願を拒否された大塩平八郎が農民を集めて反乱を起こした。

こういった状況に危機感を抱いた江戸

幕府は、老中水野忠邦の指揮下、倹約令や株仲間の解散などを軸とする天保の改革を行なった。これが渋沢栄一誕生の翌年のことである。

そういった時代の農家に生まれたひとりの男が、その生涯になしえた驚異の足跡をふりかえってみよう。

まず渋沢が設立や経営に大きく関与した企業は、わかりやすく後世の社名に直したものも含めて挙げれば、代表的なものは次のとおり。日本郵船、JR東日本、王子製紙、十條製紙、本州製紙、東洋紡績、川崎重工業、石川島播磨重工業、アサヒビール、サッポロビール、あさひ銀行、日本興業銀行、第一勧業銀行、東京海上火災保険、日本セメント、清水建設、東京ガス、日本経済新聞社、帝国ホテル、東宝などなど。

次に教育関係をみてみよう。渋沢が創立や運営に関与した学校は、一橋大学、慶応義塾大学、早稲田大学、明治大学、国士館、東京女学館、日本女子大……。

さらに渋沢は、日本赤十字社や東京慈恵会（慈恵医大）、聖路加国際病院、中央盲人福祉協会、らい予防協会といった福祉医療方面にも尽力した。

また大正十五年（一九二六）九月には、のちのNHKである日本放送協会の顧問となっている。もちろん、一般に放送されていたのはラジオのみだが、すでにこの年の一月に、イギリスでは世界初のテレビ公開放送実験が行なわれているし、翌々年には浜松高等工業学校教授の高橋健次郎が、世界初のブラウン管によるテレビ実験放送を

諏訪神社で奉納の獅子舞を見るのが渋沢栄一の楽しみだった

成功させた。

　水野忠邦の天保の改革のときすでにこの世に生を受けていた人物が、テレビ実用化の端緒を踏み出した時代に、放送界の顧問に就任している。なんという時の流れの大河を渡った人なのかと思う。

　渋沢栄一は、日本初の銀行、日本初の株式会社を作るという記念碑的先駆者として五百の企業、六百の社会福祉事業に関与したのち、大正五年、七十七歳のときに実業界を引退して、生誕の地・血洗島にある諏訪神社に拝殿を寄進した。

　そして昭和六年（一九三一）に九十二歳で亡くなっているのだが、彼の死の半年前には、ニューヨークで高さ三百八十一メートルのエンパイア・ステート・ビルディングが完成している。当然、渋沢はこの巨大な摩天楼の写真を目にしていたはずである。

日本経済史上で最大の偉人と呼ぶべき渋沢栄一は、非常に小柄で身長は百五十センチしかなかった。その渋沢は、二十四歳のときに（そのときですら、まだ江戸時代である！）徳川慶喜の名代としてパリの万国博覧会に出席する慶喜の弟昭武の随行員としてフランスに渡った。もちろんちょんまげに帯刀姿だが、比較的小柄なフランス人の目にも、渋沢は「子供の武士」としか映らなかったかもしれない。

その渋沢は、博覧会が終わったあともパリ滞在をつづけ、けっきょく明治維新の勃発で呼び戻されるまでの一年三カ月をその地で暮らすことになった。明治維新の報をパリで聞いたというのが、なんともおしゃれである。

渋沢は「牛の乳の凝りたるもの」と称したチーズや、「ブール」というふうにフランス語のまま呼んでいたバターなどの乳製品が気に入ったらしい。そして彼がパリで学んだおしゃれセンスは、のちに彼に高級住宅街「田園調布」の町並みを作らせることになる。（本文第二章第11節参照）

このパリ滞在から帰国するとき、なんと渋沢はエジプトにも立ち寄っている。そのときの彼の鉛筆書きの日記にはこう記してある（一部わかりやすいようにひらがなに直してある）。

《朝六時過アレキサンドリヤ着船（中略）馬車を雇へ市街を行過（中略）昨夜御通行

渋沢栄一記念館

の道筋にてカエロといふ埃及(エジプト)都府ありしが、夜中なれば物色せしものなし、カエロ都辺は車の両辺の曠原に時々細木萎草抔見及しか、それより原野空漠にして絶えて草木なし、白沙茫々として眺望恰も渡海のことし、稀にして人家の索落たるも、多く土もて築立て蜂窩燕巣に異ならす、土人は色黒く、白巾にて頭上を包み、僅に弊醜の単衣を纏ふのみ、駱駝驢馬多く、緬羊の皮の袋もて作たる物に水を盛てこれを駄す》

　天保年間の生まれの若者がいきなりエジプトの風俗を見て、目がテンになっている様子がありありと浮かんできて面白い。

　しかし、こうした海外の刺激がなければ、その後の実業家渋沢栄一が存在しなかったことは間違いないと思う。そして、日本が早い時期に資本主義を積極的に導入することもなかったのではないか。

そういう意味では、ちょんまげ時代に一年三カ月のパリ滞在を経験した渋沢栄一という男は、近代日本の国際化を担った最初の人間といってもよいだろう。

この文庫の発売時点（一九九八年）において、日本という国は、無能で無神経な政治家と、傲慢で先見性のない官僚のおかげで、底の見えない奈落に向かって急降下の真っ最中である。まさに世紀末の混迷のこの時期に、渋沢栄一というヒーローがよみがえってくれたら——そんなことをついつい考えてしまったりするのだが……。

なお、本編ラストに引用した『渋沢敬三先生』と題する角川源義氏のエッセイは、源義氏のご息女で、角川春樹氏・角川歴彦氏のご令姉にあたる辺見じゅん氏が、本作のためにわざわざ探し出して下さったものである。この場を借りてお礼申し上げます。ありがとうございました。

一九九八年五月記す

（写真はすべて著者撮影）

パリの街をヒントに渋沢がデザインした田園調

解説

大多和伴彦
（文藝評論家）

「警部、大丈夫かなぁ。もう予定の時刻はとっくに過ぎちゃってるんだけど」

　和久井はノート・パソコンの画面に映る自分の顔を見ながら独り言を呟いた。実業之日本社の編集者Tさんから「吉村達也氏の作品の文庫化にあたり、ぜひまたお二人に思い出を語っていただきたい」と依頼があったのは正直嬉しかった。上司である志垣と自分との、掛け合い漫才めいたやり取りを再録して、作品の「解説」替わりにした吉村氏の文庫本がこれまで何冊か出版されてきた。解決不可能と思われた難事件を苦労して解き明かした思い出が、吉村達也という作家の手によって本になり残される幸福——しかし、「自分たちがしゃしゃり出るのはおこがましいのでは？」という気持ちは回を重ねても拭い切れず、毎回「これで最後」と思ってきたのだが……。

　と、その時——。

「もしもし！　もっ、し、もぉーし！」

　聴き慣れた胴間声とともに、いきなりディスプレイに現れる志垣警部の顔。エネルギッシュを絵にかいたような、というか、ダンプカーのフロント・グリルのような大迫力の顔面である。

「もしもし！　和久井。聞こえとるなら返事をせんか！　もっ、し、もぉーし！」

「はいはいはい。警部、聞こえてますよ。ぼくの顔、そちらでも見えてますか？」

「ちゃんと見えてるぞ。おれの方はどうだ？」

「大丈夫です。でも警部、カメラに近づき過ぎですよ、画面から顔がはみ出しそうです」

「どうせおれの顔はでかいよ。悪かったな」

悪態をつきながら志垣は前のめりになっていた姿勢を戻した。

「どうだ、これで良いか？」

「OKです。あー、怖かった」

「仕方ないだろう。強面のおかげで何人ものホシに『私がやりました』と言わせてきたんだ。この顔はおれの勲章なんだよ。それに比べてお前さんはどうだ。母性本能をくすぐるような頼りなさがいつまでたっても抜け切らない。まったくもって情けない

──あ、そうか！」

「なんですか？」

「あらためて和久井の不甲斐なさを感じたのは、久しぶりにマスクをしてない顔を見たからだよ」

「そう言えば、そうですね。人前で顔をさらすことが出来なくなってから、もうずいぶん経ちましたから」

「冬場の風邪や春の花粉症の季節以外にマスクをしていたら、昔は怪しい奴と思われたもんだ。おれたち刑事にとっても、捜査がやりにくくって仕方がない。目撃者に容疑者の人相を聞いても、眉毛と目の情報しか得られない」

「ほんとにそうですね」

「おれの小言に不満を持ったお前さんがマスクの中でアッカンベーをしてもわからんし」

「そんなこと一度もしてませんよ」

「ソーシャルディスタンスを保つようになってから、喝を入れるための平手打ちを気軽にお見舞いすることも出来なくなった」

「それについては、助かってますけど」

「愛の鞭にはタイミングが肝心なんだよ」

と、言うや否や、映像の中の志垣が手を伸ばし、丸めた指をカメラの前で弾いた。

「うりゃ！」

「わっ！　やめてくださいよぉ〜」

「デコピンだってリモートじゃ味気ないしな」

と、ため息をつく志垣警部。

「ところで、ほかの二人はまだなのか？　港書房の高木君と朝比奈耕作君は」

「ええ。お二人は成城学園の朝比奈さんのお宅からアクセスする予定だと聞いてるんですが、なにしろ朝比奈さんはいまだに原稿は筆ペンで手書きの作家さんですから、担当の高木さんが応援に駆けつけてるそうです」

「たしか、おれたちが今日みんなで話すことになっている事件の時に彼は、キーボード入力の日本語変換方式が事件の真相に迫る大きなきっかけになった、と言ってなかったか？」

「ええ。ですから、パソコンがらみの知識も本当はあるのに、出し惜しみしてるのかも」

「怪しいな——ま、全員が揃うのをただ待っているのも時間のムダだ。ふたりだけでもあの事件のことを振り返っておこうじゃないか」

そう言いながら志垣警部は一冊のノベルスを手に取り、カメラに向けた。表紙に描かれたイラストは一面のチューリップ畑。それを背景に、さらに手前に配された4本の花——しかし、その花弁は褐色だった。本のタイトルは『血洗島の惨劇』。

「最初にこの地名を聞いたときには架空の場所としか思えませんでしたっけねえ」

「読み方も〈けっせんとう〉ではなく〈ちあらいじま〉、だからな」

「〈島〉とついているけれど、海に浮かんでいるわけじゃなくて、今でも埼玉県深谷市の字名として現存してるんですよね。通称八幡太郎こと源義家が利根川の戦いで片腕を失った時に、血まみれとなった全身をこの場所で洗ったという伝説にちなんでこの地名がつけられたとか」

「だが、誰だって『血で血を洗う』という慣用句を真っ先に思い浮かべちまうだろうよ」

「えーと、暴力には暴力で仕返しする、って意味でしたっけ？」

「もともとはな。『旧唐書（くとうじょ）』と言う古〜い中国の歴史書に出てくる言葉で、本来はお前さんの解釈で合ってるんだが、その後、ニュアンスが広がっていき、争い合う者たちをさらに限定してして使われるフレーズになった」

「限定、って。えっ！　それじゃもしかして」

「そうだよ。まさにこの事件を象徴するような言葉だったんだよ。この時の主な舞台は三箇所。大手塗料メーカー『リアルペイント』の後継者・真行寺右京の殺害現場となった秩父鉄道のＳＬパレオエクスプレスの車内。右京の父であり会長の真行寺総一が豪邸を構えていた田園調布。そして、血洗島」

「そのうちの田園調布と血洗島はなんと渋沢栄一にゆかりがあったんですよね」

「そうだ。東京屈指の高級住宅街は渋沢栄一が切り拓いた場所。そして血洗島は彼の生まれ故郷だった。お前さんは知っとるだろうが、実はこの『血洗島の惨劇』という本は元々『惨劇の島シリーズ』と銘打った三部作の最終巻だった」

「もちろん覚えてます。最初が『宝島の惨劇』、次が『水曜島の惨劇』。一九九四年から九五年にかけて発表されたんですよね。しかも、『宝島』と『水曜島』は九五年の四月と五月に連続して刊行されて」

「チッ、チッ、チ！　甘いぞよ、和久井クン」

往年の日活男優の如く人差し指を左右に振りながら不敵な笑みを浮かべる志垣。

「この本の巻末に載っとる吉村達也氏の著者リストによればだな、九四年は一年間で合計十二冊も新刊を出していたことがわかる。そのうち『白骨温泉殺人事件』、『富士山殺人事件』、『ランプの秘湯殺人事件』、そして『五色温泉殺人事件』は……」

「懐かしいですね！　警部と一緒に関わった事件の記録ですから」

「だなあ。それにしても、吉村達也という作家は長編作品はすべて書き下ろしだったから、この仕事量には目を見張るものがあるよ」

「デビュー作『Kの悲劇』が八六年と聞いてますから、まだ十年経ってなかったんですよね」

「依頼が来たって、それをこなせなければ作家として生き残れまい。編集者の期待以上の質を持った作品を書き上げ続けてきたからこういう状態になったんだろうな。で、話は渋沢栄一に戻るんだが――」

　と言いながら志垣は今度は『父　渋沢栄一』（実業之日本社文庫　二〇二〇年十二月刊）と表紙に記された本をカメラに向けながら話を続けた。

「著者は栄一の四男の渋沢秀雄。田園都市株式会社（現・東急）の取締役として田園調布の開発に携わった人物だ。栄一が遺した日記を紐解きながらその実業家としての生涯を辿るだけでなく、息子として身近に見てきた家庭人としての栄一の横顔も綴られている貴重な記録となっている」

「警部、そんな本まで読んでるんですか⁉」

「こう見えておれは勉強家なんだよ。でだな、この本を読んで改めて思ったのは渋沢栄一という実業家の偉業の数々もだが、それを成し遂げるにあたって少しもブレることなく貫き通した彼の倫理観だ」

「えーと、『論語とソロバンの一致』でしたっけ」

「そう。この評伝から引用すれば『金もうけのために手段を選ばないのは沙汰の限りだ。中間に真理の王道がある。道徳と経済は合一すべきだ』と渋沢は考えていた。だが、この『血洗島』の事件の真行寺総一は、渋沢栄一の経営者としてのあり方を否定し、『容赦なき、仁義なき利益追求こそが経営者のとるべき道』と考えていた」

「それにプラスして、事件が起きた三十八年前に真行寺家が選択した禍々（まがまが）しい決断も、人の道を踏み外したものでしたよね。何の科学的根拠もない、俗信に囚われたものでしかなかった。長い間の人々の暮らしの中から生まれ伝わってきた俗信には、生活に役立つ知恵だったり、人間の弱さの裏返しとして陥りがちな傲慢な振る舞いを戒める効き目があったりするから、すべてを否定するつもりはないんですけど、あの選択は酷すぎましたよ」

「お前さんの言う通りだよ。そして、渋沢栄一と民間伝承、といえばだな、『惨劇の島シリーズ』では、すでにその両方に触れられていた。宝島は、渋沢栄一の孫・敬三が大規模な野外調査を行った吐噶喇列島に浮かぶ島だったし、『水曜島〜』では朝比奈君が書いたエッセイの中で、自分が目指そうとする『新しいトラベルミステリー』について語られていて」

と言いながら、志垣は三冊目の本『水曜島の惨劇』を取り出し、付箋をたてていたページを開いた。

「ここのところだ――『日本各地、あるいは旧日本植民地も含めた各地にまつわる信仰、伝承、慣習、さらには歴史的事実を総合的に掘り下げていき、日本人論そのものにまで行き着くようなミステリーが書けないだろうか』とある。その考えに至ったきっかけとなった民俗学者の柳田国男や宮本常一の名前を挙げながらな」

「それって、吉村達也さん自身のミステリーに対するスタンスそのものじゃないですか」

「作家である主人公におのれの想いを託して語らせたんだろうな」

「吉村さんの作品の特徴として、奇想天外なトリックや読みやすい文章を指摘されることが多いけれど、実は、シチュエーションや犯人の動機の底の部分に『どうしようもなく日本人だったから』って感じるものがいっぱいありましたものね」

「それらがきっちりと描かれていたから、読者は、あらためて自分のアイデンティティを確かめることになり、受け継ぎ続けて行くべきものと、呪縛から脱却すべきものを考えるヒントをもらえていたんだ。そして、その流れのひとつの集大成が、この『血洗島の惨劇』だったわけだな」

「なるほどねえ。警部、朝比奈さんたちと回線が繋がったら、この話をすれば上手くまとまるんじゃないでしょうか？」

「だろ？　和久井クンがいつまで経っても一人前にならんので苦労しちゃうのよ」

「キビシイなあ。小説を読み込むのは半人前でもいいじゃないですかぁ～」

和久井の不満顔を無視して、志垣は大きなため息をついた。

「それにしてもこの国の先行きの見えない不安な暮らしはいつ終わるんだろうか……。大好きな温泉に出かけることも出来ないし、このまま飲食店の自粛要請が続けば理想の接客は不可能、とおれの隠れ家だった『初音』という酒場も店をたたんじまったし」

「隠れ家、というからには奥さんには内緒ですよね?」

「あたり前だろうが。カアちゃんにバレたらどうなることか。アリバイ作りのために、じきに和久井クンも連れて行ってやろうと思ってたんだが、残念だ。もちろん、割り勘だけど」

「誘われるのに奢ってもらえないなら、ちっとも残念じゃないですよ!」

「『血洗島の惨劇』が最初に文庫本になったとき付け加えられた吉村さんの取材旅ノートの中に、時の政府に対して『日本という国は、無能で無神経な政治家と、傲慢で先見性のない官僚のおかげで、底の見えない奈落へ向かって急降下の真っ最中である』と辛辣な一文が記されている。その時よりも今はもっと深刻な毎日が続いているのは明らかだよな」

「そうですね」

「宰相が真っ先にしたことは、チンケなマスクを国民に配ること——『一億総活躍社会』とかぶち上げていたけれど、おれに言わせれば『一億総給食当番』だと思ったね」

「そのギャグ、笑えませんよ」

「体調のこととはいえ結局、再び途中で権力の座を放り出しちまった。後を引き継いだ今の総理もまた、判断力も決断力も欠けておる」

「迂闊に人の移動をうながして状況を悪化させ、それにブレーキをかける対策は後手後手続きですものね」

「このまま不安と鬱々とした日々が続けば、悲しい事件の引き金になる恐れだってあるだろうよ。今こそ、われわれは渋沢栄一が生涯持ち続けていた正しき心を胸に抱かねばならんとは思わんかね、和久井クン」

「同感です。それにこの二月からは渋沢栄一を主人公にした大河ドラマも始まりますし」

「おお、そうだった。血洗島という地名も全国津々浦々に知れ渡るわけだ」

「二〇二四年には新しい一万円札の顔にもなりますしね」

「ニセ札事件対策の準備もせにゃならんな――」

と、志垣と和久井の勝手な会話が少しだけ明るい方向へと盛り上がり出した瞬間、新たな会議参加者の顔がディスプレイに現れた。

「遅くなってすみません。ご無沙汰してます、朝比奈耕作です」

そう言い終わった男は、いつもの通りカフェオレ色に染め上げた髪に指を入れた。

本作品は、一九九五年一月にトクマノベルス、
一九九八年七月に徳間文庫より刊行されました。

本作品はフィクションであり、実在の個人・団体とは一切関係がありません。なお、市町村名、風景や建造物などは執筆時のものであり、現在の現地状況と異なっている点があることをご了承ください。（編集部）

実業之日本社文庫　好評既刊

山本幸久
芸者でGO!
あたしら、絶滅危惧種？——置屋「夢民」に在籍する個性豊かな芸者たちは人生の逆境を乗り越え、最高の芸を見せられるのか。そして、恋の行方は…!?
や22

山本幸久
あっぱれアヒルバス
外国人向けオタクツアーのガイドを担当したデコ。しかし最悪の通訳ガイド・本多のおかげでトラブルが続発で大騒動に…!?　笑いと感動を運ぶお仕事小説。
や23

椰月美智子
かっこうの親　もずの子ども
迷いも哀しみも、きっと奇跡に変わる——仕事と育児に追われる母親の全力の日々を通し、命の尊さ、親子の絆と愛情を描く感動作。（解説・本上まなみ）
や31

山下貴光
ガレキノシタ
突如崩壊した高校校舎——後悔も友情も、憎しみも希望も抱えたまま生き埋めになった生徒たちが運命に抗う！　傑作青春サバイバル小説。（解説・大森　望）
や41

矢月秀作
いかさま
拳はワルに、庶民にはいたわりを。よろず相談所所長・藤堂廉治に持ち込まれた事件は、腕っぷしで一発解決。ハードアクション痛快作。（解説・細谷正充）
や51

山木美里
ホタル探偵の京都はみだし事件簿
「推理が光らない」売れっ子作家&担当編集者のコンビが、事件を追って山あいの村から祇園の街へ。連作コミカルミステリー。
や61

山口恵以子
工場のおばちゃん　あしたの朝子
突然、下町の鉄工場へ嫁いだ朝子。舅との確執、夫の不倫、愛人との闘いなど、難題を乗り越えていく。著者が母をモデルに描く自伝的小説。母と娘の感動長編!!
や71

谷津矢車
曽呂利　秀吉を手玉に取った男
堺の町に放たれた狂歌をきっかけに、秀吉に取り入った鞘師の曽呂利。天才的な頓智と人心掌握術で大坂城を混乱に陥れていくが……!?（解説・末國善己）
や81

実業之日本社文庫　好評既刊

吉村達也
黒川温泉殺人事件
「黒川温泉で女を殺した気がする」……殺人の記憶がかすかに甦るが、死体はない。記憶障害に苦しむ男は犯人か、単なる妄想なのか!?（解説・大多和伴彦）
よ1 7

吉村達也
青荷温泉殺人事件
ランプの秘湯で真冬の惨劇。巨大な雪だるまから美女の死体が！　志垣警部&和久井刑事の警視庁〝温泉殺人課〟最後の事件。（解説・大多和伴彦）
よ1 8

吉村達也
白川郷　濡髪家の殺人
週刊誌編集者が惨殺された。生首は東京で、胴体は五百キロ離れた白川郷で発見されるが……猟奇事件の背後で蠢く驚愕の真相とは!?（解説・大多和伴彦）
よ1 9

吉村達也
原爆ドーム　0（ゼロ）磁場の殺人
原爆ドーム近くで起きた集団暴行で兄を殺された美少女は18年後、なぜか兄の死を目撃した男と結婚していた。単なる偶然か、それとも…（解説・大多和伴彦）
よ1 10

寄藤文平／藤田紘一郎
ウンココロ　しあわせウンコ生活のススメ
いいウンコが出る生活は、ココロにも体にもいい生活——話題沸騰の「ウンコ本」、全編リニューアルで携帯に便利なモバイル文庫化！
よ2 1

吉川トリコ
14歳の周波数
ガールズ小説の名手が、中2少女の恥ずかしいけど懐かしくて、切なくも愛おしい日常を活写。あらゆる世代の女子に贈る連作青春物語。
よ3 1

吉川トリコ
うたかたの彼
ふらりと現れ去っていく男。彼と過ごす束の間の甘い時間の中で、女たちが得るものとは……。不器用な大人の女性に贈る、甘くて苦い恋愛小説集。
よ3 2

米田　京
ブラインド探偵（アイ）
全盲の元雑誌記者が探偵に！　研ぎ澄まされた感覚と推理で難事件を解決。北区内田康夫ミステリー文学賞受賞者のデビュー作。
よ4 1

実業之日本社文庫 よ111

血洗島の惨劇

2021年2月15日　初版第1刷発行

著　者　吉村達也

発行者　岩野裕一

発行所　株式会社実業之日本社
〒107-0062　東京都港区南青山5-4-30
CoSTUME NATIONAL Aoyama Complex 2F
電話［編集］03(6809)0473［販売］03(6809)0495
ホームページ　https://www.j-n.co.jp/

印刷所　大日本印刷株式会社
製本所　大日本印刷株式会社

フォーマットデザイン　鈴木正道（Suzuki Design）

ISBN978-4-408-55649-9（第二文芸）